Lawrence Block

Diebe nehmen, was sie kriegen

SERIE PIPER
Band 5598

Zu diesem Buch

Bernie Rhodenbarr ist Buchhändler. Tagsüber steht er in seinem Lädchen, um den Kunden, die nie kaufen und nur klauen wollen, auf die Finger zu sehen. Nachts erholt er sich von dieser wenig lukrativen Tätigkeit, indem er selbst die Finger nach fremder Leute Eigentum ausstreckt. Seinen geschickten Einbrüchen fallen mal Briefmarken, mal Schmuck, mal – wie im vorliegenden Buch – eine seltsame blaue Schatulle zum Opfer. Nur liegt leider unversehens eine Leiche in seinem Weg – zum Kummer seiner platonischen Freundin, der Lesbe Carolyn, und zur Freude seines Intimfeindes, des korrupten Polizisten Ray Kirschmann.

»Diebe nehmen, was sie kriegen« ist der erste Roman der berühmten Serie um den Meisterdieb und Antihelden Bernie Rhodenbarr, der seine beachtlichen Talente weitgehend glücklos, aber unverdrossen auf den Besitz der New Yorker Oberschicht verschwendet. Das Buch liegt in neuer Übersetzung vor.

Lawrence Block, geboren 1938 in Buffalo/New York, lebt in Boston. Kolumnist beim »Writer's Digest«. Seine Kriminalromane um Bernie Rhodenbarr erscheinen komplett in der Serie Piper Spannung.

Lawrence Block

Diebe nehmen, was sie kriegen

Kriminalroman

Aus dem Amerikanischen von
Sepp Leeb

Piper
München Zürich

SERIE PIPER
SPANNUNG
Herausgegeben von Friedrich Kur

Von Lawrence Block liegen in der
Serie Piper Spannung außerdem vor:
Alte Morde rosten nicht (5523)
Ein Philosoph mit langen Fingern (5549)
Viele Wege führen zum Mord (5580)
Der Dieb, der wie Mondrian malte (5594)

Für Steve und Nancy Schwerner

Die Originalausgabe erschien 1977
unter dem Titel »Burglars Can't Be Choosers«
bei Random House, New York.

ISBN 3-492-15598-7
März 1993

Umschlag: Federico Luci,
unter Verwendung einer Zeichnung von Jörg Extra
Photo Umschlagrückseite: Jacques Sassier
Gesamtherstellung: Clausen & Bosse, Leck
Printed in Germany

1

Kurz nach neun schnappte ich mir meine Bloomingdale-Einkaufstüte, trat aus dem Hauseingang hervor und hängte mich an einen großen pferdegesichtigen Kerl mit einem Diplomatenkoffer. Er trug einen dieser karierten Mäntel, wie sie gerade in Mode waren, und seine Frisur sah aus, als hätte er sich jedes Haar einzeln zurechtgefönt.

»Wie schnell man sich wiedersieht«, sagte ich, als wären wir uns an diesem Tag schon mal begegnet – was allerdings nicht der Fall war. »Ist doch kein so schlechter Tag geworden heute.«

Er lächelte mich an, als glaubte er tatsächlich, daß wir uns schon mal über den Weg gelaufen seien. »Nur ein bißchen kühl heute abend, finden Sie nicht auch?«

Das konnte ich nur bestätigen. Aber es gab wohl nichts, worin ich ihm nicht bereitwilligst zugestimmt hätte. Er machte einen soliden Eindruck und ging auf der 67. Straße in Richtung Osten. Und das war alles, was ich von ihm wollte. Weder hatte ich vor, mich mit ihm anzufreunden oder auf eine Partie Schach zu verabreden, noch wollte ich ihm den Namen seines Friseurs abluchsen oder Rezepte für Weihnachtsplätzchen austauschen. Ich wollte nur, daß er mir half, an einem Türsteher vorbeizukommen.

Fraglicher Türsteher war vor einem siebenstöckigen Wohnhaus ein Stück die Straße runter postiert und hatte sich während der letzten halben Stunde ebensowenig bewegt wie das Haus, vor dem er stand. Soviel Zeit hatte ich ihm nämlich gegeben, seinen Posten zu verlassen. Da er jedoch diese Chance nicht wahrgenommen hatte, blieb mir keine andere Wahl, als einfach an ihm vorbeizugehen. Das ist mit Sicherheit weniger riskant als die Möglichkeiten, die ich bereits in Erwägung gezogen hatte – zum Beispiel, einmal um den Block zu gehen und durch ein anderes Gebäude in den Hinterhof des Hauses zu kommen, in das ich wollte, oder eine gefährliche Trapeznummer auf der Feuerleiter abzuziehen oder ein vergittertes Kellerfenster mit dem Schneidbrenner zu bearbeiten. Aber warum sich die Sache unnötig erschweren? Der direkteste Weg in ein Gebäude führt immer noch durch die Eingangstür.

Natürlich gab ich mich im stillen der Hoffnung hin, mein pferdegesichtiger Weggefährte möge zufällig in besagtem Haus wohnen. In diesem Fall hätte ich mich einfach nur weiter mit ihm unterhalten müssen, während wir das Haus betraten und zum Lift gingen. Sobald ich begriff, daß er mir diesen Gefallen nicht tun würde, verabschiedete ich mich mit den Worten: »Tja, hier trennen sich unsere Wege leider. Hoffen wir, daß es mit Ihrem Geschäft in Connecticut klappt.«

Über letztere Bemerkung dürfte er sich vermutlich etwas gewundert haben, denn wir hatten weder über irgendwelche Geschäfte in Connecticut noch sonstwo gesprochen. Vielleicht dachte er, ich hätte ihn mit jemandem verwechselt. Egal. Während er also seine Wanderung in Richtung Mekka fortsetzte, wandte ich mich nach rechts (in Richtung Brasilien), bedachte den Türsteher mit einem vage lächelnden Nicken, trällerte einer grauhaarigen Dame mit Doppelkinn ein freundliches »Guten Abend« zu, kicherte nicht sehr überzeugend, als ihr Yorkshire nach meinem Hosenbein schnappte, und steuerte auf den Lift zu.

Ich stieg ein, fuhr in den vierten Stock und ging dann übers Treppenhaus wieder eine Etage tiefer. Das tue ich grundsätzlich, obwohl ich mir eigentlich nicht so recht erklären kann, warum. Ich glaube, ich habe es mal im Kino gesehen und war davon so beeindruckt, daß ich es mir angewöhnt habe. An sich ist das Ganze nämlich pure Zeitverschwendung, besonders, wenn es einen Lift gibt. Das einzig Gute an der Sache ist, daß man schon mal weiß, wo das Treppenhaus ist, für den Fall, daß man das Haus auf schnellstem Wege verlassen muß. Doch eigentlich sollte man den Fluchtweg ausmachen können, ohne gleich durchs halbe Treppenhaus stiefeln zu müssen.

Im dritten Stock machte ich mich auf die Suche nach Apartment 311. Es lag gleich am Anfang des Flurs zur 67. Straße hinaus. Nachdem ich einen Moment an der Wohnungstür gelauscht hatte, drückte ich einmal kräftig auf die Klingel, wartete 30 Sekunden und läutete noch einmal.

Und das ist nun ausnahmsweise keine Zeitverschwendung. Die Gefängnisse des Landes sind voll von Leuten, die vorher nicht geklingelt haben. Trotzdem ist das Klingeln keine Garantie, daß man nicht doch mal Unannehmlichkeiten bekommt. Es liegt nun schon ein paar Jahre zurück, daß ich in der Park Avenue der Maisonettewohnung eines reizenden Paares namens Sandoval einen unangemeldeten Besuch abstattete. Ich drückte ohne Übertreibung so fest auf die Klingel, daß mir fast der Finger abfiel, und wanderte dennoch direkt und ohne über »Los« zu gehen ins Gefängnis. Die Klingel war defekt gewesen, und die Sandovals hatten Muffins mampfend in der Küche gesessen.

Diese Türglocke funktionierte. Als sich auch auf mein zweites Läuten hin niemand meldete, griff ich unter meinen Mantel – er war nicht mehr ganz neu und folglich auch nicht kariert, sondern oliv – und holte ein schweinsledernes Etui aus meiner Hosentasche, das neben verschiedenen Schlüsseln eine ganze Reihe anderer nützlicher Utensilien enthielt, alles beste deutsche Wertarbeit. Ich öffnete das Etui und machte mich an die Arbeit. So komisch es auch klingen mag: Je luxuriöser ein Haus, je höher die Miete und je wachsamer der Türsteher, desto einfacher ist es, in eine Wohnung zu gelangen. Leute, die in unbewachten Mietskasernen in der Hell's Kitchen wohnen, verrammeln ihre Türen mit einem halben Dutzend Schlösser und legen als krönenden Abschluß noch einen Panzerriegel vor, denn sie gehen ganz selbstverständlich davon aus, daß ihnen jederzeit ein Junkie die Tür eintreten oder ein Einbrecher das Schloß aufbrechen kann. Aber sobald ein Haus einen Türsteher hat, durch den sich bestenfalls ein blutiger Anfänger abschrecken läßt, begnügen sich die meisten Mieter damit, ihre Wohnungstür mit dem Türschloß zu sichern, das ihnen beim Einzug von der Hausverwaltung eingebaut wurde.

In diesem Fall war das ein Rabson-Schloß. An einem Rabson ist an sich nichts auszusetzen. Es ist ziemlich gut. Aber das bin ich auch.

Ich brauchte etwa eine Minute, um es zu knacken. Eine Minute kann sehr lang sein, wenn man sich mit einem Dietrich am Türschloß einer fremden Wohnung zu schaffen macht und jeden Augenblick damit rechnen muß, daß plötzlich eine andere Tür aufgeht und irgend so ein Wichtigtuer wissen will, was man hier eigentlich zu schaffen habe.

Aber zum Glück ging keine Tür auf, und es stieg auch niemand aus dem Lift. Ich atmete erleichtert auf. Das Schnappschloß aufzubekommen war jetzt nur noch ein Kinderspiel. Ein kurzes Ruckeln an meinem Dietrich, und es sprang zurück. Im selben Moment durchflutete mich ein Gefühl stiller Genugtuung, wie es mich immer überkommt, wenn ich ein Schloß geknackt habe – ein Gefühl, das sich am ehesten mit einer Fahrt in der Achterbahn oder dem Triumph nach einer sexuellen Eroberung vergleichen ließe (wie immer Sie dazu stehen).

Vorsichtig drehte ich am Türknopf und drückte die Tür einen Spalt breit auf. Mein Puls raste. Schließlich kann man nie wissen, was einen in einer fremden Wohnung erwartet. Das gibt der Sache ja den besonderen Reiz, auch wenn man dabei weiche Knie bekommt, egal wie oft man so was schon gemacht hat.

Ich öffnete die Tür und betrat die Wohnung. Es war stockdunkel. Ich legte den Sicherheitsriegel vor und holte meine Taschenlampe heraus, um mir erst einmal einen ungefähren Eindruck von meiner Umgebung zu verschaffen. Die Vorhänge waren zugezogen. Deshalb war es so dunkel. Ich durfte also bedenkenlos Licht machen, da von der anderen Straßenseite niemand in die Wohnung sehen konnte.

Als ich auf den Lichtschalter neben der Tür drückte, gingen ein Paar Tiffany-Lampen mit Bleiglasschirmen an. Sie sahen zwar nach Kopien aus, waren aber trotzdem nicht übel. Um mich mit meiner Umgebung ein bißchen vertraut zu machen, schaute ich mich erst mal in aller Ruhe um. Das ist übrigens auch etwas, was ich immer tue.

Das Zimmer war geräumig und geschmackvoll eingerichtet. Gepflegtes Parkett mit zwei Teppichen, der größere ein chinesischer, der kleinere vermutlich ein Buchara. Mit Teppichen kenne ich mich leider nicht besonders gut aus. Da es mit einer Menge Aufwand verbunden ist, die Dinger zu stehlen, habe ich mir nie die Mühe gemacht, mich in dieses Thema einzuarbeiten.

Natürlich nahm ich mir als erstes den Schreibtisch vor. Es war ein massiver Eichensekretär aus dem 19. Jahrhundert, dem ich schon deshalb nicht hätte widerstehen können, weil ich eine ausgesprochene Schwäche für solche Möbel habe. Außerdem lag der Grund für meinen Besuch in dieser Wohnung in einer seiner Schubladen verborgen. Das hatte mir zumindest der Kerl mit der birnenförmigen Figur und dem unsteten Blick versichert, und ich sah nicht, weshalb ich an seinem Wort hätte zweifeln sollen.

»Im Wohnraum steht ein großer alter Schreibtisch«, hatte er gesagt und seine schokoladenbraunen Augen dabei auf einen Punkt etwa zehn Zentimeter über meiner linken Schulter geheftet. »Eigentlich ist es ein Sekretär, mit so einem Rolladen-Aufsatz. Sie können das Ding unmöglich übersehen. Ein Riesenkasten. Und dort hat er die Schatulle aufbewahrt.« Mit seinen kleinen Händen zeichnete er ihre ungefähren Abmessungen in die Luft. »Etwa so groß. Wie eine Zigarrenkiste. Und sie ist blau.«

»Blau.«

»Ja, mit blauem Leder bezogen. Unter dem Leder ist sie vermutlich aus Holz. Jedenfalls ist sie nicht ganz aus Leder, und ganz abgesehen davon ist es ja auch egal, was unter dem Leder ist. Was zählt, ist nur, was in der Schatulle ist.«

»Und was ist in der Schatulle?«

»Das braucht Sie nicht weiter zu interessieren.« Ich bedachte ihn mit einem Blick, als ob ich sagen wollte: Wer von uns dreht nun eigentlich das Ding? Stirnrunzelnd fuhr er fort: »Für Sie bedeutet diese Schatulle nichts weiter als 5000 Dollar. Fünf Riesen für ein paar Minuten Arbeit. Was den Inhalt der Schatulle betrifft, kann ich Ihnen nur sagen, daß sie abgeschlossen ist.«

»Aha.«

Sein Blick wanderte von meiner linken Schulter zu meiner rechten, um unterwegs einen ganz kurzen Moment verächtlich auf meinen Augen haften zu bleiben. »Schlösser«, brummte er dazu, »bedeuten Ihnen vermutlich nicht sehr viel.«

»Ganz im Gegenteil. Schlösser bedeuten mir eine ganze Menge.«

»Wie dem auch sei. Von diesem Schloß, dem Schloß an der Schatulle, sollten Sie lieber die Finger lassen.«

»Verstehe.«

»Ich würde Ihnen jedenfalls nicht raten, dieses Schloß zu öffnen. Sie tun nichts weiter, als mir die Schatulle zu bringen und sich Ihr Geld abzuholen. Das ist für uns beide das Beste.«

»Ach, jetzt begreife ich langsam, was Sie wollen.«

»Wie bitte?«

»Sie wollen mir drohen. Ehrlich gestanden, finde ich das etwas eigenartig.«

Seine Augen weiteten sich – aber nur für einen Moment. »Ich und Ihnen drohen? Wie kommen Sie denn darauf? Ein guter Rat ist doch noch lange keine Drohung. Es würde mir nicht im Traum einfallen, Ihnen zu drohen.«

»Und mir würde es nicht im Traum einfallen, Ihre blaue Lederschatulle zu öffnen.«

»Mit blauem Leder *bezogen*, wohlgemerkt«, korrigierte er mich.

»Ach ja, richtig.«

»Nicht, daß das weiter wichtig wäre.«

»Was für ein Blau übrigens?«

»Wie bitte?«

»Dunkelblau, hellblau, preußischblau, kobaltblau, taubenblau, indigoblau, rotkehlcheneierblau. Welche Art von Blau?«

»Wieso wollen Sie das so genau wissen?«

»Damit ich nicht die falsche Schatulle anschleppe.«

»Machen Sie sich da mal keine Sorgen.«

»Sie müssen es ja wissen.«

»Bringen Sie mir nichts weiter als eine blaue Lederschatulle. Ungeöffnet.«

»In Ordnung.«

Im Anschluß an diesen Wortwechsel sollte mich vor allem die Frage beschäftigen, ob ich die Schatulle nun tatsächlich ungeöffnet lassen sollte oder nicht. Ich kenne mich inzwischen gut genug, um zu wissen, daß jedes Schloß einen unwiderstehlichen Reiz auf mich ausübt, und dies um so mehr, als man mich ausdrücklich davor gewarnt hat, es zu öffnen. Andererseits bin ich kein blauäugiger grüner Junge mehr. Wenn man wie ich schon ein paarmal gesessen hat, wird man notgedrungen schon ein bißchen vorsichtiger; und wenn auch noch alles darauf hindeutet, daß einem das Öffnen einer ganz speziellen Schatulle vermutlich mehr Scherereien eintragen wird als sonst etwas, überlegt man sich die Sache erst recht zweimal.

Zunächst mußte ich die fragliche Schatulle erst einmal finden. Und dazu wiederum mußte ich den Sekretär aufbekommen. Aber das hatte noch Zeit. Vorher wollte ich mich ein bißchen mit meiner Umgebung vertraut machen.

Es gibt Einbrecher, die genau wie eine bestimmte Sorte Liebhaber so schnell wie möglich rein und dann genauso schnell wieder raus wollen. Andere wiederum versuchen, anhand der Wohnungseinrichtung ein Psychogramm der Leute zu erstellen, die sie dann um ihre Wertsachen erleichtern. Was mich betrifft, gehe ich nach einer etwas anderen Methode vor. Ich habe mir angewöhnt, nur für die jeweilige Wohnung ein passendes Leben zu erfinden.

Das machte ich auch in diesem Fall. Dazu ließ ich mich als erstes in einem wuchtigen grünen Ledersessel nieder, schwang meine Füße auf den dazugehörigen Schemel und sah mich in aller Ruhe in meinem neuen Zuhause um.

Die Wände zierten ein paar alte Ölgemälde in kostbaren Goldrahmen: ein kleines Landschaftsbild, das sehr stark an Turner erinnerte, auch wenn dabei eine nicht annährend so begnadete Hand den Pinsel geführt hatte; zwei ovale Porträts von einem Mann und einer Frau, die sich über einen von keinem Stäubchen Asche verunzierten Kamin hinweg nachdenklich ansahen. Ahnen des Wohnungsinhabers, eines gewissen Mr. Flaxford? Wohl kaum – was jedoch nicht unbedingt hieß, daß er sie Besuchern gegenüber nicht als solche ausgab.

Wie dem auch sei. Ich würde sie als meine Vorfahren betrachten – und mir eine haarsträubende Geschichte für sie zurechtlegen. Außerdem würde es ein Feuer im Kamin geben, das mit seinem wärmenden Schein den Raum erhellte. Und natürlich würde ich mit einem Buch und einem Glas gut abgelagertem Brandy in meinem Sessel sitzen, vielleicht sogar mit einem Hund zu meinen Füßen. Einem großen Hund, einem großen, alten Hund, der mucksmäuschenstill auf dem Teppich liegen und nicht gleich beim leisesten Geräusch loskläffen würde. Am besten vielleicht ein ausgestopfter Hund…

Bücher. Neben meinem Sessel befand sich eine Stehlampe, dahinter eine Bücherwand, und direkt davor ein Drehgestell, das ebenfalls mit einer stattlichen Anzahl von Büchern bestückt war. Auf der anderen Seite stand ein Beistelltischchen mit einem silbernen Zigarettenetui und einem schweren Aschenbecher aus Kristall.

Na schön. Ich würde hier also eine Menge lesen. Natürlich lauter Klassiker, nicht diesen modernen Schrott. Vielleicht waren die ledergebundenen Bände auch nur Staffage, ihre Seiten noch nicht mal beschnitten. Wenn allerdings ich hier zu Hause gewesen wäre, wäre das bestimmt nicht der Fall gewesen. Und ganz sicher hätte ich eine Karaffe mit Brandy auf dem Beistelltisch stehen gehabt. Nein, sogar zwei: ein Paar von diesen breitbäuchigen Schiffskaraffen, eine für Brandy, die andere für einen schönen, trockenen Port. Dafür wäre auch genügend Platz gewesen, sobald ich dieses lächerliche Zigarettenetui rausgeworfen hätte. Der Aschenbecher konnte dagegen bleiben. Mir gefielen sowohl seine Größe wie seine Form, und vielleicht würde ich ja sogar anfangen, Pfeife zu rauchen. Bisher hatte ich mir beim Pfeiferauchen zwar immer nur die Zunge verbrannt, aber unter Umständen würde sich das ja mit steigendem Alter ändern. Einen Schemel unter den Füßen, ein Buch in der Hand, Port und Brandy in Reichweite, ein Feuerchen im Kamin…

Dieser Phantasie gab ich mich mehrere Minuten lang hin, während ich mir das Leben vorzustellen versuchte, das ich in Mr. Flaxfords Wohnung führen würde. Vermutlich ist das eine ausgesprochen dumme Angewohnheit von mir, und ganz sicher ist es die reinste Zeitverschwendung. Trotzdem hat das Ganze Methode. Es hilft mir nämlich, meine Nervosität abzubauen. Dank dieser Phantasien beginne ich, mich in einer fremden Wohnung erstaunlich schnell heimisch zu fühlen, und das wiederum ist eine Grundvoraussetzung, um meiner Arbeit mit der erforderlichen Ruhe und Gelassenheit nachgehen zu können. Allerdings weiß ich nicht, ob das tatsächlich der Grund ist, weshalb ich mir diese Marotte angewöhnt habe und noch immer daran festhalte.

Abgesehen davon ging dabei auch gar nicht so viel Zeit verloren. Als ich mir nämlich die Handschuhe überstreifte, um mich an die Arbeit zu machen, und dabei einen kurzen Blick auf die Uhr warf, war es erst 17 Minuten nach neun. Ich benutze für meine Arbeit ganz normale, enganliegende Gummihandschuhe, wie sie auch Ärzte verwenden. Nur an Handflächen und -rücken schneide ich kleine Löcher heraus, damit meine Hände nicht so stark ins Schwitzen geraten. Ähnlich wie andere enganliegende Gummidinger beeinträchtigen sie die Empfindlichkeit nur sehr geringfügig, verhelfen einem aber gleichzeitig zu einem wesentlich ruhigeren Gefühl.

Der Sekretär hatte zwei Schlösser, eines für den Rolladen-Aufsatz und eines für die Schubladen auf der rechten Seite. Da die meisten Leute ihre Schreibtischschlüssel in unmittelbarer Nähe des Schreibtisches verstecken, hätte ich die Schlüssel sicher in kürzester Zeit gefunden. Trotzdem war es wesentlich einfacher und zeitsparender, die Schlösser mit meinen Einbruchswerkzeugen zu öffnen. Jedenfalls ist mir bisher noch kein Schreibtischschloß untergekommen, mit dem ich nicht in kürzester Zeit fertiggeworden wäre.

Da bildeten auch diese beiden keine Ausnahme. Ich rollte den Aufsatz hoch und studierte erst einmal die vielen kleinen Fächer und Schubladen. Aus irgendeinem unerfindlichen Grund war unseren Vorfahren diese Einteilung als eine geeignete Methode erschienen, Ordnung in ihren Papierkram zu bringen. Dagegen war ich schon immer der Überzeugung, daß es wesentlich aufwendiger ist, sich zu merken, in welchem Fach man nun welche Notiz abgelegt hat, als den ganzen Krempel in eine große Kiste zu kippen und einfach ein bißchen zu wühlen, wenn man irgend etwas Bestimmtes braucht. Aber das ist vermutlich Ansichtssache. Sicher gibt es auch eine Menge Leute, die es lieber haben, wenn alles seinen Platz hat. Das ist die Sorte von Menschen, die ihre Schuhe im Schuhschrank der Höhe nach einordnen, alle drei Monate die Autoreifen andersrum montieren und sich immer an einem ganz bestimmten Wochentag die Fingernägel schneiden.

Und was tun sie mit den Nagelresten? Vermutlich bewahren sie sie in einem eigens dafür vorgesehenen Schubfach auf.

Unter dem Aufsatz des Sekretärs war die blaue Lederschatulle jedenfalls nicht, und für eines der zahlreichen Fächer darunter war das Kästchen, das mir mein rundlicher Auftraggeber mit seinen kleinen Patschhändchen beschrieben hatte, eindeutig zu groß. Ich öffnete das Schloß an der obersten Seitenschublade, durch das auch sämtliche anderen Schubladen verriegelt wurden, und fing mit der obersten an. Hier deponieren nämlich die meisten Leute ihre wichtigsten Wertsachen. Warum, dürfen Sie mich allerdings nicht fragen. Von dort arbeitete ich mich systematisch von Schublade zu Schublade nach unten vor. Von einer blauen Lederschatulle keine Spur.

Ich ging bei meiner Suche ziemlich zügig, aber nicht überstürzt vor. Natürlich wollte ich auf keinen Fall länger als unbedingt nötig in Mr. Flaxfords Wohnung bleiben, aber zugleich hatte ich auch nicht vor, deshalb alles, was mir sonst noch an Interessantem zwischen die Finger kam, einfach zu ignorieren. Viele Leute haben oft beträchtliche Summen Bargeld, Reiseschecks, Münzsammlungen, Schmuck oder andere Dinge zu Hause herumliegen, die problemlos in einer Bloomingdale-Einkaufstüte Platz finden. Natürlich ging es mir in erster Linie um die 4000 Dollar, die ich bei Übergabe der blauen Schatulle erhalten würde – die 1000 Dollar Vorschuß steckten bereits in meiner Gesäßtasche –, aber das hieß noch lange nicht, daß ich mich deshalb in vornehmer Zurückhaltung üben würde, wenn ich sonst noch etwas Brauchbares entdeckte. Ganz offensichtlich stand ich in der Wohnung eines Mannes, der sich keine allzu großen Gedanken zu machen brauchte, wie er sein nächstes Mittagessen bezahlen sollte. Mit ein bißchen Glück konnte sich mein 5000 Dollar-Auftrag als ein Bombengeschäft entpuppen, das für eine Weile reichen würde.

Ich habe es mir nämlich schon seit einiger Zeit zur Devise gemacht, nicht mehr zu arbeiten, als unbedingt nötig ist. Das soll nicht etwa heißen, daß mich meine Arbeit zu langweilen beginnt. Aber es läßt sich nun mal nicht leugnen, daß in einer Branche wie der meinen das Berufsrisiko direkt proportional zu der Zahl der Arbeitsstunden steht. Je mehr Einbrüche man macht, desto größer die Gefahr, erwischt zu werden. Deshalb habe ich mich mittlerweile auf ein Arbeitspensum von vier bis sechs Jobs im Jahr eingependelt. Bis vor kurzem hatte ich mir in diesem Punkt zwar noch etwas ehrgeizigere Ziele gesteckt, aber andererseits hatte ich mir damals ja auch noch mehr zu beweisen. Wie gesagt, man lebt und lernt, und das in der Regel in genau dieser Reihenfolge.

Ich nahm mir also die Schubladen kurz vor, die eine Seite runter, die andere wieder rauf. Dabei stieß ich auf einen Stapel persönlicher Unterlagen: mehrere Fotoalben, Quittungsblöcke, Schlüssel, zu denen vermutlich die Schlösser schon längst nicht mehr existierten, ein zur Hälfte aufgebrauchtes Heft mit Drei-Cent-Briefmarken (können Sie sich an die noch erinnern?), ein Paar pelzgefütterte Ziegenlederhandschuhe, ein Paar ungefütterte Schweinslederhandschuhe, ein Stirnband von der Sorte, wie Muttern sie strickte, ein aus dem Jahr 1949 stammender ewiger Kalender der Marine Trust Company in Buffalo, New York, eine Bibel in der King James Version, nicht größer als ein Packen Spielkarten, ein Packen Spielkarten, Tally-Ho Version, nicht größer als die Bibel, eine Menge Umschläge, die vermutlich Briefe enthielten, die keinen mehr kümmerten, stapelweise Scheckdurchschläge mit Daten, die die letzten zwei Jahrzehnte abdeckten, pfundweise Büroklammern, eine Postkarte aus Watkins Glen, mehrere Füllfederhalter, Kugelschreiber und Filzstifte sowie Unmengen von Bleistiften, alle abgebrochen, und…

Keine Münzsammlung, kein Bargeld, keine Reiseschecks, keine festverzinslichen Wertpapiere, keine Aktien, keine Ringe, keine Uhren, keine geschliffenen oder ungeschliffenen Edelsteine (obwohl da ein ausgesprochen schönes Stück aus versteinertem Holz mit Filz auf der Unterseite war, das vermutlich als Briefbeschwerer diente), keine Gold- oder Silberbarren, keine Briefmarken außer den besagten Drei-Cent-Marken in dem Heftchen und, so wahr mir Gott helfe, keine blaue Schatulle, weder aus Leder noch aus sonst irgendwas.

Großartig!

Darüber war ich nicht gerade glücklich, aber ich brach deswegen auch nicht gleich zusammen. Ich seufzte leise und fragte mich, wo der alte Flaxford wohl seinen Scotch versteckt hatte – bis mir einfiel, daß ich im Dienst grundsätzlich keinen Alkohol trinke. Und als mein Blick darauf sehnsüchtig zu dem silbernen Zigarettenetui weiterwanderte, mußte ich mir zähneknirschend in Erinnerung rufen, daß ich schon vor mehreren Jahren zu rauchen aufgehört hatte. Mir blieb also nichts anderes übrig, als einen zweiten Seufzer auszustoßen und mich seelisch schon mal darauf vorzubereiten, die ganze Prozedur noch mal zu machen. Es kann nämlich durchaus vorkommen, daß man in einem Schreibtisch – und das vor allem, wenn er als Gerümpelablage dient – auch einen Gegenstand übersieht, der größer ist als eine Zigarrenkiste. Nach einem kurzen Blick auf meine Uhr – es war sieben Minuten nach halb zehn – fiel mir allerdings ein, daß ich eigentlich vorgehabt hatte, mich bis zehn, allerspätestens halb elf wieder aus dem Staub zu machen. Also noch einmal kurz den Schreibtisch durchsuchen, anschließend den Rest der Wohnung nach brauchbaren Wertgegenständen abklappern und dann nichts wie weg. Ich blies in meine feuchten Handflächen (was allerdings wegen der Gummihandschuhe herzlich wenig genützt haben dürfte) und wollte mich eben an die Arbeit machen, als ich hörte, wie ein Schlüssel in die Wohnungstür gesteckt wurde.

Ich erstarrte.

Laut meinen Informationen hätte J. Francis Flaxford, der Wohnungsinhaber, auf keinen Fall vor Mitternacht nach Hause kommen dürfen.

Allerdings hätte laut diesen Informationen auch eine blaue Schatulle in seinem Sekretär sein sollen.

Ich stand da, blickte wie hypnotisiert auf die Wohnungstür und lauschte, wie sich der Schlüssel im Schloß drehte und erst der Schließzapfen, danach das Schnappschloß zurücksprang. Es folgte ein kurzer Moment absoluter Stille. Dann flog die Tür auf, und zwei Polizisten stürzten mit gezückten Pistolen in den Raum.

»Nur keine Aufregung«, sagte ich. »Ich bin's.«

2

Den Polizisten, der als erster durch die Tür kam, hatte ich vorher noch nie gesehen. Er war sehr jung, ein richtiger Bubi. Um so besser kannte ich allerdings seinen Partner, einen grauhaarigen, alten Hasen mit Hängebacken, einem mächtigen Bauch und einer langen, scharfen Nase. Er hieß Ray Kirschmann und war schon bei der Polizei, als sie noch mit Musketen bewaffnet war. Ich war ihm vor ein paar Jahren mal in die Arme gelaufen, und bei dieser Gelegenheit hatte sich gezeigt, daß man durchaus vernünftig mit ihm reden konnte.

»Wen haben wir denn da!« entfuhr es ihm erstaunt. Er ließ seine Pistole sinken und legte seinem jungen Partner beruhigend die Hand auf den Arm. »Ist das nicht Mrs. Rhodenbarrs Sohn Bernard? Steck deine Kanone weg, Loren. Bernie ist der Inbegriff eines Gentleman.«

Sein Partner blies geräuschvoll die Luft aus und nahm seine Pistole runter. Einbrecher sind nämlich nicht die einzigen, die erst mal die Luft anhalten, wenn sie eine fremde Wohnung betreten. Und Kirschmann wäre nicht Kirschmann, wenn er dabei seinem jungen Partner nicht den Vortritt gelassen hätte.

»Tag, Ray«, sagte ich.

»Lange nicht mehr gesehen, Bernie. Das ist übrigens mein neuer Partner Loren Kramer. Loren, darf ich vorstellen: Bernie Rhodenbarr.«

Als ich Kramer meine Hand entgegenstreckte, wußte er erst nicht recht, was er davon halten sollte. Jedenfalls starrte er einen Moment verdutzt meine Hand an und begann dann nervös an den Handschellen an seinem Gürtel herumzunesteln.

Kirschmann lachte. »Aber, aber, mein Junge. Kein Mensch käme auf die Idee, Bernie Handschellen anzulegen. Hier hast du es nicht mit irgendeinem Amateur zu tun, Loren, sondern mit einen absoluten Profi.«

»Ach so.«

»Mach erst mal die Tür zu, Loren.«

Kramer tat, wie ihm geheißen – übrigens, ohne den Riegel vorzulegen. Ich fühlte mich gleich wesentlich besser. Zum Glück war niemand auf uns aufmerksam geworden, und da es auf dem Flur noch nicht von neugierigen Wohnungsnachbarn wimmelte, die hinter den beiden Polizisten zur Tür hereindrängten, standen die Chancen, daß ich den Rest der Nacht in meinen eigenen vier Wänden verbringen würde, ziemlich hoch.

Ganz der perfekte Gastgeber sagte ich zu Kirschmann: »Eigentlich hatte ich gar nicht mit Ihrem Besuch gerechnet, Ray. Kommen Sie denn öfter hier vorbei?«

Er grinste. »Machen sich bei Ihnen inzwischen auch die ersten Folgen des Alters bemerkbar, Bernie? Wir haben nämlich gerade einen Funkspruch reinbekommen: Frau hört verdächtige Geräusche. Dabei waren Sie doch sonst immer lautlos wie eine Katze. Wie alt sind Sie inzwischen, Bernie?«

»Im Mai werde ich 35. Warum?«

»Sind Sie Stier?« Das kam von Kramer.

»Nein. Zwilling. Ich bin Ende Mai geboren.«

»Meine Frau ist Stier.« Inzwischen hatte Kramer seinen Knüppel vom Gürtel losgehakt und schlug damit bedächtig gegen seine Handfläche.

»Warum?« fragte ich noch einmal. Das sorgte erst einmal für etwas Verwirrung, da Kramer mir daraufhin zu erklären versuchte, seine Frau wäre aufgrund ihres Geburtsdatums Stier, ich wiederum ihm klarzumachen versuchte, daß ich eigentlich wissen wollte, warum mich Kirschmann nach meinem Alter gefragt hatte. Ray folgte diesem Wortwechsel mit zunehmend hilfloserem Gesichtsausdruck und schien es bereits bitter zu bereuen, dieses Thema angeschnitten zu haben. Offensichtlich hatte Kramer ein ausgesprochenes Talent dafür, größtmögliche Verwirrung zu stiften.

»Mit zunehmendem Alter lassen wir eben alle nach«, erklärte Kirschmann. »Jemand ist auf Sie aufmerksam geworden, weil Sie zuviel Lärm gemacht haben. Sowas wäre Ihnen früher nicht passiert.«

»Ich habe nicht das leiseste Geräusch gemacht.«

»Bis auf heute abend.«

»Ich spreche von heute abend, Ray. Außerdem bin ich erst ganz kurz hier.«

»Seit wann genau?«

»So genau kann ich das auch nicht sagen. Seit fünfzehn, zwanzig Minuten vielleicht. Auf keinen Fall länger. Ray?« Ich sah ihn durchdringend an. »Sind Sie auch ganz sicher, daß Sie sich nicht in der Wohnung geirrt haben?«

»Jedenfalls sind wir in einer Wohnung, in der ein Einbrecher ist.«

»Das ist natürlich richtig«, mußte ich wohl oder übel zugeben. »Aber haben Sie denn über Funk tatsächlich durchgegeben bekommen, daß es diese Wohnung ist? Ich meine, 311?«

»Die Wohnungsnummer haben sie uns zwar nicht durchgegeben, aber es hieß, es wäre im dritten Stock gleich die erste Wohnung nach vorne raus. Und das ist doch diese Wohnung, oder nicht?«

»Es gibt eine Menge Leute, die links und rechts verwechseln.«

Kirschmann sah mich nur an. Loren klopfte weiter mit dem Knüppel gegen seine Handfläche und schaffte es dabei doch tatsächlich, ihn fallen zu lassen. Der Knüppel war zwar mit einer Lederschlaufe an seinem Gürtel befestigt. Aber sie war so lang, daß der Knüppel auf den Boden schlug, zum Glück allerdings nicht aufs Parkett, sondern auf den chinesischen Teppich. Unter Kirschmanns tadelnden Blicken hob Kramer den Knüppel wieder auf.

»Soviel Lärm habe ich den ganzen Abend nicht gemacht«, bemerkte ich dazu.

»Jetzt machen Sie aber mal einen Punkt, Bernie –«

»Vielleicht haben sie auch die Wohnung drüber gemeint. Vielleicht war die Frau Engländerin. In England zählen sie die Stockwerke nämlich anders als hier. Bei denen gilt das Erdgeschoß als erster Stock. Folglich ist für die also der vierte Stock, was für uns der dritte ist, und außerdem –«

»Herr im Himmel.«

Ich sah erst Kramer an, dann wieder Kirschmann.

»Jetzt lassen Sie endlich diesen Quatsch, Bernie. Muß ich Sie etwa noch des langen und breiten auf Ihre Rechte aufmerksam machen, damit Sie endlich kapieren, daß wir Sie gerade bei einer strafbaren Handlung erwischt haben?«

»Trotzdem kann mich diese Frau unmöglich gehört haben. Erstens bin ich erst seit ein paar Minuten hier, und zweitens habe ich nicht das leiseste Geräusch gemacht.«

»Dann hat eben in der Wohnung nebenan die Katze einen Blumentopf umgeworfen, und wir sind rein zufällig hier reingeschneit. Das ändert trotzdem nichts am Tatbestand, oder?«

»Natürlich nicht.« Ich setzte mein reuigstes Lächeln auf. »So einen Fang beschert einem der Zufall weiß Gott nicht alle Tage. Pech für mich, Glück für Sie.«

»Tja, wie das Leben eben manchmal so spielt.«

»Woher haben Sie übrigens einen Wohnungsschlüssel?« wollte ich wissen. »Vom Türsteher?«

»Mhm. Eigentlich wollte er auch mit hochkommen, um uns aufzuschließen. Aber wir haben ihm gesagt, er soll lieber auf seinem Posten bleiben.«

»Demnach weiß also außer Ihnen beiden niemand, daß ich hier bin.«

Die zwei sahen sich an. Sie waren ein recht gegensätzliches Paar, der alte Hase in seiner abgetragenen Uniform und der geschniegelte junge Hüpfer, der aussah, als käme er gerade frisch aus der Zeugkammer. »Das ist soweit richtig«, bestätigte mir Kirschmann nach kurzem Nachdenken.

»Wir kommen uns also langsam näher?«

»Für uns wäre das ein prima Fang. Genau, was Loren und ich mal wieder brauchen könnten. Vielleicht bekämen wir dafür sogar eine Belobigung.«

»Das glauben Sie doch selbst nicht, Ray.«

»Wieso? Das wäre durchaus möglich.«

»Von wegen. Sie haben mich nur auf eine lächerliche Funkdurchsage hin geschnappt. Dafür verpaßt Ihnen kein Mensch einen Orden.«

»Da haben Sie allerdings auch wieder recht«, nickte Ray und wandte sich an seinen Partner. »Was meinst du, Loren?«

»Tja«, murmelte Loren, klopfte weiter mit dem Knüppel gegen seine Handfläche und nagte nachdenklich an seiner Unterlippe. Der Knüppel war ziemlich verdellt und zerkratzt und stand in auffälligem Gegensatz zu seinem übrigen Erscheinungsbild. Ich konnte mich des Verdachts nicht erwehren, daß er ihn des öfteren fallen ließ und vermutlich nicht immer auf eine so weiche Unterlage wie einen chinesischen Teppich.

»Wieviel haben Sie dabei, Bernie?«

Es hätte keinen Sinn gehabt, ihm was vorzumachen. In der Regel trage ich immer 1000 Dollar Fersengeld bei mir, und soviel hatte ich auch jetzt einstecken. Zufällig handelte es sich dabei genau um den Vorschuß, den ich für diesen Auftrag bereits bekommen hatte. Wenn ich das Geld also Kirschmann und seinem Partner gäbe, liefe die Sache unterm Strich auf plus-minus Null heraus, und der ganze Spaß hätte mich nicht mehr gekostet als das Geld fürs Taxi und ein paar Stunden Arbeit. Nur mein Freund mit der birnenförmigen Figur hätte einen Verlust von 1000 Dollar zu beklagen gehabt, aber das sollte nicht mein Problem sein.

»Tausend Dollar«, antwortete ich also wahrheitsgemäß. Ich konnte genau sehen, daß Kirschmann überlegte, ob er höher gehen sollte. Er gelangte dann aber zu der Überzeugung, daß ich ihm nichts vormachte. Außerdem waren 1000 Dollar kein schlechter Fang, denn er brauchte sie nur durch zwei zu teilen.

»Darüber läßt sich reden«, nickte er schließlich. »Und Sie haben das Geld einstecken?«

Ich nahm die Scheine heraus und reichte sie ihm. Mit gekonntem Griff fächerte er sie wie ein Blatt Spielkarten auf und zählte das Geld mit betont teilnahmsloser Miene ab.

»Haben Sie schon irgend etwas aus der Wohnung mitgehen lassen, Bernie? Wenn wir nämlich melden, daß niemand hier war, und der Kerl, dem die Wohnung gehört, anschließend wegen Einbruchs Anzeige erstattet, stehen wir ganz schön dumm da.«

Ich zuckte mit den Schultern. »Sie könnten ja auch sagen, daß ich schon weggewesen sei, als Sie aufkreuzten. Aber das wird nicht nötig sein, Ray. Ich habe nichts gefunden, was sich gelohnt hätte mitzunehmen. Wie gesagt, ich bin eben erst hergekommen und habe außer dem Schreibtisch noch nichts angerührt.«

»Wir könnten ihn ja filzen«, schlug Kramer vor, was ihm jedoch sowohl von mir als auch von Kirschmann einen vernichtenden Blick eintrug. Er bekam eine knallrote Birne und konnte gar nicht schnell genug hinzufügen: »War ja nur so eine Idee von mir.«

Ich fragte ihn, was er für ein Sternzeichen sei.

»Jungfrau«, sagte er.

»Paßt gut zu Stier.«

»Sind beides Erdzeichen. Sehr bodenständig und mit einem ausgeprägten Sinn fürs Praktische.«

»Das kann ich mir denken.«

»Interessieren Sie sich für Astrologie?«

»Nicht besonders.«

»Ich finde, daß daran einiges ist. Ray ist Schütze.«

»Herr im Himmel«, seufzte Kirschmann, als wollte er sagen: Geht das schon wieder los. Er warf noch einmal einen kurzen Blick auf die Scheine, faltete sie zusammen und ließ sie achselzuckend in seiner Hosentasche verschwinden. Währenddessen ließ ihn Kramer keine Sekunde aus den Augen. Er wußte natürlich, daß er seinen Anteil später bekommen würde. Trotzdem...

Kirschmann begann an seinen Fingernägeln zu kauen. »Wie sind Sie ins Haus gekommen, Bruder? Über die Feuerleiter?«

»Durch die Eingangstür.«

»An dem Clown da unten vorbei? Wirklich toll, diese Türsteher.«

»Ist ja auch ein großes Haus.«

»So groß nun auch wieder nicht. Aber wer käme bei Ihrem Aussehen und Ihren tadellosen East Side-Manieren schon auf schlechte Gedanken?« Ich wohne in der West Side und trage normalerweise Jeans. »Vermutlich hatten Sie auch noch eine Aktentasche dabei.«

»Nicht ganz.« Ich deutete auf die Einkaufstüte.

»Noch besser. Damit kommen Sie wohl genauso problemlos wieder hier raus, wie Sie reingekommen sind. Das heißt –« Er runzelte die Stirn. »Erst gehen wir. Das ist auf jeden Fall besser. Sonst heißt es noch, was wir eigentlich so lange hier getrieben haben und so weiter und so fort. Aber kommen Sie mir bloß nicht auf dumme Gedanken, wenn wir weg sind, ja?«

»Es ist sowieso nichts hier, was sich lohnt mitzunehmen.«

»Ehrenwort, Bernie?«

Ich konnte mir nur mit Mühe ein Lachen verkneifen. »Aber klar, Ray«, erwiderte ich feierlich. »Ehrenwort.«

»Drei Minuten, nachdem wir gegangen sind, verschwinden auch Sie. Und daß Sie mir keine Sekunde länger hier bleiben – ist das klar, Bernie?«

»Aber sicher.«

»Also schön.« Er wandte sich bereits zum Gehen, als Loren Kramer ein dringendes Bedürfnis verspürte. »Herr im Himmel«, stöhnte Kirschmann.

»Wo ist das Klo?« wollte Kramer von mir wissen.

»Ich hab es jedenfalls nicht eingesteckt.«

Er glotzte mich nur verständnislos an, und ich fügte erklärend hinzu: »Wie gesagt, bin ich noch nicht weiter gekommen als bis zum Schreibtisch. Aber vermutlich ist das Klo irgendwo am anderen Ende des Flurs.«

Während sich Kramer auf die Suche begab, stand Kirschmann nur kopfschüttelnd da. Und als ich ihn fragte, wie lange Kramer schon sein Partner sei, brummte er nur: »Zu lange.«

»Ich glaube, ich weiß, was Sie meinen.«

»Trotzdem ist er kein übler Kerl, Bernie.«

»Ja, macht einen ganz netten Eindruck.«

»Wenn er nur nicht so ein Schussel wäre. Und wenn er dann noch mit seiner Astrologie anfängt, ist bei mir der Ofen endgültig aus. Glauben Sie denn, an dem Zeug ist wirklick was dran?«

»Wahrscheinlich.«

»Na, und wenn schon. Wen kümmert's, ob seine Frau Stier ist oder Löwe. Fest steht nur, daß sie ein verdammt gutaussehendes Luder ist. Aber Loren kann einen manchmal wirklich zur Verzweiflung treiben. Als er mir als Partner zugeteilt wurde, war mit dem Kerl absolut nichts anzufangen. Der hat für jede Tasse Kaffee selbst bezahlt, wenn wir mal zwischendurch Pause gemacht haben. Inzwischen hat er wenigstens gelernt, wie man die Hand aufhält, wenn einem jemand einen Geldschein zuschiebt.«

»Na, Gott sei Dank.«

»Das will ich doch meinen, Bernie. Ganz abgesehen davon ist er ganz schön scharf aufs Geld. Aber das liegt vermutlich nur daran, daß es seine Frau schneller zum Fenster rauswirft, als er es anschleppen kann. Glauben Sie, das hängt damit zusammen, daß sie Stier ist?«

»Da müssen Sie schon Loren fragen.«

»Das wird der gerade wissen. Aber solange der Junge wenigstens in ein paar Dingen Vernunft beweist, nimmt man ja gern eine Menge anderer Fehler in Kauf – wenn er sich nur nicht mal aus Versehen selbst mit seinem Knüppel umbringt. Ach, Bernie – ziehen Sie doch mal Ihre Handschuhe aus.«

»Wie bitte?«

»Die Gummihandschuhe. Damit wollen Sie doch nicht etwa auf der Straße rumlaufen.«

»Ach so.«

Irgendwo im Innern der Wohnung war zu hören, wie Loren heftig hustete und dann gegen etwas stieß. Ich zog die Handschuhe aus und steckte sie ein. »Das ganze Handwerkszeug in einer Tasche«, brummte Ray anerkennend. »An sowas erkennt man den echten Profi. Ich habe ja noch nie viel von diesen Amateuren gehalten, die in letzter Zeit immer mehr ihr Unwesen treiben. Aber bei einem Profi wie Ihnen, Bernie, da weiß man wenigstens, woran man ist. Selbst wenn wir Sie heute abend hätten mitnehmen müssen. Hätte ja sein können, daß der Türsteher unbedingt mit raufkommen wollte und sich anschließend nicht hätte schmieren lassen. Dann wäre zwar rein finanziell nichts bei der Sache rausgesprungen, aber ich hätte es wenigstens mit einem Könner zu tun gehabt.«

Die Klospülung rauschte. Nur mühsam konnte ich dem Impuls widerstehen, auf meine Uhr zu sehen.

»Da ist einem gleich wohler bei der Sache«, sang Kirschmann währenddessen weiter das Hohe Lied wahrer Professionalität. »Nehmen Sie doch nur mal einen Fall wie heute abend, als wir durch die Tür gekommen sind. Da weiß man doch vorher nie, was einen auf der anderen Seite erwartet.«

»Das Gefühl kenne ich auch«, versicherte ich ihm und griff nach meiner Einkaufstüte. Doch plötzlich ging in Kirschmanns Miene eine seltsame Veränderung vor, die mich abrupt herumwirbeln ließ. Sein Partner stand im Durchgang zum Flur, den

Mund erschreckt aufgerissen, und mit einem Gesicht, so weiß, weißer geht's nicht.

»Im –« stotterte er los. »Im... im... Schlafzimmer!« Und dann brach es plötzlich aus ihm hervor: »Auf dem Weg zurück von der Toilette habe ich versehentlich die Tür zum Schlafzimmer erwischt, und da lag dieser Kerl, er ist tot, jemand hat ihm den Schädel eingeschlagen, und es ist alles voller Blut, es ist noch warm, der Kerl übrigens auch, mein Gott, wie der zugerichtet ist, sowas habe ich noch nie gesehen, aber ich hab ja immer schon gesagt, daß man Zwillingen nicht trauen soll, die versuchen, einem doch immer was vorzumachen, o Gott –«

Sprach's und kippte einfach um. Zum Glück landete er auf einem der beiden Teppiche, und zwar auf dem, den ich für einen Buchara hielt.

Einen Moment lang standen Kirschmann und ich nur da und starrten uns mit großen Augen an.

Jetzt hätten wir mal zeigen können, wie zwei echte Profis mit so einer Situation fertig wurden. Aber von wegen. Kirschmann stand da wie ein Ölgötze. Er griff weder nach mir noch nach seiner Waffe und machte auch sonst keine Bewegung. Nein, er stand so breit da, wie er auf seinen Plattfüßen nur dastehen konnte und rührte sich nicht von der Stelle. Aber auch ich sollte die Lobeshymnen auf meine angebliche Professionalität Lügen strafen und tat etwas, was Kirschmann mir vermutlich ebensowenig zugetraut hätte wie ich selbst.

In einem Anfall von blinder Panik warf ich mich mit solcher Wucht gegen ihn, daß er einfach nach hinten kippte und mit einem dumpfen Knall auf dem Boden landete. Ohne mich nach ihm umzusehen, rannte ich aus der Wohnung und stürzte in einem Tempo, für das es den anschaulichen Begriff ›halsbrecherisch‹ gibt, die Treppe hinunter und auf den Eingang zu. Dem Türsteher, der mir mit gewohnter Dienstbeflissenheit die Tür aufhielt, trällerte ich zu: »Ich werde Sie an Weihnachten bestimmt nicht vergessen!« und war verschwunden, bevor er noch etwas erwidern konnte.

3

Nur gut, daß auf der Straße kaum noch Leute unterwegs waren. So konnte ich ungehindert einen Sprint zur nächsten Straßenecke hinlegen, und als ich schließlich glücklich die 2nd Avenue erreichte, hatte sich meine Atemnot mit meiner langsam wieder einsetzenden Gehirntätigkeit so weit verbündet, daß ich meine Panik langsam wieder in den Griff bekam. Da mich offensichtlich niemand verfolgte, fiel ich in einen raschen Gang zurück. Es ist in New York weiß Gott nicht leicht, Aufmerksamkeit zu erregen. Aber wenn man unbedingt will, daß einem die Leute hinterherstarren, dann braucht man nur auf offener Straße zu laufen. Und ich kann es einfach nicht leiden, wenn mir jemand hinterherglotzt.

Ein paar hundert Meter weiter winkte ich ein Taxi an den Straßenrand, stieg ein und gab dem Fahrer meine Adresse. Kaum hatte er jedoch gewendet, um in Richtung West Side loszufahren, kamen mir die ersten Bedenken. Ich wohne im 17. Stock eines relativ neuen Apartmenthauses Ecke West End und 71. Straße, wo man an klaren Tagen (es gibt hin und wieder noch einen) zwar nicht das Ende der Welt, aber zumindest das World Trade Center und Teile von New Jersey sehen kann. Meine Wohnung ist für mich der ideale Rückzugsort von den Problemen des Alltags, ganz zu schweigen von den Tücken des Schicksals. Deshalb hatte ich dem Fahrer ohne zu überlegen die Adresse genannt. Dummerweise war meine Wohnung aber genau der Ort, an dem Ray Kirschmann und seine Kollegen zuallererst nach mir suchen würden. Dazu bräuchten sie nur mal kurz im Telefonbuch nachzusehen.

Mit einem tiefen Seufzer ließ ich mich in den Sitz zurücksinken und griff ganz automatisch in meine linke Brusttasche, wo ich früher meine Zigaretten stecken gehabt hatte. Wenn ich jetzt in Flaxfords Wohnung in der 67. Straße gewesen wäre, dann hätte ich es mir in dem grünen Ledersessel bequem gemacht, ein Glas Brandy eingeschenkt und dazu ein Pfeifchen angesteckt. Aber wie im Augenblick die Dinge standen...

Nur nicht den Kopf verlieren, Bernard, redete ich mir gut zu. Denk erst mal in Ruhe nach!

Es boten sich genügend Möglichkeiten an. Wem könnte es 1000 Dollar wert gewesen sein, mir einen Mord anzuhängen? Oder warum hatte mein birnenförmiger Freund mit den kleinen Patschhändchen ausgerechnet mich dafür ausersehen, den Dummen zu spielen? Eigentlich hatte ich für derlei ausufernde Überlegungen jedoch gar keine Zeit. Fürs erste war ich noch mal davongekommen. Zu verdanken hatte ich das nur meinen beiden Freunden von der Polizei, von denen der eine genau im rechten Augenblick in Ohnmacht gefallen war, während sein Kollege so lange auf der Leitung gestanden hatte, daß ich mich gerade noch im letzten Moment aus dem Staub hatte machen können. Was mir einen Vorsprung von ein paar Minuten verschaffte.

Ich mußte mich also schleunigst irgendwo verkriechen. Da mein Bau dafür nicht in Frage kam, mußte ich erst noch ein geeignetes Loch ausfindig machen. Nachdem ich die Meute vorerst abgeschüttelt hatte, mußte ich mich unbedingt in Sicherheit bringen, bevor sie wieder auf meine Fährte stieß. (Daß mir ausschließlich Redewendungen einfielen, wie sie bei der Fuchsjagd gebräuchlich sind, war nicht gerade dazu angetan, meine Stimmung steigen zu lassen.)

In meine Wohnung konnte ich also nicht zurück. Spätestens in einer Stunde würde es dort von Polizisten nur so wimmeln. Ich brauchte einen Platz, nichts Besonderes, nur einen Raum mit vier Wänden, einem Fußboden unten und einer Decke oben, den niemand mit mir in Verbindung brachte und wo niemand so schnell auf mich aufmerksam wurde. Und natürlich mußte dieser Platz irgendwo in New York sein, da die Chancen, meinen Häschern zu entkommen, auf fremdem Terrain wesentlich schlechter standen. Was hätte sich für meine Zwecke besser geeignet als die Wohnung eines Freundes?

Während das Taxi in Richtung Norden fuhr, ging ich in Gedanken meine Freunde und Bekannten durch und gelangte schließlich zu der traurigen Feststellung, daß nicht ein einziger unter ihnen war, bei dem ich mich so mir nichts, dir nichts hätte einquartieren können. Dazu müssen Sie wissen, daß ich es mir seit jeher zum Grundsatz gemacht habe, schlechten Umgang zu meiden. Solange ich mich nicht gerade hinter Gittern befinde –

was ich möglichst zu verhindern versuche –, pflege ich keinerlei Umgang mit Einbrechern, Dieben, Betrügern, Schwindlern und anderen branchennahen Berufskollegen. Dagegen sind im Gefängnis die Möglichkeiten, sich seinen Bekanntenkreis auszusuchen, notgedrungen etwas beschränkt. In Freiheit verkehre ich ausschließlich mit ehrlichen Leuten. Diese »ehrlichen Leute« mögen zwar hin und wieder Schreibmaterial aus der Firma mitgehen lassen, ihre Einkommensteuererklärung frisieren, Strafzettel in den Müll werfen und gewisse Gesetze bis zum Gehtnicht-mehr verbiegen, aber es sind keine aktenkundigen Kriminellen darunter. Mit Sicherheit kann ich das letztendlich natürlich genausowenig sagen wie meine Bekannten wissen können, daß genau das auf mich zutrifft.

Folglich ist es auch nicht weiter verwunderlich, daß ich keine sehr engen Freunde habe. Da keiner meiner Bekannten die Wahrheit über mich kennt, habe ich auch zu keinem von ihnen ein wirklich enges Verhältnis. Das heißt natürlich nicht, daß ich nicht jede Menge Bekannte habe, mit denen ich mir mal einen Boxkampf oder ein Baseballmatch ansehe oder eine Partie Schach oder Poker spiele. Was meine Damenbekanntschaften betrifft, so gehe ich mit ihnen essen oder ins Theater oder Konzert, und mit ein paar von ihnen gehe ich auch ins Bett. Aber genauso, wie ich schon lange keinen echten Freund mehr hatte, hatte ich auch schon einige Zeit keine wirklich enge Beziehung mehr zu einer Frau – ein typischer Fall von moderner Bindungsangst, verstärkt durch die notgedrungene Einsamkeit des Einbrecherdaseins.

Nicht, daß ich bisher sonderlich häufig Grund gehabt hätte, mich darüber zu beklagen, wenn man einmal von ein paar besonders schlimmen Nächten absieht, in denen sich ein Mann keine schlechtere Gesellschaft denken kann als seine eigene und in denen es niemanden gibt, den man um drei Uhr früh noch anrufen könnte. Langer Rede kurzer Sinn: Mir fiel niemand ein, bei dem ich eine Weile hätte unterschlüpfen können. So oder so hätte es auch nicht viel genützt, weil die Polizei auf der Suche nach mir zuallererst die Wohnungen meiner Freunde und Bekannten abgeklappert hätte.

Da war guter Rat teuer...

»Soll ich lieber wenden, oder was?« riß mich die Stimme des Taxifahrers aus meinen Gedanken. Er hatte am Straßenrand angehalten und sah mich durch die Trennscheibe aus Plexiglas, die ihn vor mordgierigen Fahrgästen schützen sollte, fragend an. »Wir sind da. 71. Straße, Ecke West End – wie Sie gesagt haben. Wollen Sie hier aussteigen oder auf der anderen Seite?«

Ich starrte ihn nur verdutzt an, stellte meinen Mantelkragen hoch und zog mich darin zurück wie eine verschreckte Schildkröte.

»Soll ich nun wenden, oder nicht?« fragte er geduldig noch einmal.

»Klar«, antwortete ich schließlich.

»Heißt das, daß ich wenden soll?«

»Ja.«

Er wartete, bis die Straße frei war, um dann mit ebenso elegantem wie verkehrswidrigem Schwung zu wenden und vor meinem Haus zu halten. Ob ich es wohl riskieren sollte, kurz nach oben zu fahren, um mir ein paar frische Sachen und etwas Bargeld zu holen?

Nein.

Der Taxifahrer streckte bereits die Hand aus, um die Uhr ab zustellen. »Warten Sie«, hielt ich ihn zurück. »Fahren Sie mich Downton.«

Seine Hand schwebte über dem Schaltknopf der Uhr wie ein Kolibri über einer Orchideenblüte. Es dauerte eine ganze Weile, bis er sie schließlich zurückzog und mich fragend ansah. »Wieder zurück ins Zentrum?«

»Ganz richtig.«

»Gefällt es Ihnen hier nicht mehr?«

»Es ist nicht so, wie ich es in Erinnerung habe.«

Über seine Züge legte sich ein Ausdruck, wie man ihn in New York ziemlich häufig beobachten kann, und zwar vor allem an Personen, die glauben, einen Verrückten vor sich zu haben. »Wie Sie meinen«, lautete sein einziger Kommentar.

»Nichts ist mehr, wie es mal war«, fuhr ich unerbittlich fort. »Sehen Sie doch selbst, was aus dem Viertel geworden ist.«

»Das hier ist noch gar nichts«, versicherte er mir, sobald er wieder losgefahren war. »Da sollten Sie erst mal sehen, wo ich wohne. Kennen Sie die Bronx? Weil Sie gerade von einem Viertel sprechen, mit dem es abwärts geht –«

Während der ganzen Rückfahrt tat er nichts anderes als über ein Viertel zu sprechen, mit dem es abwärts geht. Das einzig Gute an diesem Sermon war seine absolute Vorhersehbarkeit. Ich brauchte nur hin und wieder ein beifälliges oder skeptisches Grunzen beizusteuern, um seinen Redefluß in Gang zu halten, und konnte währenddessen ungestört meinen Gedanken nachhängen – über die unverbesserlichen Schachfreaks, die ich ohne große Mühe matt setzte, oder die Pokerpartner, die mich regelmäßig über den Tisch zogen. Und dann die Sportbegeisterten. Die Saufkumpane. Die beunruhigend kurze Liste junger Damen, auf die ich mich in letzter Zeit etwas näher eingelassen hatte.

Rodney Hart.

Rodney Hart!

Wie aus dem Nichts war mir sein Name plötzlich eingefallen. Ein großer, schlaksiger Kerl, mehr Haut als Knochen, mit hohen, stark vorspringenden Augenbrauen und einer langen Nase, deren Flügel sich unweigerlich zu blähen begannen, wenn er ein halbwegs passables Blatt in der Hand hatte. Ich habe Rodney vor etwa anderthalb Jahren beim Pokern kennengelernt und ihn seitdem genau zweimal an einem anderen Ort als an einem Spieltisch gesehen. Das eine Mal war in einer Bar im Village, wo wir uns zufällig getroffen und auf ein paar Bier unterhalten haben. Das andere Mal spielte er bei einer ziemlich kurzlebigen Off-Broadway-Aufführung eine tragende Nebenrolle, und ich habe ihn nach der Vorstellung mit einer noch sehr frischen Damenbekanntschaft in der Garderobe aufgesucht, um bei meiner Begleiterin ein bißchen Eindruck zu schinden (was mir allerdings kläglich mißlang).

Rodney Hart also.

Was, werden Sie nun fragen, soll an Rodney Hart so Besonderes gewesen sein? Zuerst einmal wußte ich zufällig, daß er allein lebte. Und was noch wichtiger war: Er war gerade nicht zu Hause und würde auch in den nächsten paar Monaten nicht dort aufkreuzen. Er hatte nämlich erst kürzlich bei einer unserer gemeinsamen Pokerpartien verlauten lassen, daß wir in nächster Zeit lieber nicht mit ihm rechnen sollten. Denn er habe ein Engagement in *Zwei, wenn zu Wasser* bekommen und werde mehrere Monate durch ganz Amerika auf Tournee gehen, um diesen Provinzlern endlich mal zu zeigen, was man am Broadway unter Kultur verstehe. Freundlicherweise hatte er auch gleich noch die Information mitgeliefert, daß er seine Wohnung während seiner Abwesenheit nicht untervermieten werde. »Das ist den Ärger nicht wert«, meinte er. »Ich wohne jetzt schon so lange da, und zahle nur 90 Dollar warm! Der Vermieter geht nicht mal die paar Prozent rauf, die gesetzlich eigentlich zulässig sind. Ob ihr's glaubt oder nicht – der gute Mann hat eine Schwäche für Schauspieler. Ein richtiger Theaternarr. Und mir ist es in jedem Fall 90 Dollar im Monat wert, nicht irgendeinen dahergelaufenen Kerl auf meinem Scheißhaus hocken und in meinem Bett schlafen lassen zu müssen.«

Von wegen!

Der dahergelaufene Kerl, der es sich auf seiner Klobrille und zwischen seinen Laken gemütlich machen würde, war kein geringerer als Bernard Rhodenbarr. Und von mir würde er nicht einmal 90 Dollar im Monat dafür bekommen.

Die Frage war jetzt nur noch, wo der gute Rodney wohnte. Soviel ich mich erinnern konnte, war das irgendwo im Village gewesen. Ich war schon im Begriff dem Taxifahrer zu sagen, er solle mich dorthin fahren, als mir bewußt wurde, daß ich eigentlich schon viel zu lange in seinem Taxi saß. Zum einen hatte ich ihm sowieso schon genügend Anlaß gegeben, mir etwas mehr als die sonst übliche Beachtung zu schenken. Zum anderen würde spätestens am nächsten Abend mein Konterfei auf den Titelseiten sämtlicher Zeitungen prangen, und vielleicht würde er es ausgerechnet dann zum erstenmal in seinem bisher nicht gerade vom Erfolg gekrönten Leben schaffen, sich zwei und zwei zusammenzureimen.

»Wenn Sie hier bitte halten würden.«

»Hier?«

Wir waren inzwischen in der 7th Avenue, ein paar Blocks vom

Sheridan Square. »Halten Sie einfach an«, forderte ich ihn noch mal auf.

»Sie müssen es ja schließlich wissen«, brummte der Fahrer den Satz, der mir schon immer als die höflichste Form erschienen war, abgrundtiefe Mißbilligung zum Ausdruck zu bringen. Ich zückte meinen Geldbeutel, zahlte und gab ihm ein Trinkgeld, das mich in seiner Achtung noch weiter sinken ließ. Bei dieser Gelegenheit begann ich auch zum erstenmal zu bereuen, daß ich Kirschmann meine letzten 1000 Dollar in den Rachen gestopft hatte. Das war sicher die schlechteste Investition, die ich seit langem getätigt hatte. Gerade in einer Situation wie dieser hätte ich das Geld dringend brauchen können. Aber alles, was ich noch bei mir hatte, waren lumpige 70 Dollar und etwas Kleingeld. Und Rodney war nicht gerade der Typ, der größere Summen Bargeld in seiner Wohnung herumliegen hatte.

Wo wohnte der Kerl außerdem?

Die Antwort auf diese Frage fand ich rasch. Dabei kam mir sehr zugute, daß Rodney Schauspieler ist. Die wenigsten meiner Bekannten stehen nämlich im Telefonbuch, aber für Schauspieler haben schon immer andere Gesetze gegolten. Die hinterlassen ihre Telefonnummern wie Hunde ihre Markierungen. Entsprechend stand der gute Rod natürlich auch im Telefonbuch, und während Hart ein relativ gebräuchlicher Name ist, ist Rodney ziemlich selten. Nach kurzem Suchen hatte ich ihn. Er wohnte mitten im Herzen des West Village in der Bethune Street, einer ruhigen und abgelegenen Straße, in die sich kein Tourist verirrt. Also geradezu ideal für meine Zwecke.

Wie bei Telefonbüchern üblich, war neben seinem Namen nicht nur seine Adresse, sondern auch seine Telefonnummer angegeben. Ich investierte zehn Cent von meinem letzten Geld und rief an. (Das sollte man möglichst immer tun, wenn man vorhat, irgendwo einzubrechen.) Ich ließ es siebenmal läuten, was eigentlich hätte genügen müssen. Aber da ich zu übertriebener Vorsicht neige, lasse ich es in solchen Fällen grundsätzlich zwölfmal läuten. Diesmal kam ich allerdings nur auf siebenmal, weil nämlich jemand abnahm. Vor Schreck hätte ich mich fast übergeben.

»Sieben-vier-eins-neun«, meldete sich eine angenehme Frauenstimme, worauf sich mein Mageninhalt sofort wieder nach unten verlagerte. Genauso, wie alle Schauspieler im Telefonbuch stehen, haben sie auch einen Telefondienst, der ihre Anrufe entgegennimmt. Und für so einen arbeitete die Dame, die ich an der Strippe hatte. Die Zahlenfolge war nichts anderes als die letzten vier Ziffern von Rodneys Nummer. Ich räusperte mich und fragte, wann Rodney wieder zu erreichen sei, worauf mir die Dame mit der wohlklingenden Stimme mitteilte, daß er noch weitere fünfzehn Wochen auf Tournee bleibe, sich im Augenblick in St. Louis aufhielte und sie mir seine dortige Telefonnummer geben könne. Daran war ich nicht interessiert. Ich verkniff mir, eine komische Nachricht für ihn zu hinterlassen, und hängte stattdessen lieber auf.

Nach einigem Umherirren hatte ich schließlich die Bethune Street gefunden. Rodneys Wohnung ausfindig zu machen, war dann weiter kein Problem mehr. Das Haus, in dem er wohnte, lag einen halben Block westlich von der Washington Street in einem Viertel mit vielen alten Mietskasernen und Lagerhäusern. Es war ein schlichter, aber grundsolider fünfstöckiger Backsteinbau, der sich von den anderen Häusern in der Straße nur durch die Nummer über dem Eingang unterschied. Nachdem ich mich kurz vergewissert hatte, daß die Luft rein war, überflog ich die Klingelschilder am Eingang nach den Namen berühmter Schauspielerkollegen und -kolleginnen. Aber Helen Hayes war ebensowenig darunter wie die Lunts. Dafür aber Rod. Oder zumindest wohnte in Apartment 5-R ein R. Hart. Da es in dem Haus fünf Etagen und pro Etage zwei Wohnungen gab, hieß das, daß die Wohnung im obersten Stock nach hinten raus lag. Besser hätte es gar nicht kommen können.

Aus alter Gewohnheit drückte ich erst einmal kräftig auf den Klingelknopf und wartete, ob vielleicht doch jemand in der Wohnung war und den Türöffner betätigte. Das war nicht der Fall. Ich überlegte bereits, ob ich aufs Geratewohl noch auf ein paar andere Klingeln drücken sollte. Das hätte ich getan, wenn es sich hier um einen regulären Job gehandelt hätte. Die meisten Leute öffnen einem nämlich bedenkenlos die Eingangstür, und wenn sich tatsächlich mal jemand vergewissert, wen er da eigentlich ins Haus gelassen hat, setzt man eben sein unschuldigstes Lächeln auf und murmelt irgend etwas von wegen Schlüssel vergessen. Das funktioniert immer. Da Rod allerdings im obersten Stock wohnte, hatte ich einen langen Aufstieg, bei dem mir zufällig ein anderer Hausbewohner begegnen konnte, der sich vielleicht an mein Gesicht erinnern würde, wenn er es am nächsten Tag auf der Titelseite einer Zeitung sähe. Und das wiederum hätte bedeutet, daß ich für eine Weile festgesessen hätte, wenn nicht anderswo sogar für immer...

Das Risiko war mir die Sache nicht wert, zumal ich keine 15 Sekunden brauchte, um die Eingangstür aufzubekommen. Bei dem Schloß hätte vermutlich sogar ein kräftiger Windstoß genügt.

Ich stieg in den fünften Stock hinauf und wartete erst einmal, bis ich wieder einigermaßen zu Atem gekommen war, ging dann auf die Tür mit der Aufschrift 5-R zu und lauschte eine Weile daran. Unter der Tür auf der anderen Seite des Flurs, 5-F, fiel kein Licht durch. Ich klopfte, wartete, klopfte noch einmal und holte schließlich meine Einbruchswerkzeuge heraus.

Rod hatte drei Schlösser an seiner Wohnungstür. An einem davon hatte sich mal ein Amateur mit einem Stemmeisen oder Schraubenzieher zu schaffen gemacht. Es sah aber nicht so aus, als wäre dabei viel herausgekommen. Womit ich es also zu tun hatte, waren ein ziemlich schwer zu knackendes Medeco-Zylinderschloß, ein Segal-Panzerriegel, der über die ganze Türbreite verlief und an beiden Seiten des Türstocks verankert war, und ein billiges Stück Schrott, das bestenfalls Symbolwert hatte. Das nahm ich mir zuerst vor. Dann rückte ich dem Panzerriegel zu Leibe. Gegen ausgeflippte Junkies, die einem die Tür eintreten wollen, bieten diese Dinger optimalen Schutz. Außerdem sind sie nicht gerade einfach aufzubekommen. Aber wenn man, wie ich, über das richtige Werkzeug und das entsprechende Knowhow verfügt, stellt auch so ein Panzerriegel kein nennenswertes Problem dar. Ein leises Schnappen, und der massive Stahlriegel sprang zurück. Blieb also nur noch das Medeco.

Medeco-Schlösser werden in der Werbung immer als absolut

einbruchsicher angepriesen. Das ist natürlich kompletter Unsinn, so ein Schloß müßte erst noch erfunden werden. Aber es ist zumindest eine verzeihliche Übertreibung. Für mich bedeutete das Ganze, daß ich, um das Schloß zu knacken, zwei schwierige Probleme gleichzeitig lösen mußte. Stellen Sie sich vor, Sie sollen einen verschlüsselten Text in – sagen wir mal – Serbokroatisch dechiffrieren, in einer Sprache also, die Sie nicht verstehen. Dazu müssen Sie nicht nur den Code knacken, sondern auch noch Serbokroatisch lernen. Das war zwar nicht genau das, was ich mit dem Medeco vorhatte, aber es kommt dem Sachverhalt relativ nahe.

Das verdammte Ding brachte mich ganz schön ins Schwitzen, und ich mußte immer wieder von vorne anfangen, weil ich ein paar besonders komplizierte Handgriffe auf Teufel komm raus nicht hinbekam. Plötzlich hörte ich eine Tür aufgehen. Ich stand kurz vor einem Herzinfarkt. Aber zum Glück merkte ich gerade noch rechtzeitig, daß das Geräusch aus dem Stockwerk unter mir kam. Nach einem weiteren Versuch hatte ich den Dreh heraus, und das Schloß sprang auf. Lautlos glitt ich in die Wohnung, drückte die Tür hinter mir zu und schloß alle drei Schlösser wieder ab – wie eine alte Jungfer aus diesen bekannten Geschichten.

Als erstes machte ich einen Rundgang durch die Wohnung, um mich zu vergewissern, daß es außer mir niemanden darin gab – auch, oder vor allem, keine Leichen. Das nahm nicht allzuviel Zeit in Anspruch. Die Wohnung bestand aus einem großen Raum, der durch ein Bücherregal in einen Wohn- und einen Schlafbereich abgeteilt war. Die Küche war eng und wenig einladend, das Bad enger und noch weniger einladend. Als ich das Licht anknipste, sah ich Legionen von Kakerlaken flüchen. Ich schaltete das Licht wieder aus und ging in den Wohnraum zurück.

Für eine Weile würde es sich hier bestimmt aushalten lassen. Die Möbel waren zwar nicht mehr die allerneuesten, und vielleicht hatte Rod sie sogar gebraucht gekauft, aber trotzdem machte die Wohnung einen gemütlichen Eindruck. Mehrere Zimmerpflanzen, darunter ein paar Palmen, ein üppiges Fensterblatt und eine Reihe anderer Pflanzen, deren Namen ich nicht kannte, sorgten für eine angenehme Atmosphäre. An den Wänden hingen mehrere Poster; nicht diese Dinger mit Bogart oder Che Guevara drauf, sondern Drucke von Ausstellungseröffnungen – Miró, Chagall und ein paar Künstler, die ich genausowenig kannte wie die Pflanzen. Alles in allem, fand ich, hatte Rod für einen Schauspieler gar keinen so schlechten Geschmack.

Als Teppich diente ein etwa drei mal vier Meter großes Stück kackbrauner Auslegeware, deren gekettelte Ränder sich schon im Zustand der Auflösung befanden – ein Tatbestand, der mehr oder weniger auch auf den Rest des edlen Stücks zutraf. Nächstes Mal bringe ich den blutigen Buchara mit, dachte ich. Plötzlich fing ich auch an zu zittern.

Der Buchara war natürlich gar nicht blutig. Kirschmanns Partner war darauf nur in Ohnmacht gefallen. Aber um so blutiger war vermutlich der Teppich im Schlafzimmer. Den allerdings hatte ich nicht gesehen.

Wer hatte den Mann im Schlafzimmer umgebracht? Wer war der Mann im Schlafzimmer überhaupt? J. Francis Flaxford persönlich? Laut meinen Informationen hätte er eigentlich von halb neun abends bis Mitternacht außer Haus sein müssen. Falls besagte Informationen jedoch nur dem Zweck gedient hatten, mir einen Mord anzuhängen, sollte ich mich vielleicht in Zukunft nicht mehr allzu fest auf diese Quelle verlassen.

Ein Mann. Im Schlafzimmer. Mit eingeschlagenem Schädel. Tot. Aber noch warm.

Was wollte ich noch mehr?

Wäre ich doch nur in J. Francis Flaxfords Wohnung so vorsichtig gewesen und hätte erst einen kurzen Rundgang durch alle Räume gemacht. Es hätte mir eine Menge Unannehmlichkeiten erspart. Bis das grandiose Zweigespann Kirschmann und Kramer aufgetaucht wäre, hätte ich längst wieder zu Hause bei einem Glas Scotch gesessen. Stattdessen befand ich mich nun auf der Flucht vor dem starken Arm des Gesetzes – des Mordes an einem Mann verdächtigt, den ich nicht einmal zu Gesicht bekommen hatte. Und da meine Geistesgegenwart in dieser prekären Situation vor allem durch Abwesenheit geglänzt hatte, hatte ich auch noch das Dümmste getan, was man in so einem Fall überhaupt tun konnte: Ich war erstens gewalttätig gegen einen Polizisten geworden und hatte zweitens überstürzt die Flucht ergriffen. Damit hatte ich die Chance, zu beweisen, daß ich noch nie ein biologisch höher entwickeltes Lebewesen als eine Kakerlake oder Mücke getötet habe, ein für allemal vertan.

Ich machte mich daran, mein neues Zuhause systematisch nach etwas Alkoholischem zu durchsuchen. Obwohl ich keinen Schrank und keine Schublade ungeöffnet ließ, fand ich keinen Tropfen. Also setzte ich mich wieder, und machte es mir diesmal auf der Couch bequem.

Dort dachte ich dann zum erstenmal etwas ausführlicher über den seltsamen kleinen Mann nach, der mir diese Suppe eingebrockt hatte.

4

Er war mehr breit als lang und sah ungefähr so aus wie eine Kegelfigur mit Gewichtsproblemen. Außerdem hätte ich wetten können, daß er einen Spiegel brauchte, wenn er sich die Gürtelschnalle zumachte.

Sein rundes Gesicht wirkte teigig und konturlos, und wenn es darin überhaupt etwas Auffälliges gab, dann noch am ehesten die Augen. Groß und wachsam, erinnerten sie mich unwillkürlich an ein paar Hershey Schokoküsse (natürlich ohne Silberpapier). Jedenfalls hatten sie genau den Braunton. Das gerade Haar trug er glatt nach hinten frisiert, so daß seine sowieso schon ziemlich hohe Stirn noch stärker zur Geltung kam. Er war schätzungsweise Ende vierzig. Dazu muß ich allerdings sagen, daß ich von Glück reden kann, daß ich mein Brot als Einbrecher verdiene; wenn ich auf einem Jahrmarkt das Alter oder Gewicht anderer Leute schätzen müßte, wäre ich schon längst verhungert.

Unser erstes Treffen hatte letzten Donnerstagabend in einer Kneipe mit dem schönen Namen *The Watering Whole* stattgefunden. (Der Kerl, auf dessen Mist dieser Name gewachsen ist, bildet sich bestimmt mächtig was darauf ein.) Das Whole ist eine

Single-Bar in der 2nd Avenue, und wenn man nicht gerade zufällig der Besitzer dieses Ladens ist und sich mal die Tagesabrechnungen ansehen will, gibt es eigentlich nur einen Grund, dorthin zu gehen. Und aus diesem Grund war auch ich dort, auch wenn an diesem Abend das Angebot an jungen Damen etwa so reichhaltig war wie die Speisekarte an Bord eines Rettungsboots. Ich war bereits fest entschlossen, mich wieder zu verdrücken, sobald ich mein Glas Wein leergetrunken hatte, als ich hörte, wie neben mir jemand meinen Namen sagte.

Die Stimme kam mir vage bekannt vor, und ich drehte mich in die Richtung um, aus der sie kam. Vor mir stand der Mann, den ich eben beschrieben habe. Was mir sofort an ihm auffiel, war seine Art, ständig meinem Blick auszuweichen. Deshalb war auch mein erster Gedanke, daß er… nein, Polizist war er nicht. Mein zweiter Gedanke war, daß mir nicht nur seine Stimme bekannt vorkam, sondern auch sein Gesicht. Mein dritter Gedanke war, daß ich trotzdem nicht wußte, wer der Mann war. An meinen vierten Gedanken, so ich einen hatte, kann ich mich nicht mehr erinnern.

Um so besser erinnere ich mich an seine ersten Worte. »Ich habe Ihnen einen Vorschlag zu machen, der Sie sicher interessieren wird.«

»Dann schießen Sie mal los. Hatten wir übrigens schon mal das Vergnügen?«

»Nein. Nicht gerade viel los hier. Aber an den Wochenenden ist das vermutlich anders.«

»In der Regel.« Und weil es genau die Sorte von Kneipe war, fragte ich ihn: »Sind Sie öfter hier?«

»Nein, heute das erste Mal.«

»Das finde ich ja hochinteressant. Ich komme nämlich auch nicht oft hierher. Bestenfalls ein-, zweimal im Monat. Wie kommt es also, daß wir uns ausgerechnet hier begegnet sind, zumal Sie mich auch noch zu kennen scheinen, während ich das nicht behaupten könnte. Irgendwie kommen Sie mir zwar bekannt vor, aber –«

»Ich bin Ihnen gefolgt.«

»Sie sind mir gefolgt?«

»Ich hätte Sie natürlich auch in einem Lokal irgendwo in der Nähe Ihrer Wohnung ansprechen könne, in einer Ihrer Stammkneipen in der 72. Straße zum Beispiel. Aber andererseits kennen Sie dort eine Menge Leute, wenn Sie wissen, was ich meine. Warum schließlich scheißen, wo man ißt, finden Sie nicht auch?«

»Aha«, sagte ich in einem Ton, als hätte mir das eine Menge erklärt, was jedoch keineswegs der Fall war. Ich hatte nicht die leiseste Ahnung, was der Kerl eigentlich wollte. Und dann stand plötzlich der Barkeeper vor uns, und ich erfuhr, daß mein neuer Freund einen großen Scotch mit Soda wollte. Und nachdem er den bekommen hatte, erfuhr ich auch, was er sonst noch wollte.

»Ich möchte, daß Sie mir etwas beschaffen«, begann er.

»Verzeihung, aber das verstehe ich nicht.«

»Sie brauchen mir nichts vorzumachen, Rhodenbarr. Ich weiß, wer Sie sind.«

»Zumindest kennen Sie meinen Namen, was ich von Ihrem nicht behaupten könnte –«

»Ich weiß auch, was Sie sind. Um nicht noch länger um den heißen Brei zu reden, Rhodenbarr: Sie sind Einbrecher.«

Nervös sah ich mich nach allen Seiten um. Er hatte zwar sehr leise gesprochen, und der Geräuschpegel im Raum war ziemlich hoch, aber seine Stimme hatte trotzdem etwas von der durchdringenden Deutlichkeit eines Bühnenflüsterns. Deshalb wollte ich mich lieber erst mal vergewissern, ob wir nicht schon ein paar interessierte Mithörer gefunden hatten. Offensichtlich war das jedoch nicht der Fall.

»Tut mir leid, aber ich verstehe trotzdem nicht, was das eigentlich soll«, stellte ich mich weiter dumm.

»Jetzt lassen Sie doch endlich diesen Quatsch.«

»Na schön«, nickte ich und nahm einen Schluck Wein. »Dann werde ich diesen Quatsch eben lassen.«

»Ich möchte, daß Sie etwas für mich stehlen. Ich werde Ihnen genau beschreiben, wo Sie den betreffenden Gegenstand finden und wie Sie sich Zutritt zu der Wohnung verschaffen können, in der er sich befindet. Natürlich gibt es dabei ein paar Hindernisse zu überwinden – wie zum Beispiel einen Türsteher, der rund um die Uhr auf seinem Posten ist. Aber ansonsten verfügt das besagte Haus über keine weiteren Sicherheitsvorkehrungen. Sie müssen also nur am Türsteher vorbei, sonst nichts.«

»Das dürfte nicht weiter problematisch werden«, antwortete ich ganz automatisch, um dann mit einem unbehaglichen Schulterkreisen hinzuzufügen: »Sie scheinen ja bestens über mich informiert zu sein.«

»Zumindest, was das Berufliche betrifft.«

»Demnach müßte Ihnen auch bekannt sein, daß ich grundsätzlich nur allein arbeite.«

»Ich habe nicht vor, Sie zu begleiten.«

»Das heißt aber auch, daß ich mir meine Jobs selbst aussuche.«

Er runzelte die Stirn. »Hören Sie, Rhodenbarr. So eine günstige Gelegenheit finden Sie so schnell nicht wieder. Wo können Sie sonst schon mal für eine Stunde Arbeit 5000 Dollar einstreichen. Das ist doch kein schlechter Stundenlohn.«

»Allerdings nicht.«

»Rechnen Sie sich doch mal aus, wieviel dabei für Sie rausspringen würde, wenn Sie das 40 Stunden die Woche machten.«

»200 000«, antwortete ich wie aus der Pistole geschossen.

»Jedenfalls eine ganze Menge.«

»Eine ganze Menge«, nickte ich ernst, um dann fortzufahren: »Das wären im Jahr … ja genau, um die zehn Millionen Dollar – zwei Wochen Sommerurlaub eingerechnet.«

»Na, sehen Sie.«

»Es kann natürlich auch eine Woche im Sommer und eine im Winter sein. Das wäre vermutlich das beste. Oder ich könnte im Herbst und im Frühjahr Urlaub machen. Auf diese Weise käme ich in den Genuß der günstigeren Nebensaisontarife, obwohl die damit verbundenen Einsparungen angesichts eines Jahreseinkommens von zehn Millionen eher unerheblich sein dürften. Bei so einem Verdienst würde ich das Geld vermutlich nur so zum Fenster rauswerfen: nur Erster Klasse fliegen, mich im Taxi durch die Gegend fahren lassen und meinen geliebten Mondavi Chardonnay gleich faßweise kaufen, anstatt alle heiligen Zeiten mal eine Flasche von dem edlen Tropfen zu köpfen. Zehn Prozent Mengenrabatt wären sicherlich drin, obwohl es keine wirkliche Ersparnis wäre, weil ich nämlich automatisch mehr trinken würde – eine Erfahrung, die Sie sicher auch schon gemacht haben. Natürlich wäre so ein Arbeitspensum mit einigem Streß verbunden, aber dafür hätte ich ja schließlich die zwei Wochen Urlaub, und außerdem –«

»Wirklich sehr komisch.«

»Reine Nervosität.«

»Wo ist denn da ein Grund, nervös zu werden? Sie sollen mir etwas besorgen, und so, wie die Dinge liegen, dürfte das für Sie mit keinerlei Problemen verbunden sein. Außerdem ist die Bezahlung gut. Was wollen Sie also noch mehr?«

»Das hängt ganz davon ab, was ich für Sie stehlen soll. Wenn es zum Beispiel ein Diamantenkollier im Wert von einer Viertelmillion Dollar wäre, fände ich Ihre 5000 Dollar ehrlich gesagt nicht besonders üppig.«

Sein Gesicht verzog sich zu einem schiefen Grinsen. »Nur damit Sie ruhig schlafen können – es ist kein Diamantenkollier.«

»Sie müssen es ja wissen.«

»Was Sie mir beschaffen sollen, ist mir 5000 Dollar wert. Und es ist auch ein paar anderen Leuten einiges wert.«

»Und worum handelt es sich dabei nun eigentlich?«

»Um eine Schatulle.« Wie er sie mir beschrieb, hatten wir ja bereits. »Ich werde Ihnen genau sagen, wo Sie das Kästchen finden werden. Einfacher könnten Sie's kaum haben – das reinste Zuckerschlecken, kann ich Ihnen sagen.«

»Ich stehe aber nicht auf Süßes.«

»Wie bitte?«

»Sie wissen schon, wegen Karies und so.«

Er machte eine ärgerliche Handbewegung. »Sie wissen ganz genau, was ich meine. Und jetzt lassen Sie endlich Ihre blöden Witze.«

»Warum holen Sie sich diese Schatulle eigentlich nicht selbst?« Er sah mich verständnislos an. »Ich meine, nachdem Sie schon so genau wissen, wie man an sie rankommt. Auf diese Weise könnten Sie sich ohne große Probleme 5000 Dollar sparen.«

»Sie meinen, ich soll selbst in die Wohnung einbrechen?«

»Klar. Warum nicht?«

Er schüttelte den Kopf. »Bestimmte Dinge tue ich grundsätzlich nicht selbst. Ich nehme mir nicht selbst den Blinddarm raus, ich schneide mir nicht selbst die Haare, und ich repariere auch meinen Wagen nicht selbst, wenn damit mal was nicht in Ordnung ist. So etwas überlasse ich lieber einem Fachmann.«

»Und das soll in dem Fall ich sein.«

»Ganz richtig. Angeblich knacken Sie doch Schlösser wie andere Erdnüsse – habe ich mir zumindest sagen lassen.«

»Von wem?«

Ein vielsagendes Achselzucken. »Ach wissen Sie, für sowas habe ich ein verdammt schlechtes Gedächtnis. Von irgend jemand eben.«

»Ich für meine Person habe für sowas ein verdammt gutes Gedächtnis.«

»Komisch. Bei mir ist genau das Gegenteil der Fall.« Er legte mir die Hand auf den Arm. »Wird langsam ein bißchen voll hier drinnen. Wollen wir unsere Unterhaltung nicht draußen weiterführen? Was meinen Sie? Wir vertreten uns ein bißchen die Beine, schnappen etwas frische Luft und klären dabei alle weiteren Einzelheiten.«

Wir vertraten uns also ein bißchen die Beine und einigten uns darauf, daß ich mir die nächste Woche terminlich frei halten würde. Er versicherte mir, die Sache werde auf keinen Fall länger dauern.

»Wenn es soweit ist, werde ich mich einfach bei Ihnen melden, Rhodenbarr. Dann bekommen Sie von mir die genaue Adresse, den Zeitpunkt und was Sie sonst noch wissen müssen – plus 1000 Dollar Vorschuß.«

»Kriege ich die denn nicht jetzt schon?«

»Mit soviel Geld in der Tasche gehe ich um diese Zeit grundsätzlich nicht mehr auf die Straße – bei dem Volk, das sich da jetzt rumtreibt.«

»Tja, Zustände sind das.«

»Dagegen sollte wirklich was unternommen werden.«

»Aber wenigstens die Adresse könnten Sie mir doch jetzt schon geben«, schlug ich vor. »Damit ich schon mal vorab das Terrain ein wenig sondieren kann.«

»Das wird überhaupt nicht nötig sein.«

»Trotzdem hätte ich –«

»Ganz abgesehen davon habe ich die Adresse nicht bei mir. Und Sie wissen doch, was ich Ihnen vorhin über mein Gedächtnis gesagt habe.« – »Haben Sie darüber tatsächlich was gesagt?«

»Aber klar doch.«

Ich zuckte mit den Schultern. »Dann muß mich wohl mein Gedächtnis im Stich gelassen haben.«

Nachdem sich mein seltsamer Auftraggeber von mir verabschiedet hatte, beschäftigte ich mich erst einmal eine Weile mit der Frage, warum ich eigentlich diesen dubiosen Auftrag angenommen hatte. Nach einigem Nachdenken gelangte ich schließlich zu der Einsicht, daß es dafür zwei Gründe gab. Der erste waren natürlich die 5000 Dollar, und das für einen Job von höchstens einer Stunde, bei dem ich mich sonst um nichts zu kümmern brauchte. Ein regulärer Einbruch, den ich in Eigenregie durchführe, erfordert nämlich einiges an Vorarbeit, ganz zu schweigen von den Problemen, die man hat, wenn man die Ware anschließend einigermaßen gewinnbringend an den Mann bringen will.

Der zweite Grund war, daß ich irgendwie den Eindruck hatte, es wäre klüger, meinem Auftraggeber seine Bitte nicht abzuschlagen. Das soll zwar nicht gerade heißen, daß ich ernsthafte Bedenken gehabt hätte, mir könnte etwas Unangenehmes zustoßen, wenn ich ablehnte. Es deutete nur einiges daraufhin, daß das keine gute Idee gewesen wäre. Und nicht zuletzt war ich natürlich auch neugierig. Wer war dieser komische Kauz? Warum kam er mir so bekannt vor, obwohl ich mir inzwischen ganz sicher war, daß ich ihm noch nie begegnet war? Und vor allem, woher kannte er mich? Und wozu dieses komische Getue? Wenn er wirklich ein Profi war und wußte, daß auch ich einer war, warum tat er dann so geheimnisvoll und schlich um mich rum wie die Katze um den heißen Brei? Auch wenn ich nicht unbedingt davon ausging, Antwort auf alle Fragen zu bekommen, war ich doch optimistisch, zumindest ein paar von ihnen zu knacken, wenn ich mich auf diese Sache einließ. Ganz abgesehen davon, hatte ich im Moment nichts Besseres zu tun, und mein Erspartes würde auch nicht ewig reichen…

In der Amsterdam Avenue, zwischen der 74. und 75. Straße, gibt es einen Schnellimbiß, in dem ich öfter mal essen gehe. Der Besitzer ist ein Türke mit einem mächtigen Schnurrbart, und das Essen, das man bei ihm bekommt, ist so türkisch, wie es in New York nur sein kann. Zwei Tage nach meinem ersten Treffen mit meinem geheimnisvollen Auftraggeber saß ich also dort wieder mal an der Theke. Ich hatte gerade einen Teller Linsensuppe verdrückt. Während ich nun auf die gefüllten Weinblätter wartete, vertrieb ich mir die Zeit damit, die Meerschaumpfeifen zu studieren, die in einer Glasvitrine hinter der Theke ausgestellt waren. Jedes Frühjahr fliegt der Besitzer für zwei Wochen in seine Heimat und kommt mit einem Sack voll Pfeifen zurück, die seinen Behauptungen zufolge wesentlich besser sind als alles, was man selbst bei Dunhill's zu kaufen bekommt. Da ich nicht rauche, stellen die Dinger für mich keine wirkliche Versuchung dar, aber jedesmal wenn ich mir die Pfeifen ansehe, überlege ich, ob es einen Pfeifenraucher gibt, mit dem ich eng genug befreundet bin, um ihm eines dieser Prachtexemplare zu schenken. Nur leider fällt mir nie jemand ein.

»Mein alter Herr hat auch so eine Meerschaumpfeife geraucht«, riß mich eine seltsam bekannte Stimme aus meinen Gedanken. »Er hatte nur diese eine und hat sie sich bestimmt fünf-, sechsmal am Tag angesteckt. Davon ist sie im Lauf der Jahre pechschwarz geworden. Außerdem trug er immer einen ganz speziellen Handschuh, wenn er sie rauchte. Nur einen – an der Hand, mit der er die Pfeife hielt. Er saß dabei immer im selben Stuhl und rauchte in aller Ruhe seine Pfeife. Wenn er sie nicht benutzte, bewahrte er sie in einem eigens dafür angefertigten Kasten auf, der mit blauem Samt ausgekleidet war.«

»Sie haben das Talent, immer zum ungelegensten Zeitpunkt aufzutauchen.«

»Und dann ging sie ihm eines Tages kaputt«, fuhr er unbeirrt fort. »Ich weiß nicht, ob er sie versehentlich fallen ließ oder ob sie einfach schon zu alt war. Sie wissen ja, mein Gedächtnis.«

»Wie ein Sieb.«

»Eine einzige Katastrophe. Aber das Komische war, daß er sich keine neue Pfeife mehr zugelegt hat. Keine Meerschaum, keine Bruyère und auch sonst keine. Hat einfach mit dem Rauchen aufgehört, als wäre das die selbstverständlichste Sache von der Welt. Ich kann mir das eigentlich nur so erklären, daß er offensichtlich bis dahin der festen Überzeugung gewesen war, daß diese Pfeife ewig halten würde. Und als sie dann eines Tages doch kaputt ging, wurde er sich plötzlich um so deutlicher der Vergänglichkeit allen Seins bewußt. Und deshalb hat er vermutlich lieber gleich ganz mit dem Rauchen aufgehört.«

»Gibt es einen bestimmten Grund, warum Sie mir das alles erzählen?«

»Natürlich nicht. Es ist mir nur gerade so eingefallen, als ich Sie in die Betrachtung der Pfeifen vertieft sah. Ich störe Sie doch hoffentlich nicht beim Essen, Rhodenbarr?«

»Das haben Sie bereits.«

»Dann werde ich mir zwischendurch noch kurz die Schuhe putzen lassen. Sie brauchen doch nicht mehr lange, oder?«

»Wahrscheinlich nicht.«

Er ging. Ich aß meine Weinblätter, zahlte anschließend und ging zu dem Schuhputzstand an der Ecke.

Dort erfuhr ich dann alles, was ich schon immer über J. Francis Flaxford und seine blaue Schatulle wissen wollte. Als ich aber meinen Auftraggeber irgendwann auch nach seinem Namen fragte, handelte ich mir damit nur einen enttäuschten Blick ein, begleitet von dem Hinweis: »Natürlich könnte ich Ihnen einen Namen nennen. Aber glauben Sie im Ernst, daß das mein richtiger wäre?«

»Vermutlich nicht.«

»Warum machen wir uns die Sache also unnötig schwer? Alles, was Sie wissen müssen, ist, wann und wo Sie sich die blaue Schatulle beschaffen und wie und wo Sie sie mir übergeben sollen, damit Sie Ihre restlichen vier Mille kriegen.«

»Ach, das wollen Sie auch schon vorab vereinbaren? Ich dachte, ich gehe einfach meiner Wege, und dann tauchen Sie eines Tages auf und quatschen mir beim Mittagessen die Hucke voll. Oder vielleicht lauern Sie mir ja nächstes Mal im Waschsalon auf, wenn ich gerade meine Socken in den Trockner stopfe.«

Er seufzte. »Sie verschaffen sich gegen neun, halb zehn Zutritt zu Flaxfords Wohnung und machen sich allerspätestens um halb zwölf wieder aus dem Staub. Kann ja schließlich nicht allzu lange dauern, eine lächerliche Schatulle aus einem Schreibtisch zu holen. Danach gehen Sie erst mal nach Hause, duschen, ziehen sich was Frisches an, was auch immer. Und verstauen Ihr Einbruchswerkzeug mitsamt allem anderen, was Ihnen bei Ihrem kleinen Abstecher sonst noch in die Hände gefallen ist. Lassen Sie sich ruhig Zeit. Und wenn Sie damit fertig sind, gehen Sie noch ein bißchen aus. Nicht weit übrigens, gleich um die Ecke. Es gibt da am Broadway, Ecke 64. Straße eine gemütliche kleine Bar. Pandora heißt sie, glaube ich. Kennen Sie die?«

»Nur von außen.«

»Na, dann werden Sie endlich mal sehen, was Ihnen da bisher entgangen ist. Sie erscheinen dort, sagen wir mal, gegen halb eins und setzen sich an einen der Tische im hinteren Teil. Da es in dem Lokal keine Bedienung gibt, holen Sie sich an der Bar was zu trinken und nehmen Ihr Glas mit an Ihren Tisch.«

»Hört sich ganz so an, als sollte ich lieber im Anzug kommen.«

»Keine Sorge, die Atmosphäre im Pandora ist sehr entspannt und leger. Kein Mensch will dort was von Ihnen. Sie rücken also gegen halb eins an und warten etwa eine halbe Stunde.«

»Und dann haben Sie Ihren großen Auftritt.«

»Richtig. Sollte irgend etwas dazwischen kommen, warten Sie bis halb zwei und gehen dann nach Hause. Aber es wird nichts dazwischen kommen.«

»Und was ist, wenn unterwegs jemand versucht, mir die Schatulle wegzunehmen?«

»Wozu gibt es Taxen, Mann? Oder wollten Sie etwa um diese Zeit noch zu Fuß durch die Gegend latschen? Ach, und noch etwas.«

Ich wartete.

»Sie glauben doch nicht etwa, ich würde Sie wegen lausiger 4000 Dollar überfallen? Warum sollte ich so etwas Verrücktes tun?«

»Um 4000 Dollar zu sparen.«

»Jetzt machen Sie aber mal einen Punkt. Außerdem würde ich mir damit jede weitere Zusammenarbeit mit Ihnen verbauen.

Stecken Sie sich meinetwegen einen Ballermann ein, wenn Sie sich dann sicherer fühlen. Aber schießen Sie sich damit nicht vor lauter Aufregung selbst in den Fuß. Glauben Sie mir, Sie haben nicht das geringste von mir zu befürchten. Bringen Sie mir die Schatulle, und Sie kriegen von mir die vier Riesen.«

»Riesen«, sagte ich.

»Wie bitte?«

»Tausender, Mille, Riesen.«

»Wie bitte?«

»Vier dicke Lappen.«

»Was soll der Quatsch eigentlich?«

»Ach nur, weil Sie so viele Ausdrücke für Geld haben – wie ein wandelndes Slang-Wörterbuch.«

»Paßt Ihnen etwa meine Ausdrucksweise nicht, Rhodenbarr?«

»Doch, doch. Ich bin nur ein bißchen überdreht. Die Nerven, wissen Sie.«

»Ja«, sagte er nachdenklich. »Die Nerven.«

Und nun saß ich auf Rodneys Couch und sah auf meine Uhr. Es ging langsam auf Mitternacht zu. Obwohl ich es zeitlich noch problemlos geschafft hätte, hatte ich nicht vor, um halb eins im Pandora aufzukreuzen. Meine 1000 Dollar Vorschuß waren sowieso schon futsch, und die restlichen 4000 konnte ich auch in den Wind schreiben. Mein namenloser Freund konnte einem wirklich leid tun. Da würde er also um eins mutterseelenallein über seinem Scotch sitzen und sich den Kopf zerbrechen, warum ich ihn warten ließ.

Und wie er sich das Gehirn zermartern würde.

5

Ich weiß nicht mehr, wann ich einschlief. Jedenfalls wurde mir kurz nach Mitternacht plötzlich übel. Ich zog mich aus und legte mich in Rods Bett. Als ich am Hinüberdämmern war, spürte ich plötzlich die Anwesenheit eines fremden Wesens neben dem

Bett. Ich versuchte mir zwar einzureden, das wäre alles nur Einbildung, aber wie Sie aus eigener Erfahrung sicher wissen, nützt das meistens herzlich wenig. Als ich mich schließlich heldenmütig durchrang, die Augen aufzuschlagen, stellte ich fest, daß dieses fremde Wesen ein Philodendron war, der auf einem kleinen Tischchen neben dem Bett stand. Natürlich hatte die Pflanze mindestens genauso ein Recht wie ich, hier zu sein. Das änderte aber nichts an der Tatsache, daß ich aufgrund der etwas ungewöhnlichen Art, wie ich mit ihr Bekanntschaft geschlossen hatte, wieder hellwach war. Und damit drehten sich meine Gedanken ebenso beharrlich wie ergebnislos weiter im Kreis.

In meiner Verzweiflung schaltete ich das Radio an, machte es mir in einem Sessel gemütlich und wartete darauf, daß die Musik ausgeblendet wurde und die Nachrichten kamen. Sie wissen ja sicher, wie das ist: Wenn man mal in Ruhe Musik hören will, bringen sie alle 15 Minuten Nachrichten. Und wenn man auf die Nachrichten wartet, bringen sie stundenlang Musik.

Irgendwann wurde meine Geduld schließlich belohnt. Doch unter den vielen Meldungen gab es nichts von einem Einbruch und einem Mord in der 67. Straße. Nada. Niente. Nichts.

Ich versuchte mein Glück auf einem anderen Sender. Natürlich mußte ich erst einmal eine halbe Stunde auf die nächsten Nachrichten warten, und das bei den Klängen einer besonders einschläfernden Sorte Countryrock. Als mir einer dieser jodelnden Möchtegerncowboys auch noch weiszumachen versuchte, die Stimme seiner Angebeteten sei wie ein Stück Kreide, das über die Tafel seiner Seele fahre (Hand aufs Herz, ich habe mir das nicht aus den Fingern gesogen), wurde mir plötzlich bewußt, daß ich eigentlich einen Mordshunger hatte. Ich ging in die Küche, um den Kühlschrank und den Küchenschrank nach etwas Eßbarem zu durchstöbern. Aber allem Anschein nach war bei Rodney Schmalhans Küchenmeister. Alles, was ich auftreiben konnte, waren eine halbvolle Packung Uncle Ben's konvertierter Reis (vermutlich vom Buddhismus zum Presbyterianismus), eine nicht sehr einladend aussehende Dose mit norwegischem Hering in Senfsoße und jede Menge Döschen und Gläschen mit allen möglichen Kräutern, Gewürzen und Soßen, mit denen sich eine fertige Mahlzeit, so sie denn vorhanden gewesen wäre, noch ein bißchen hätte aufmotzen lassen. In Ermangelung einer besseren Idee hatte ich mich gerade dazu durchgerungen, den letzten Rest Reis zu kochen. Doch nach einem kurzen Blick in die halbvolle Schachtel stellte sich heraus, daß ich nicht der erste ungebetene Gast war, der sich an Rodneys Lebensmittelvorräten zu schaffen gemacht hatte. Uncle Ben hatte sich nämlich noch etwas über das Übliche hinaus verwandelt, und zwar von Reis zu Kakerlakenkacke.

In einem anderen Schrank stieß ich schließlich noch auf eine ungeöffnete Packung Spaghetti, die ich mit etwas Olivenöl vermutlich runterbekommen hätte – wenn das Öl nicht ranzig gewesen wäre. Langsam kamen mir die ersten Zweifel, ob ich denn wirklich so hungrig war. Doch dann stieß ich bei meiner verzweifelten Suche nach etwas Eßbarem auf einen Schrank, der sage und schreibe 63 Dosen Campbell's Soup enthielt. Ich weiß das deshalb so genau, weil ich sie gezählt habe. Denn ich wollte wissen, wie lange ich in der Wohnung bleiben konnte, ohne zu verhungern. Bei einer Diätration von einer Dose pro Tag hätte ich es ganze zwei Monate ausgehalten. Das war eine halbe Ewigkeit, weil ich sicher schon lange, bevor meine Suppenvorräte zu Ende gingen, von der Polizei festgenommen und wegen Mordes eingelocht würde. Und dann müßte sich Vater Staat um meine Ernährung kümmern.

Kein Grund zur Aufregung also.

Trotzdem mußte ich mich gewaltsam von diesem Gedanken losreißen, um die nötige Konzentration aufzubringen, eine von diesen blöden Suppendosen aufzubekommen. Angesichts der Tatsache, daß sich Rod offensichtlich vorwiegend von Suppen ernährte, ließ sein Dosenöffner stark zu wünschen übrig. Als ich die Büchse schließlich offen hatte, kippte ich die konzentrierte White Star-Hühnersuppe in einen Topf, von dem ich mal annahm, daß er sauber war, fügte die angegebene Menge Wasser hinzu, erhitzte das Ganze, peppte es mit etwas Thymian und einem Schuß Sojasoße noch ein bißchen auf und wollte mich gerade an den Tisch setzen, um das Ganze zu essen, als in dem Folkrocksender Nachrichten kamen. Sie brachten zwar eine ganze Reihe von Meldungen, die ich bereits auf dem Jazzsender gehört hatte. Auch erzählten sie mir wesentlich mehr über das Wetter, als ich eigentlich wissen wollte. Um so weniger wußten sie dagegen allerdings über J. F. Flaxford oder seinen Mörder zu berichten.

Ich aß meine Suppe zu Ende, räumte das Geschirr ab und setzte, sozusagen als Nachtischersatz, meine Suche durch die Küchenschränke fort. Dabei stieß ich auf Rods Alkoholvorräte, die sich im wesentlichen auf Schätze wie eine Flasche alten Brombeerlikör mit halbvertrocknetem Bodensatz beschränkten. Aber zu meiner nicht geringen Freude war auch eine halb volle Flasche Scotch darunter. Da es sich dabei allerdings um eine Hausabfüllung eines Getränkemarkts in Hackensack handelte, stand nicht zu erwarten, daß ich es hier mit einem Tropfen von der Güte eines Chivas oder Dimple zu tun bekommen würde.

Aber Diebe nehmen, was sie kriegen. Ich blieb noch ziemlich lange wach, rückte dem Scotch kräftig zuleibe und sah mir die Spätfilme auf Kanal 9 an. Und wenn ich zufällig gerade daran dachte, schaltete ich die Radionachrichten ein. Nach wie vor nichts über J. Francis Flaxford und meine Wenigkeit. Je weiter die Zeit fortschritt und je höher der Alkoholpegel stieg, desto weniger konnte ich folgen.

Kurz vor Tagesanbruch raffte ich mich endlich auf, den Fernseher auszuschalten – den Scotch hatte ich sowieso schon alle gemacht – und mich zum zweitenmal in Rodneys Bett zu verkriechen.

Das nächste, was ich hörte, war ein lautes Krachen und eine Mädchenstimme, die »Scheiße!« sagte.

Noch nie in meinem Leben war ich so schnell so wach. Ich blieb ganz still liegen und stellte mich schlafend in der Hoffnung, sie hätte mich noch nicht bemerkt. Das war allerdings ziemlich unwahrscheinlich. Was zum Teufel hatte diese dumme Kuh hier zu suchen?

Und wie sollte ich ihr meine Anwesenheit in Rodneys Wohnung erklären?

»Scheiße«, entfuhr es ihr noch einmal, und ich kann dazu nur sagen, daß mir selten jemand so aus dem Herzen gesprochen hat. »Habe ich Sie geweckt?« fuhr sie besorgt fort. »Tut mir leid, das wollte ich nicht. Dabei habe ich mir solche Mühe gegeben, beim Blumengießen keinen Lärm zu machen. Aber dann habe ich diesen blöden Philodendron trotzdem umgestoßen. Hoffentlich ist er nicht abgeknickt. Aber wie gesagt, vor allem tut es mir natürlich leid, daß ich Sie geweckt habe.«

»Schon gut«, murmelte ich in mein Kopfkissen, damit sie möglichst wenig von meinem Gesicht zu sehen bekam.

»Dann brauche ich ja künftig auch die Pflanzen nicht mehr zu gießen«, schnatterte sie munter drauflos. »Bleiben Sie länger hier?«

»Ein paar Wochen.«

»Rod hat zwar nichts gesagt, daß in der Zwischenzeit jemand hier wohnen würde, aber Sie sind wohl erst vor kurzem eingezogen?«

»Erst gestern nacht. Es war schon ziemlich spät.«

»Tut mit wirklich leid, daß ich Sie geweckt habe. Wissen Sie was? Ich werde uns gleich mal Kaffee machen.«

»Es ist aber nur Suppe da.«

»Suppe?«

Widerwillig wälzte ich mich herum und sah sie blinzelnd an. Sie stand neben dem Bett und goß Wasser in den Untersetzer des Philodendrons, den sie inzwischen wieder auf sein Podest zurückgestellt hatte. Sie sah umwerfend aus.

Kurzes, dunkles Haar, hohe Stirn, auffallend ebenmäßige Gesichtszüge mit einer ganz leicht aufwärtsstrebenden Nase und genau dem richtigen Maß an energischer Entschlossenheit um die Kinnpartie. Ein wohlgeformter Mund, der, wenn auch nicht üppig, so doch alles andere als schmal und verkniffen war. Kleine Ohren mit schöngerundeten Ohrläppchen. (Da ich erst kürzlich ein Buch gelesen hatte, wie sich anhand der Ohren Rückschlüsse auf den Charakter und den allgemeinen Gesundheitszustand einer Person ziehen lassen, achtete ich sehr auf solche Dinge, und wenn man dem Autor jenes Buchs Glauben schenken durfte, dann waren ihre Ohren perfekt.)

Sie trug eine hautenge weiße Malerhose, die an Knien und Gesäß schon ziemlich durchgewetzt war, und ein Jeanshemd mit Perlmuttknöpfen und geblümten Besätzen. Um den Hals hatte sie ein rotes Tuch geschlungen, und ihre schlanken Füße steckten in Hirschledermokassins.

Das einzige, was ich an ihr auszusetzen hatte, war, daß sie sich in meiner – oder genauer: in Rods Wohnung herumtrieb und die Pflanzen goß. Wenn ich andererseits jedoch daran dachte, wie über alle Maßen entzückt ich unter etwas anderen Umständen gewesen wäre, dieses zauberhafte Wesen beim Aufwachen in meiner Wohnung anzutreffen... tja, das Leben kann manchmal verdammt grausam sein. Frauen, Polizisten, Taxis, Nachrichten – nie kommen sie, wenn man sie braucht.

»Suppe?« Erst jetzt sah sie mich zum erstenmal an und setzte dabei ein zaghaftes Lächeln auf. Ihre Augen waren entweder blau oder grün oder beides. »Was für eine Suppe?«

»Ich habe fast jede Sorte da, die Sie sich denken können. Bohnensuppe, Hühnerbrühe mit Nudeln, Spargelcremesuppe, Tomatensuppe, Käsesuppe –«

»Das mit der Käsesuppe soll wohl ein Witz sein.«

»Wie käme ich darauf, Ihnen was vorzumachen? Wenn Sie mir nicht glauben, sehen Sie doch im Küchenschrank nach. Da finden Sie die ganze Palette, die Campbell im Sortiment hat. Allerdings ist das auch schon alles, was ich Ihnen anbieten kann – außer Reis mit Kakerlakenkacke.«

»Rod ist nicht gerade ein sehr häuslicher Typ. Kennen Sie ihn schon lange?«

»Wir sind alte Freunde.« Eine glatte Lüge. »Allerdings haben wir uns in letzter Zeit nur sehr selten gesehen.« Das entsprach schon eher der Wahrheit.

»Waren Sie zusammen auf dem College? Oder kennen Sie sich noch aus Illinois?«

So was Blödes. Auf welchem College? Oder wo in Illinois? »Wir kennen uns vom College«, sagte ich deshalb auf gut Glück.

»Und jetzt sind Sie nach New York gekommen und wohnen so lange hier, bis –« Die blauen oder grünen Augen wurden größer, »– bis, ja was? Sie sind doch nicht etwa auch Schauspieler?«

Das konnte ich getrost verneinen. Doch was war ich dann?

Die Decke bis unters Kinn hochgezogen, setzte ich mich im Bett auf und sog mir einen kurzen Lebenslauf aus den Fingern. Ich hatte bisher in der väterlichen Futtermittelfabrik in South Dakota gearbeitet. Doch dann waren wir von unserem schärfsten Konkurrenten aufgekauft worden, und nun wollte ich erst einmal in New York ein bißchen den Duft der großen, weiten Welt schnuppern, bevor ich mich endgültig entschied, wie es mit meinem Leben weitergehen sollte. Ich sorgte ganz bewußt dafür, daß sich meine Vita so uninteressant und glaubwürdig wie möglich anhörte, und hoffte, daß sie rasch das Interesse daran verlieren würde. Aber offensichtlich fand sie meinen improvisierten Lebenslauf ungleich faszinierender als ich, da sie, die Finger über ihre Knie verschränkt, auf der Bettkante saß und mir mit großen Augen aufmerksam zuhörte.

»Sie wollen sich also selbst finden«, bemerkte sie. »Das finde ich hochinteressant.«

»Eigentlich habe ich mich nie als verloren betrachtet. Aber nachdem ich mittlerweile mehr oder weniger auf verlorenem Posten stehe –«

»In gewisser Hinsicht geht es mir ganz ähnlich. Ich habe mich vor vier Jahren scheiden lassen. Dann habe ich mir erst mal einen Job gesucht. Die Arbeit hat mich allerdings überhaupt nicht ausgefüllt. Deshalb habe ich wieder gekündigt und bin jetzt schon eine Weile arbeitslos. Ich male und mache Schmuck, und seit neuestem experimentiere ich auch ein bißchen mit Glas. Nicht das Übliche, sondern etwas ganz Neues – dreidimensionale, abstrakte Gebilde aus farbigem Glas. Das Problem ist nur, daß ich noch nicht so recht beurteilen kann, ob ich wirklich gut bin oder nicht. Bisher habe ich das Ganze mehr oder weniger nur als Hobby betrachtet. Aber auf Dauer wird mir das nicht reichen. Ich will kein Hobby, ich will eine Tätigkeit, die mich ausfüllt.« Sie klimperte mit ihren Wimpern. »Sie wollen doch nicht wirklich eine Suppe zum Frühstück, oder? Sonst würde ich nämlich schnell losgehen und Kaffee holen. Ich bin gleich wieder zurück, und Sie können sich in der Zwischenzeit anziehen.«

Bevor ich dazu kam, Einspruch zu erheben, war sie bereits aus der Tür. Ich stand auf und ging aufs Klo. (Normalerweise hätte ich das nie erwähnt, wenn es nicht die erste Handlung gewesen wäre, die ich wieder mit Verstand ausführte.) Dann schlüpfte ich in meine alten Kleider, machte es mir in meinem Lieblingssessel bequem und wartete.

Vielleicht würde die pflanzengießende Schönheit dem auf dem Selbstfindungstrip befindlichen jungen Mann aus South Dakota tatsächlich das Frühstück servieren.

Vielleicht würde sie aber auch in Begleitung von ein paar Hütern des Gesetzes zurückkommen.

»Ich gehe nur mal kurz um die Ecke Kaffee holen.« Von wegen. Das hieß nichts anderes, als daß sie den berüchtigten Einbruchsmörder oder Mördereinbrecher oder was auch immer erkannt hatte und die Einkaufsstory nur ein Vorwand war, um seinen Klauen zu entrinnen und ihn darüberhinaus auch noch gleich seiner gerechten Strafe zu überführen.

Verständlicherweise spielte ich deshalb bereits mit dem Gedanken, das Weite zu suchen, konnte aber nach längerem Nachdenken doch keinen rechten Sinn darin erkennen. Solange nur der Hauch einer Chance bestand, daß sie nicht zur Polizei ging, war ich in Rods Wohnung wesentlich sicherer als auf der Straße. Das zumindest versuchte ich mir einzureden. Ausschlaggebend dürfte aber letztendlich meine sprichwörtliche Trägheit gewesen sein. In meinen Adern lagerten noch die Rückstände von Rods lausigem Scotch, und mein Kopf war wie in Watte gepackt, so daß ich lieber saß als rannte.

Natürlich hätte ich es auch einfach darauf ankommen lassen können. Um herauszufinden, ob sie allein zurückkam oder in Begleitung einer Herde Bullen, brauchte ich keineswegs so lange zu warten, bis die Tür aufging und an Flucht nicht mehr zu denken war. Ich brauchte nur meine Ohren zu spitzen. Die Polizisten mußten erst noch geboren werden, die eine Treppe hochstürmten und sich dabei anhörten wie ein leichtfüßiges, junges Mädchen. Deshalb war ich ziemlich gelassen, als die Tür aufging und mit einem strahlenden Lächeln meine Frühstücksfee hereinkam.

Um die Sache perfekt zu machen, hatte sie sogar richtigen Kaffee gekauft, nicht dieses Instantzeug. Sie machte sich sofort daran, uns welchen aufzusetzen und plauderte dabei munter drauf los. Da ich die Zeit ihrer Abwesenheit genutzt hatte, um meinen falschen Lebenslauf noch etwas detaillierter auszuarbeiten, war ich prompt mit dem Namen Roger Armitage zur Hand, als sie sich als Ruth Hightower vorstellte. Außerdem gingen wir bei dieser Gelegenheit auch gleich vom steifen Sie zum wesentlich vertraulicheren Du über.

Bevor sie sich irgendwelche Gedanken machen konnte, wieso ich kein Gepäck hatte, flocht ich ganz beiläufig in unsere Unterhaltung ein, daß meine Koffer auf dem Flughafen abhanden gekommen seien. Sie fand das »wieder mal typisch«. Wir waren uns einig, daß die Menschheit zwar imstande sei, zum Mond zu fliegen, aber nicht, ein paar Koffer von einem Ort an einen anderen zu befördern.

Als der Kaffee fertig war, setzten wir uns an den Eßtisch. Wir redeten und redeten und redeten, und ich ging so in meiner Rolle auf, daß ich mir nach einer Weile gar nicht mehr vorstellen konnte, jemals jemand anderer gewesen zu sein als Roger Armitage. Vielleicht hatte Rods Wohnung aus irgendeinem unerfindlichen Grund plötzlich meine verborgenen schauspielerischen Qualitäten geweckt. Hatte Rod nicht sogar selbst mal gesagt, daß der Hausbesitzer eine Schwäche für Schauspieler hatte? Warum sollte das nicht auch auf das Haus zutreffen? Vielleicht strahlte es etwas aus, das jeden zu schauspielerischen Höchstleistungen beflügelte...

Jedenfalls war ich ein perfekter Roger Armitage, frisch aus der Provinz in New York eingetroffen. Und sie war das bezaubernde junge Ding, das ich unter etwas delikaten, aber keineswegs reizlosen Umständen kennengelernt hatte. War es da weiter verwunderlich, daß ich darüber nachzudenken begann, wie ich sie auf eine unverfängliche Weise fragen könnte, wie gut sie Rod kannte und welche Rolle er in ihrem Leben spielte und... aber das hatte auch noch Zeit bis später.

Wie stellte ich mir das überhaupt vor? Unsere Bekanntschaft hatte keinerlei Zukunft. Wenn meine neue Freundin endlich wieder gegangen war, zählte für mich nur noch eines: mich möglichst unauffällig wieder aus dem Staub zu machen. Das Mädchen war nämlich keineswegs auf den Kopf gefallen, und deshalb konnte es auch nicht allzulange dauern, bis sie merken würde, wer ich wirklich war. Dann wollte ich möglichst über alle Berge sein.

Plötzlich sagte sie wie aus heiterem Himmel: »Weißt du, ich habe mir solche Mühe gegeben, beim Blumengießen keinen Lärm zu machen, um dich nicht zu wecken. Außerdem hätte ich die Pflanzen gar nicht mehr zu gießen brauchen, weil du ja schon da warst. Aber weißt du was? Inzwischen bin ich richtig froh, daß ich es trotzdem getan habe. Es macht nämlich großen Spaß, sich mit dir zu unterhalten.«

»Das Vergnügen ist ganz meinerseits, Ruth«, erwiderte ich galant.

»Seltsamerweise fühle ich mich nämlich sonst immer so gehemmt, daß ich kaum ein Wort über die Lippen bringe – und zwar ganz besonders in Gegenwart von Männern.«

»Ehrlich gestanden kann ich mir schwer vorstellen, daß du jemand anderem gegenüber gehemmt oder unsicher sein könntest.«

»Wie nett du das gesagt hast!« Sie sah mich schüchtern an. Übrigens hatte ich inzwischen festgestellt, daß die Farbe ihrer Augen je nach Lichteinfall zwischen Blau und Grün changierte. »Wer hätte heute morgen beim Aufstehen noch gedacht, daß das so ein herrlicher Tag werden würde?«

»Allerdings.«

»Es ist zwar ziemlich frisch draußen, aber klar. Ich habe schon überlegt, ob ich nicht noch ein paar Rosinenbrötchen hätte mitnehmen sollen. Aber ich wußte nicht, ob du zum Kaffee etwas essen willst.«

»Der Kaffee genügt vollauf. Übrigens ist er ganz hervorragend.«

»Willst du noch eine Tasse? Warte, ich bringe dir noch welchen.«

»Danke.«

»Wie soll ich dich eigentlich nennen? Bernie oder Bernard?«

»Ganz, wie du willst.«

»Dann werde ich dich, glaube ich, Bernie nennen.«

»Das tun die meisten.« Erst jetzt durchfuhr es mich plötzlich wie ein Blitz aus heiterem Himmel. »Herr im Himmel!« stieß ich entsetzt hervor.

»Kein Grund zur Aufregung, Bernie.«

»Na, du hast gut reden.«

»Jetzt beruhige dich erst mal wieder.« Um ihre Mundwinkel lag der Anflug eines Lächelns, als sie mir die Hand auf den Unterarm legte. »Du brauchst dir wirklich keine Sorgen zu machen.«

»Tatsächlich nicht?«

»Natürlich nicht. Ich weiß ganz genau, daß du niemanden umgebracht hast. Für so etwas habe ich ein sehr feines Gespür. Wenn ich mir nicht absolut sicher gewesen wäre, daß du unschuldig bist, hätte ich bestimmt nicht den Philodendron umgestoßen und –«

»Du hast die Pflanze absichtlich umgestoßen?«

»Mhm. Genau genommen, nur das Tischchen, auf dem sie steht. Damit ihr nichts zustößt, habe ich sie hochgehoben und dann mit dem Fuß gegen das Podest getreten.«

»Demnach hast du mich also sofort erkannt?«

»Dein Name steht ja auch in allen Zeitungen, Bernie. Und in deinem Führerschein und den anderen Papieren in deiner Brieftasche. Die habe ich mir nämlich gleich als erstes vorgenommen, während du noch geschlafen hast. Übrigens ist mir noch selten jemand begegnet, der einen so tiefen Schlaf hat wie du.«

»Weißt du denn schon so gut über die Schlafgewohnheiten anderer Männer Bescheid?«

Auch wenn Sie es nicht für möglich halten – sie wurde tatsächlich rot. »Na ja, so gut nun auch wieder nicht«, stotterte sie sichtlich verlegen. »Wo war ich gerade stehengeblieben?«

»Daß du in meinen Sachen rumgeschnüffelt hast.«

»Ach ja. Irgendwie kamst du mir gleich bekannt vor. Heute morgen war nämlich ein Foto von dir in der *Times*. Allerdings fand ich die Ähnlichkeit nicht sehr groß. Kriegt man die Haare wirklich so kurz geschoren, wenn man in den Knast wandert?«

»Das ist schon so, seit Samson den Tempel zum Einsturz gebracht hat. Seitdem gehen sie keine Risiken mehr ein.«

»Ich finde das ganz schön barbarisch. Jedenfalls hat mir ein Blick genügt, um zu wissen, daß du diesen Flaxford nicht umgebracht haben kannst. Du siehst nicht aus wie ein Mörder.« Ihre Stirn legte sich in Falten. »Aber ein richtiger Einbrecher bist du schon, oder?«

»So sieht es zumindest aus.«

»Das würde ich auch sagen. Kennst du Rod eigentlich wirklich?«

»Nur flüchtig. Wir haben hin und wieder eine Partie Poker miteinander gespielt.«

»Aber er weiß nicht, womit du deinen Lebensunterhalt verdienst? Wie kommt es dann, daß er dir seinen Wohnungsschlüssel gegeben hat? Ach, daß ich darauf nicht gleich gekommen bin. Einen Schlüssel hast du ja gar nicht gebraucht. Übrigens habe ich auch deine Schlüssel und diese anderen Instrumente in deiner Tasche gesehen. Machen eigentlich nicht viel her, finde ich. Benutzt du denn kein Stemmeisen, um eine Tür aufzubekommen?«

»Das ist nur etwas für Stümper.«

»Und dazu gehörst du offensichtlich nicht. Weißt du übrigens, daß Einbrechen etwas sehr Erotisches hat? Aber wie um alles in der Welt bist du eigentlich dazu gekommen, so etwas zu machen? Obwohl... das ist natürlich eine Frage, die normalerweise Männer einer ganz speziellen Sorte Mädchen stellen. Wie dem auch sei, an Gesprächsstoff scheint es uns jedenfalls nicht zu mangeln, und mit Sicherheit dürfte das wesentlich interessanter werden als dieser Quatsch über Roger Armitage und die Futtermittelindustrie in South Dakota – im übrigen würde ich jede Wette eingehen, daß du noch nie im Leben in South Dakota warst, obwohl man dir wirklich lassen muß, daß du sehr überzeugend flunkern kannst. Noch etwas Kaffee, Bernie?«

»Ja«, sagte ich. »Den habe ich jetzt, glaube ich, dringend nötig.«

6

Bis 18.24 Uhr hatten sie in den Nachrichten so ziemlich alles gebracht, was es über die auf fünf Bundesstaaten ausgedehnte Fahndung nach Bernard Rhodenbarr, dem zum blutrünstigen Killer avancierten Gentlemaneinbrecher, zu berichten gab. Ich legte einen abgenagten Hähnchenschenkel auf meinen Teller und stand auf, um Rods Panasonic-Fernseher abzuschalten. Ruth saß im Schneidersitz auf dem Boden, hatte ihr Essen noch nicht angerührt, und erging sich in wütenden Tiraden über Ray Kirschmanns infame Anschuldigungen. »Unglaublich!« erboste sie sich. »Dir erst tausend Dollar von deinem sauer verdienten Geld abzuknöpfen und dann solche himmelschreienden Lügen über dich zu verbreiten!«

Nach Rays offizieller Darstellung des Sachverhalts hatte ich ihm und seinem Partner Loren Kramer in der dunklen Wohnung aufgelauert und sie hinterrücks angefallen. In dem darauf eintretenden Handgemenge war es nur seinem beherzten und aufopfernden Einsatz zu verdanken gewesen, daß er mich hatte identifizieren können. »Mir war schon seit langem klar, daß Rhodenbarr zu unkontrollierter Gewalttätigkeit neigt«, erklärte er den Reportern gegenüber, und ich konnte mich des Eindrucks nicht erwehren, daß sein finsterer Blick weniger den Fernsehkameras galt als mir.

»Ich habe ihn ja auch ganz schön blamiert«, mußte ich zugeben. »Schließlich steht er jetzt vor seinem Partner ziemlich dumm da.«

»Denkst du, er glaubt tatsächlich, was er da eben behauptet hat?«

»Daß ich Flaxford umgebracht habe? Natürlich. Wir beide sind die einzigen Menschen auf der ganzen Welt, die in diesem Punkt anderer Meinung sind.«

»Und der tatsächliche Mörder.«

»Der natürlich auch noch«, mußte ich ihr zustimmen. »Nur wird der sich hüten, das irgend jemandem laut zu sagen. Was mich betrifft, wird mir wohl schwerlich jemand glauben. Und du hast auch nicht gerade sonderlich schlagende Beweise für meine

Unschuld in der Hand. Wie kommt es übrgens, daß du so fest davon überzeugt bist?«

»Weil du ein ehrliches Gesicht hast.«

»Für einen Einbrecher vielleicht.«

»Für so was habe ich ein sehr feines Gespür.«

»Das hast du schon mal gesagt.«

»J. Francis Flaxford«, sagte sie darauf unvermittelt.

»Gott sei seiner armen Seele gnädig.«

»Amen. Weißt du, mir waren Männer mit einer Initiale vor dem Vornamen schon immer suspekt. Irgendwie habe ich bei denen immer das Gefühl, als würden sie im verborgenen eine zweite Existenz führen. Solche Typen haben für mich grundsätzlich etwas Unseriöses, um nicht zu sagen Dubioses an sich.«

»Findest du das nicht etwas arg vereinfacht?«

»Na, ich weiß nicht. Schau dir doch nur mal das Verbrecheralbum an. G. Gordon Liddy. E. Howard Hunt –«

»Beides Einbrecherkollegen von mir.«

»Hast du einen zweiten Vornamen, Bernie?«

Ich nickte. »Grimes. Das ist der Mädchenname meiner Mutter.«

»Würdest du dich B. Grimes Rhodenbarr nennen?«

»Das habe ich an sich nicht vor, und wenn doch, hieße das noch lange nicht, daß ich etwas zu verbergen hätte. Es wäre höchstens ein versteckter Hinweis darauf, daß ich vielleicht etwas überkandidelt bin. B. Grimes Rhodenbarr – wie sich das schon anhört. Im übrigen gibt es eine ganze Menge Leute, die nicht besonders glücklich über ihren Vornamen sind. Deshalb nehmen sie eben lieber ihren zweiten Namen –«

»Daran ist nicht das geringste auszusetzen. Aber warum lassen sie dann ihren Vornamen nicht gleich ganz weg, sondern hängen ihn sich in Form einer dieser lächerlichen Abkürzungen vorne dran. Das ist es, was ich so suspekt finde. Aber mal ganz abgesehen davon, lasse ich mich keineswegs so leicht von meiner Theorie abbringen und werde auch weiterhin niemandem trauen, der sich J. Francis Flaxford nennt.«

»Inzwischen könntest du ihm aber bedenkenlos trauen. Er kann jetzt keiner Menschenseele mehr was zuleide tun.«

»Ich wünschte, wir wüßten mehr über ihn als nur, daß er tot ist.«

»Das ist ja im Moment auch das Wichtigste. Wenn er nicht tot wäre, bestünde gar kein Grund, weshalb wir irgend etwas über diesen Dreckskerl wissen sollten.«

»So spricht man doch nicht von einem Toten, Bernie.«

»Vermutlich hast du recht.«

»*De mortuis nil nisi bene*, wie es so schön heißt.«

De mortuis, in der Tat. Sie nagte die letzten Reste von ihrem Hühnerschenkel, räumte das Geschirr ab und trug alles in die Küche. Dabei kam ihr knackiger kleiner Hintern ganz besonders gut zur Geltung, und als sie sich über den Mülleimer beugte, um die Hühnerknochen hineinzukippen, hatte ich, neben anderen Dingen, einen dicken Kloß im Hals. Sie richtete sich wieder auf, schenkte uns zwei Tassen Kaffee ein, und ich konzentrierte mich wieder ganz auf Francis Flaxford – mit einem J. vor seinem Namen und einem R. I. P dahinter.

Nicht zum erstenmal überlegte ich dabei, ob der Tote überhaupt Flaxford war. Vielleicht hatte sich vor mir schon ein anderer Einbrecher Flaxfords Abwesenheit zunutze gemacht und war in seine Wohnung eingedrungen. Irgendwie hatte er es dann geschafft, sich von jemandem den Schädel einschlagen zu lassen, so daß er bereits tot herumlag, als ich in die Wohnung kam.

Aber wer könnte ihn getötet haben? Flaxford selbst?

Das waren jedoch nichts als Spekulationen. Der Tote war nämlich tatsächlich Flaxford, ein 48-jähriger Immobilienmakler, der sich auch als Produzent von off-off-Broadway-Aufführungen versuchte, ein *bon-vivant* und Lebemann. Schon seit Jahren geschieden, hatte er allein in seinem schnieken East Side Apartment gelebt, bis ihm jemand mit einem Aschenbecher den Schädel einschlug.

»Wenn du jemanden umbringen wolltest«, meinte Ruth, »würdest du doch sicher keinen Aschenbecher benutzen.«

»Flaxford hatte offensichtlich eine Schwäche für massive Aschenbecher. Mit dem Ding, das in seinem Wohnzimmer rumstand, hättest du ohne weiteres einen ausgewachsenen Ochsen erschlagen können. Ein schwerer Aschenbecher aus Kristallglas.

Die Mordwaffe, heißt es, war übrigens auch ein Kristallglasaschenbecher. Und falls das so ein Gerät war wie das Ding im Wohnzimmer, war es bestimmt nicht das schlechteste Werkzeug.« Ich überflog noch einmal den Bericht in der *Post* und tippte mit dem Finger auf das Foto von Flaxford. »Sah nicht schlecht aus, findest du nicht auch?«

»Wenn man für diese Sorte Mann was übrig hat.«

Er hatte ein attraktives Gesicht mit hohen Brauen und dichtem, dunklem Haar, das sich an den Schläfen grau zu verfärben begann. Seinem Schnurrbart war anzusehen, daß sich der Friseur wirklich Mühe damit gegeben hatte.

»Sehr distinguiert«, sagte ich.

»Findest du?«

»Und ausgesprochen elegant.«

»Warum versuchst du's zur Abwechslung nicht mal mit zwielichtig und schmierig?«

»*De mortuis*... oder hast du das schon wieder vergessen?«

»Ach, laß mich bloß mit deinem blöden *De mortuis* in Ruhe. Wie hat doch meine Großmutter immer gesagt: Wenn du schon nichts Gutes über jemanden zu erzählen weißt, dann leg mal ordentlich los. Ich würde nur zu gern wissen, wie der Kerl wirklich zu soviel Geld gekommen ist. Was glaubst du, womit er es verdient hat?«

»Hier steht's doch. Er war Unternehmer.«

»Das heißt nur, *daß* er Geld verdient hat – aber nicht *wie*.«

»Er hat mit Immobilien spekuliert.«

»Dazu muß man aber erst mal Geld haben – genau wie als Produzent von off-off-Broadway-Shows. Mit seinen Immobilien mag er ja durchaus was verdient haben. Aber das hat er mit seinen Produktionen ebenso sicher wieder verloren. Demnach muß er sein Geld mit etwas anderem verdient haben, und ich möchte wetten, das waren irgendwelche dubiosen Geschäfte.«

»Vermutlich hast du sogar recht.«

»Warum steht davon nichts in der Zeitung?«

»Weil es keinen Menschen interessiert. Was interessiert, ist, daß er nur umgebracht wurde, weil er zum falschen Zeitpunkt am falschen Ort war. Zufällig ist jemand in seine Wohnung eingebrochen, als er zu Hause war, und das hat den guten J. Francis Flaxford das Leben gekostet. Hätte er zum Zeitpunkt seines Todes Damenunterwäsche getragen, hätte das vermutlich mehr hergegeben, und die Presse hätte sein Vorleben vielleicht etwas genauer unter die Lupe genommen. Aber da er nun mal einen stinknormalen Brooks Brothers-Bademantel anhatte, sorgte er nicht für weitere Schlagzeilen.«

»Wo steht, daß er einen Brooks Brothers-Bademantel trug?«

»Das habe ich nur so gesagt. Ich habe keine Ahnung, wo sich der Kerl seine Klamotten gekauft hat. Hier steht nur, daß er einen Bademantel anhatte. Laut *Times* war es ein Bademantel, laut *Post* ein Morgenmantel.«

»Ich dachte immer, er wäre nackt gewesen.«

»Damit befindest du dich allerdings in krassem Widerspruch zu dem, was in jeder Zeitung steht.« Ich dachte angestrengt nach, ob vielleicht Loren Kramer etwas gesagt hatte, woraus man schließen konnte, ob der Tote nackt oder bekleidet gewesen war. Ich konnte mich allerdings an nichts dergleichen erinnern. »Kann ja durchaus sein, daß morgen in der *Daily News* steht, daß er nackt war. Aber was ändert das schon?«

»Nichts.«

Wir saßen Seite an Seite auf der Couch. Sie faltete die Zeitung zusammen und legte sie neben sich. »Wenn wir wenigstens irgendeinen Anhaltspunkt hätten. Aber im Augenblick haben wir nichts als einen Toten und den Mann, der dich in diese Geschichte hineingeritten hat.«

»Von dem wissen wir nicht mal, wer er ist.«

»Mr. Schmäh. Mr. Schokoauge. Ein Mann mit schmalen Schultern und dickem Bauch, der einem nicht in die Augen schauen kann.«

»Und er kam dir vage bekannt vor?«

»Nicht nur vage. Ich könnte schwören, den Kerl schon mal gesehen zu haben. Übrigens kam mir auch seine Stimme bekannt vor.«

»Und trotzdem bist du sicher, daß du noch nie etwas mit ihm zu tun hattest?«

»Ganz sicher.«

»Aber wie kannst du ihn dann überhaupt kennen?« Sie ballte die Hände zu Fäusten und preßte sie seitlich gegen ihre Schenkel. »Könnte es sein, daß du ihn aus dem Gefängnis kennst?«

»Ich glaube nicht – obwohl das am naheliegendsten wäre. Das würde auch erklären, weshalb er wußte, daß ich auf Einbrüche spezialisiert bin. Trotzdem kann ich mir beim besten Willen nicht denken, woher ich den Kerl kennen könnte. Vielleicht ist er mir mal in der U-Bahn aufgefallen, oder ich bin ihm auf der Straße begegnet – irgend etwas in der Art.«

»Vielleicht.« Sie runzelte die Stirn. »Jedenfalls wollte er dir diesen Mord anhängen. Wenn er Flaxford nicht selbst umgebracht hat, weiß er zumindest, wer es war.«

»Ich kann mir eigentlich nicht vorstellen, daß so jemand zu einem Mord fähig ist.«

»Aber er dürfte wissen, wer es war.«

»Möglich.«

»Wir müssen unbedingt versuchen, diesen Kerl ausfindig zu machen. Wenn er dir schon nicht seinen Namen genannt hat, hat er dir nicht wenigstens irgendeinen anderen gegeben?«

»Nein. Warum?«

»Dann könnten wir ihn in dieser Bar – wie hieß sie doch gleich wieder? – ausrufen lassen.«

»Im Pandora. Warum sollten wir ihn dort ausrufen lassen?«

»Ich weiß auch nicht. Vielleicht, um ihm zu sagen, daß du die blaue Lederschatulle hast.«

»Was für eine blaue Lederschatulle?«

»Na die, die du eigentlich ... ach so.«

»Da war doch gar keine blaue Schatulle.«

»Natürlich nicht. Das war nichts weiter als ein Vorwand, um dich in Flaxfords Wohnung zu locken.« Angestrengt nachdenkend, legte sie die Stirn in Falten. »Aber warum hat er dann dieses Treffen im Pandora mit dir vereinbart?«

»Keine Ahnung. Er hatte auf jeden Fall nicht vor, dort zu erscheinen.«

»Aber warum hat er sich dann mit dir verabredet?«

»Das mußt du ihn schon selbst fragen. Wäre natürlich möglich, daß er die Polizei verständigt hätte, sobald ich dort aufgetaucht wäre. Aber das hört sich eigentlich auch nicht sehr logisch an. Vielleicht hat er das Treffen nur vorgeschlagen, um das Ganze glaubwürdiger erscheinen zu lassen.« Ich schloß für einen Moment die Augen, um mir den Wortwechsel noch einmal zu vergegenwärtigen. »Das Komische daran war, daß er mir gegenüber ständig den harten Macker zu markieren versucht hat. Aber wozu könnte er mir dieses Theater vorgespielt haben?«

»Damit du gar nicht erst auf die Idee gekommen wärst, ihn reinzulegen.«

»Aber er wußte doch, daß ich von Anfang an nicht die geringste Chance hatte, ihn reinzulegen. Irgend etwas an dem Kerl ist faul. Er hat sich zwar mordsmäßig angestrengt, einen auf hart und abgebrüht zu machen, aber sein ganzes Auftreten und das sonstige Drumherum haben nicht so recht dazugepaßt.

Vermutlich ist er nichts als ein harmloses Würstchen, irgendein dahergelaufener kleiner Schwindler.« Ich grinste. »Mich hat er allerdings trotzdem aufs Glatteis geführt. Ehrlich gestanden, kann ich noch immer nicht so recht glauben, daß in Flaxfords Wohnung tatsächlich keine blaue Schatulle gewesen sein soll. Irgendwie hat er mir nämlich absolut überzeugend erklärt, daß es so eine Schatulle gebe und er nicht wolle, daß ich sie öffne.«

»Aus dem Knast kennst du ihn jedenfalls nicht. Glaubst du, er hat schon mal gesessen?«

»Wahrscheinlich. Würde mich wundern, wenn's nicht so wäre. Das gehört in dieser Branche fast dazu. Man kann noch so vorsichtig sein – irgendwann macht jeder mal einen Fehler. Ich habe dir doch von meiner letzten Festnahme erzählt, oder?«

»Als die Türklingel defekt war.«

»Ja, ich spaziere also frohen Muts zur Tür herein, und die Leute, denen die Wohnung gehört, sitzen gerade beim Abendessen. Zu allem Überfluß hatte der Kerl nicht nur eine Knarre, sondern auch noch einen übertriebenen Sinn für Gerechtigkeit. Als ich mich nämlich mit einem kleinen Schmiergeld aus der Affäre ziehen wollte, stellte sich heraus, daß er Vorsitzender irgend so einer Bürgerinitiative gegen Korruption und Gewalt war. Genausogut hätte ich versuchen können, einen Rabbiner mit einem Schweinekotelett zu bestechen.«

»Armer Bernie«, murmelte sie und legte ihre Hand auf meine. Unsere Hände brauchten ein paar Minuten, um Bekanntschaft zu schließen. Nach einer Weile lösten sie sich voneinander, worauf jeder von uns wieder seinen Gedanken nachhing.

Mir ging erneut das Gefängnis durch den Kopf. Wenn ich mich freiwillig gestellt hätte, hätte ich die Mordanklage vielleicht auf Totschlag herunterhandeln können, so daß ich bei entsprechend guter Führung spätestens nach drei, vier Jahren wieder rausgekommen wäre. So lange hatte ich zwar noch nie gesessen, aber auch meine letzte Haftstrafe war mit 18 Monaten nicht gerade von Pappe gewesen. Und wenn man 18 Monate im Knast überlebt hat, dann bringen einen auch vier Jahre nicht um. So oder so, man kneift die Arschbacken zusammen und sitzt schön brav einen Tag nach dem anderen ab.

Inzwischen war ich aber auch nicht mehr gerade der Jüngste und würde auf die vierzig zugehen, wenn ich wieder rauskäme. Und dann keine Frauen im Knast. Keine zarten, weichen Hände. Keine knackigen, kleinen Hintern. (Es gibt zwar auch Männer mit knackigen, kleinen Hintern, nur gehöre ich leider nicht zu der Sorte, die auf so was steht.)

»Bernie? Was wäre, wenn ich zur Polizei gehe?«

»Und mich hinhängst? Das könnte ich unter Umständen verstehen, wenn auf meine Ergreifung eine Belohnung ausgesetzt wäre, aber –«

»Wie kommst du denn darauf? Ich würde dich doch nie verpfeifen. Bist du verrückt geworden?«

»Warum solltest du dann zur Polizei gehen?«

»Ich könnte ihnen zum Beispiel erzählen, ich wäre von einem Betrüger reingelegt worden. Dann würden sie mir doch sicher ihre Fahndungsfotos zeigen.«

»Und was weiter?«

»Na, vielleicht würde ich ihn auf einem erkennen.«

»Aber du hast ihn doch noch nie gesehen, Ruth.«

»Du hast ihn mir aber so genau beschrieben, daß ich das Gefühl habe, ihn sofort wiederzuerkennen.«

»Auf so einem Fahndungsfoto ist nur sein Gesicht zu sehen, nicht seine Figur.«

»Ach so.«
»Das Ganze hätte also wenig Sinn.«
»Da hast du vermutlich recht.«
Ich drehte ihre Hand herum und begann ihre Handfläche und ihre Finger zu streicheln. Darauf rutschte sie etwas näher an mich heran. Gerade als ich den Versuch startete, meinen Arm um sie zu legen, stand sie auf und begann heftig gestikulierend vor mir auf und ab zu gehen. »Aber irgend etwas müssen wir doch tun«, stieß sie aufgeregt hervor. »Wenn wir wenigstens den Namen dieses Kerls wüßten. Dann hätten wir zumindest schon mal einen Anhaltspunkt.«
»Oder wenn wir zum Beispiel wüßten, warum Flaxford umgebracht wurde. Was war das Motiv? Vielleicht würden wir klarer sehen, wenn wir mehr über Flaxford wüßten.«
»Unternimmt denn die Polizei nichts –«
»Für die Polizei steht längst fest, wer Flaxford ermordet hat. Die stellen keine Ermittlungen mehr an, Ruth. Für die zählt jetzt nur noch, wie sie mich so schnell wie möglich fassen können. Das Spiel funktioniert perfekt. Selbst wenn es Menschen gäbe, die ein Motiv hätten, Flaxford ins Jenseits zu befördern, wird nie jemand etwas darüber erfahren, weil der Mordfall Flaxford in den Augen der Polizei längst geklärt ist.«
»Ich könnte morgen in die Stadtbibliothek gehen und im Index der *New York Times* nachsehen. Falls Flaxford im Laufe der letzten Jahre mal Gegenstand einer Pressemeldung war, müßte das doch im Archiv auf Mikrofilm nachzulesen sein.«
Ich schüttelte den Kopf. »Wenn es tatsächlich ein paar dunkle Punkte in seiner Vergangenheit gäbe, hätte die Presse das längst ausgeschlachtet.«
»Aber es könnte sich dabei ja auch um etwas gehandelt haben, das nur für uns einen Sinn ergibt. Ich finde jedenfalls, die Sache wäre ein Versuch wert.«
»Wenn du unbedingt meinst.«
»Jedenfalls ist es immer noch besser, als rumzusitzen und Däumchen zu drehen.«
»Du würdest es im Knast sicher nicht lange aushalten.«
»Mein Gott, wie kann es dort überhaupt jemand aushalten?«

»Ganz einfach, indem man einfach einen Tag nach dem anderen absitzt«, antwortete ich, um dann abrupt das Thema zu wechseln. »Ich würde an sich gern mal mit dir ausgehen, Ruth, aber unter den gegebenen Umständen –«

»Nein, das kommt überhaupt nicht in Frage«, fiel sie mir heftig ins Wort. »Du darfst die Wohnung auf keinen Fall verlassen.« Sie begann in einer der Zeitungen zu blättern. »Vielleicht gibt's ja irgendwas Vernünftiges im Fernsehen«, sagte sie nach einer Weile. Tatsächlich kam ein alter Warner Brothers-Krimi – mit Edward G. Robinson, Peter Lorre, Sidney Greenstreet und einer Reihe anderer bekannter Gesichter, deren Namen ich mir allerdings noch nie merken konnte. Ruth saß neben mir auf der Couch, und wir sahen uns den Streifen bis zum Schluß an. Irgendwann schaffte ich es auch, meinen Arm um sie zu legen, und wir schmusten während der Werbung ein bißchen rum. Als auch den letzten Schurken seine gerechte Strafe ereilt hatte, sagte sie: »Siehst du? Am Ende siegt doch immer das Gute. Wir haben also nichts zu befürchten.«

»Bloß geht es im Leben anders zu als in einem alten Warner Brothers-Film«, gab ich zu bedenken.

»Aber es ist auch kein De Mille-Historienschinken. Glaub mir, irgendwie werden wir das Kind schon schaukeln.«

»Dann wollen wir mal hoffen.«

Nach dem Film kamen die 23.00 Uhr-Nachrichten, die wir uns bis zu der Meldung ansahen, deretwegen wir den Fernseher noch so lange laufen gelassen hatten. Die Polizei hatte im Mordfall Flaxford keine neuen Spuren, so daß der Sprecher nur noch einmal die Einzelheiten der letzten Berichte zusammenfaßte und anschließend zu einem geglückten Schlag der Drogenfahndung gegen einen Rauschgiftring überging. Ruth schaltete den Kasten ab.

»Dann werde ich jetzt mal gehen«, sagte sie unvermittelt.

»Gehen? Wohin?«

»Nach Hause natürlich.«

»Wo wohnst du überhaupt?«

»In der Bank Street. Nicht weit von hier.«

»Warum bleibst du nicht noch ein bißchen«, schlug ich vor. »Vielleicht kommt noch ein guter Film.«

»Ehrlich gestanden bin ich ziemlich müde. Ich bin heute schon sehr früh aufgestanden.«

»Du könntest ja auch, äh, hier schlafen.«

»Na, ich weiß nicht, ob das so eine gute Idee ist, Bernie.«

»Ich weiß allerdings auch nicht, ob es eine gute Idee ist, wenn du jetzt noch allein nach Hause gehst. So spät und in dieser Gegend –«

»Es ist noch nicht mal Mitternacht. Außerdem ist das hier das sicherste Viertel von ganz New York.«

»Trotzdem fände ich es schön, wenn du bleiben würdest.«

Sie lächelte. »Ich möchte einfach nach Hause, raus aus den Klamotten und dann erst mal unter die Dusche.«

»Kannst du das hier nicht genausogut?«

»Außerdem muß ich noch meine Katzen füttern. Die Armen sind sicher schon halb am Verhungern.«

»Können die sich nicht selbst eine Dose aufmachen?«

»Da kennst du die beiden schlecht. Dazu sind sie viel zu verwöhnt. Sie heißen übrigens Esther und Mordecai. Zwei echte Abessinier.«

»Warum hast du ihnen dann hebräische Namen gegeben?«

»Wie hätte ich sie denn sonst nennen sollen? Haile und Selassie?«

»Da hast du allerdings auch wieder recht.«

Ich begleitete sie zur Tür. Eine Hand hatte sie bereits am Türgriff, als wir uns küßten. Es war ein schöner Kuß. Ich wünschte mir wirklich, sie wäre geblieben, zumal sie ein vielversprechendes kleines Gurren von sich gab und sich verheißungsvoll an mich drückte.

Aber schließlich ließ ich sie doch los. Sie öffnete die Tür, sagte: »Bis morgen, Bernie«, und ging.

7

Die U-Bahn war wie ausgestorben. Während der Fahrt nach Uptown war nur noch eine andere Person mit mir im Wagen. Das war das Erfreuliche an der Sache. Weniger erfreulich war dagegen die Tatsache, daß es sich dabei um einen Sicherheitsbeamten handelte, der einen riesigen Revolver am Gürtel trug. Und weil es sonst nichts gab, was seine Aufmerksamkeit hätte erregen können, stierte er mich an. Es schien nur noch eine Frage der Zeit zu sein, bis ihm unter seiner Uniformmütze ein wahres Flutlicht aufgehen und er zur Tat schreiten würde.

Zum Glück kam es jedoch nicht so weit. Als am Times Square zwei Krankenschwestern und ein ziemlich abgewrackter Junkie zustiegen, ließ der Sicherheitsbeamte von mir ab und wendete seine Aufmerksamkeit den Neuankömmlingen zu. In der 59. Straße stieg er schließlich aus. An der nächsten Station verließ auch ich die U-Bahn. Ich ging die Treppe hoch und kam in der 72. Straße, Ecke Central Park West wieder an die Oberfläche. Es war früh am Morgen, und ich fragte mich, was zum Teufel ich hier eigentlich zu suchen hatte.

Noch vor wenigen Stunden war ich vollauf damit zufrieden gewesen, bei eingeschaltetem Fernseher auf Rodneys Couch zu sitzen und mit Ruth Händchen zu halten. Sobald sie allerdings gegangen war, hatte ich es nicht mehr in der Wohnung ausgehalten. Ich konnte plötzlich nicht mehr stillsitzen, und da auch der Fernseher meine Aufmerksamkeit nicht mehr fesseln konnte, begann ich zunehmend nervöser im Zimmer auf und ab zu gehen. Kurz nach Mitternacht duschte ich. Danach hatte ich allerdings keine Lust mehr, noch einmal in meine schmutzigen Klamotten zu schlüpfen. Also durchstöberte ich Rods Kleiderschrank.

Die Ausbeute hielt sich in Grenzen. Entweder war Rod schwer bepackt auf Tournee gegangen, oder sein Kleiderschrank war grundsätzlich übersichtlich bestückt. Immerhin fand ich ein halbwegs passables Hemd und ein Paar dunkelblaue Nylonsokken. Aber damit hatte es sich auch schon. Bis ich die Perücke entdeckte.

Sie war blond und ziemlich lang, aber nicht unbedingt das, was man sich unter einer typischen Hippiemähne vorstellt. Als ich mich damit im Spiegel begutachtete, hätte ich mich selbst fast nicht wiedererkannt. Der Haken an der Sache war nur, daß sie ein bißchen zu grell war. Aber auch das war kein Problem, das sich nicht hätte lösen lassen. Ich fand nämlich noch eine Mütze, die meiner künstlichen, blonden Lockenpracht einiges von ihrer Auffälligkeit nahm.

Jeder, der mich kannte, hätte mich wiedererkannt, aber für einen Fremden, dem ich zufällig auf der Straße begegnete, wäre ich nichts weiter als ein blonder Mann mit einer Mütze.

Ich besann mich wieder, setzte Mütze und Perücke ab und machte es mir vor dem Fernseher gemütlich. Nach ein paar Minuten begann das Telefon zu klingeln. Nach genau 22 mal gab der Anrufer endlich auf oder der Telefondienst tat das, wofür er eigentlich da war. Das Telefon hatte zwar tagsüber schon mehrere Male geklingelt, und um ein Haar hätte Ruth einmal abgenommen, aber so hartnäckig hatte es bisher noch niemand läuten lassen.

Um Viertel vor eins setzte ich mir Perücke und Mütze wieder auf und verließ die Wohnung.

Ich fuhr mit der U-Bahn zu meiner Wohnung. Ein Taxi hatte ich bewußt nicht genommen, um mich nicht zu lange mit einer Person unterhalten zu müssen. Aber vielleicht hatte ich auch nur Angst, noch einmal dem Fahrer über den Weg zu laufen, der mich erst vor ein paar Stunden durch die Stadt chauffiert hatte. Kaum hatte ich mich vor der U-Bahn-Station auf den Weg zu meiner Wohnung gemacht, begann ich bitter zu bereuen, daß ich kein Taxi genommen hatte. Ganz abgesehen davon, daß die 72. Straße fast taghell erleuchtet war, herrschte auf dem Gehsteig noch reger Betrieb. Und da ich seit mehreren Jahren in dieser Gegend wohnte, erblickte ich schon auf hundert Meter Entfernung einige Leute, die ich zwar nicht namentlich, aber doch vom Sehen kannte und von denen mich durchaus jemand hätte erkennen können, wenn er mich etwas näher in Augenschein genommen hätte. Ich gab mir deshalb die allergrößte Mühe, einen anderen Gang und eine andere Haltung anzunehmen. Kann sein, daß es half. Jedenfalls schien niemand von mir Notiz zu nehmen.

Schließlich erreichte ich die Ecke, an der ich wohnte, drückte mich in einen dunklen Hauseingang und ließ von dort aus sehnsüchtig meinen Blick zu den Fenstern im 16. Stock hochwandern. Meine Wohnung. Mein Zuhause.

Viel Staat war damit allerdings nicht zu machen. Zwei Zimmerchen und eine Küche – ein maßlos überteuerter Kaninchenstall in einem sterilen Betonkasten. Das einzig Besondere war die Aussicht. Aber es war mein Zuhause, und ich fühlte mich dort wohl. Damit war nun ein für allemal Schluß. Selbst wenn es mir gelingen sollte, den Kopf noch einmal aus der Schlinge zu ziehen (was ich mir schwer vorstellen konnte), hätte ich auf keinen Fall mehr dort wohnen können, da inzwischen alle Hausbewohner die Wahrheit über den netten Kerl aus 16-G wußten. Er war ein Einbrecher. Ein Krimineller.

Unwillkürlich mußte ich an all die Leute denken, denen ich freundlich zunickte, wenn ich sie im Lift sah, an die Frauen, mit denen ich im Waschraum plauderte, an die Türsteher, den Hausverwalter und den Hausmeister. Ganz zu schweigen von Mrs. Hesch, der kettenrauchenden alten Dame auf der anderen Seite des Flurs, von der ich mir jederzeit einen Becher Waschpulver oder etwas Zucker borgen konnte und die die einzige Person im ganzen Haus war, die ich etwas näher kannte. Eigentlich hatte ich zu allen Hausbewohnern ein gutes Verhältnis. Deshalb lebte ich so gern hier.

Das würde nun nicht mehr gehen. Bernard Rhodenbarr aus 16-G war als Einbrecher abgestempelt. Ich würde mir unter falschem Namen eine neue Bleibe suchen müssen. Als Berufsverbrecher hatte ich es sowieso schon schwer genug, und nun auch noch das: Von einem Tag auf den anderen war ich bekannt wie ein bunter Hund.

Ob ich es riskieren konnte, kurz nach oben zu gehen? Am Eingang hielt wie gewohnt Fritz Wache. Er war einer unserer drei Türsteher, ein stämmiger alter Kerl, der meistens die Spätschicht übernahm. Allerdings konnte ich mir nicht vorstellen, daß er sich durch meine Verkleidung hinters Licht führen ließ. Wozu gab es schließlich den Hintereingang? Die Sache hatte nur einen Haken. Die Tür ließ sich nur von innen öffnen. Von außen brauchte man dafür einen Schlüssel.

Man brauchte dafür einen Schlüssel. Ich nicht.

Einmal im Keller, brauchte ich nur noch mit dem Lastenaufzug in den 16. Stock hinaufzufahren. Auf demselben Weg konnte ich das Gebäude auch wieder verlassen – zusammen mit einem Koffer frischer Klamotten und den 5000 Dollar, die ich für Notfälle wie diesen in meiner Wohnung deponiert hatte. Sollte ich mich selbst stellen oder geschnappt werden, wollte ich flüssig sein, um mir einen vernünftigen Anwalt leisten zu können.

Ich tastete kurz nach dem Einbruchswerkzeug in meiner Hosentasche, bevor ich meinen Beobachtungsposten verließ und die 71. Straße überquerte. Gerade als ich die andere Straßenseite erreichte, hielt neben dem Hydranten direkt vor meinem Hauseingang ein Wagen. Es war eine ganz gewöhnliche Limousine, aber angesichts der Selbstverständlichkeit, mit der ihr Fahrer neben dem Hydranten parkte, war mein erster Gedanke: Polizei.

Nichts an den zwei Männern, die aus dem Wagen stiegen, deutete darauf hin, daß sie von der Polizei waren. Sie trugen zwar beide Anzug und Krawatte, aber das tun außer Zivilfahndern auch noch eine Menge anderer Leute.

Trotzdem hätte ich schwören können, daß sie Fritz etwas unter die Nase hielten, als sie das Haus betraten. Ich blieb also, wo ich war, und drückte mich in einen dunklen Hauseingang. Jeder, der mich dort sah, würde mich für eine zwielichtige Gestalt halten und einen weiten Bogen um mich machen.

Erst nach einer Weile fiel mir ein, daß es nicht schaden könnte, mein Wohnzimmerfenster im Auge zu behalten. Ich zog mich an die Stelle zurück, wo ich mich am Anfang postiert hatte, und ließ meinen Blick wieder zum 16. Stock hochwandern. In 16-G brannte Licht.

Obwohl ich eine geschlagene Viertelstunde auf meinem Posten ausharrte, ging das Licht nicht wieder aus. Ich kratzte mich am Kopf – was an sich nicht zu empfehlen ist, wenn man eine lose sitzende Perücke trägt. Nachdem ich sie mir wieder zurechtgerückt hatte, überlegte ich, was die zwei Kerle wohl in meiner Wohnung machten und wie lange sie noch brauchen würden.

Jedenfalls eindeutig zu lange, fand ich. Außerdem würden sie sicher nicht sehr behutsam vorgehen. Wenn ich also nach ihnen auftauchte, würden die Nachbarn ganz besonders hellhörig sein. Außerdem ...

Zum Teufel damit!

Ich brach zu einem kleinen Spaziergang auf, bei dem ich mich wohlweislich von allzu belebten Straßen und hellen Lichtquellen fernhielt. Dabei war ich so in Gedanken versunken, daß ich, ohne es zu merken, plötzlich vor der Pandora-Bar stand. Ich sah mich nach einem Platz um, von wo aus ich unauffällig den Eingang beobachten konnte, und stand dort so lange herum, bis ich neben einer trockenen Kehle auch noch einen Wadenkrampf bekam. Ich habe keine Ahnung, wie lange ich mir so die Füße vertreten habe – jedenfalls sah ich in der Zwischenzeit acht bis zehn Leute das Lokal betreten und etwa ebenso viele verlassen. Mein Freund mit der birnenförmigen Figur und dem unsteten Blick war nicht darunter.

Vielleicht hatte ich ihn zufällig mal auf der Straße gesehen. Vielleicht kam er mir deshalb so bekannt vor. Vielleicht waren wir uns sogar schon mehrere Male begegnet, so daß er mir deshalb, wenn auch unbewußt, so deutlich in Erinnerung geblieben war. Vielleicht hatte er das Pandora als Treffpunkt vorgeschlagen, weil es seine Stammkneipe war und ihm als erstes eingefallen war, was jedoch keineswegs heißen mußte, daß er tatsächlich vorgehabt hatte, sich dort mit mir zu treffen.

Da waren eine ganze Menge Vielleichts im Spiel, und ich glaube nicht, daß ich auch nur eine Sekunde lang gedacht habe, er säße jetzt im Pandora. Trotzdem war ich durstig genug, um mich an diesen letzten Strohhalm zu klammern.

Es versteht sich wohl von selbst, daß er nicht in der Bar war. Aber das Bier war phantastisch.

Ich blieb nicht sehr lange. Als ich die Bar verließ und den Broadway in Richtung Süden hinunterging, kam in etwa 30 Metern Abstand ein Mann hinter mir her. Das wäre eigentlich kein Grund zur Beunruhigung gewesen, hätte ich nicht das sichere Gefühl gehabt, daß er unmittelbar nach mir aus dem Pandora gekommen war. Als ich nach einer Weile in die 60. Straße bog, blieb er mir weiter auf den Fersen. Mein Puls raste.

Ich wechselte die Straßenseite, er blieb auf der anderen Seite. Er war ziemlich klein und trug eine dunkle Hose und eine Popelinjacke. Wegen des schlechten Lichts konnte ich von seinem Gesicht nicht allzuviel erkennen, und einfach stehenzubleiben, um ihn mir aus nächster Nähe anzusehen, hielt ich für keine sehr gute Idee.

Kurz bevor ich die Columbus Avenue erreichte, wechselte auch er auf meine Straßenseite und folgte mir weiter, als ich auf der Columbus meinen Weg in Richtung Downtown fortsetzte. Fieberhaft überlegte ich, was ich tun sollte. Ich konnte versuchen, den Kerl einfach abzuhängen. Ich konnte mich in einen dunklen Hauseingang drücken und ihm von hinten eine überziehen, wenn er an mir vorbeiging. Oder ich konnte einfach weitergehen und abwarten, was er tun würde.

Ich entschied mich für letzteres. Tatsächlich verschwand er schon ein paar hundert Meter weiter in einer anderen Bar und ward nie wieder gesehen. Mein vermeintlicher Schatten war also nichts weiter als ein einsamer Trinker auf der Suche nach einem Glas, um seine Sorgen darin zu ertränken.

Am Columbus Circle stieg ich zur U-Bahn hinunter und fuhr nach Hause – das heißt natürlich, in Rods Wohnung. Diesmal hatte ich schon wesentlich weniger Probleme, die Bethune Street zu finden. Sie war noch genau an derselben Stelle wie vorher. Die Eingangstür hätte ich auch mit einem Schlüssel kaum schneller aufbekommen. Da ich keinen Schlüssel hatte und folglich die drei Türschlösser beim Verlassen der Wohnung nicht hatte absperren können, hatte ich auch mit der Wohnungstür keine Probleme. Sie war nur durch das Schnappschloß gesichert, und dem rückte ich mit einem dünnen, elastischen Stahlstreifen zu Leibe – übrigens eine Methode, die weniger zeitraubend ist, als eine Tür mit einem Schlüssel aufzuschließen.

Ich verriegelte alle drei Schlösser von innen und legte mich schlafen. Obwohl mein nächtlicher Ausflug nichts außer einer Menge unverantwortlicher Risiken gebracht hatte, lag ich trotzdem mit mir und der Welt zufrieden in Rodneys Bett. Anstatt mich feige in meinem Unterschlupf zu verkriechen, hatte ich mich hervorgewagt und dem Schicksal die Stirn geboten.

Das war ein erstaunlich gutes Gefühl.

8

Am nächsten Morgen mußte Ruth nicht erst wieder den Philodendron umwerfen, damit ich wach wurde. Nachdem ich ausgiebig geduscht hatte, machte ich mich auf die Suche nach Rasierzeug. Dabei stieß ich hinter einer leeren Packung Heftplaster auf einen alten Gillette-Rasierer, der seit Ewigkeiten nicht mehr gesäubert und seit Jahren nicht mehr benutzt worden war. Die Klinge war mit vertrockneten Schaumresten und jeder Menge Bartstoppeln von Rods letzter Rasur verklebt. Ich hielt das Ding zwar eine Weile unter den Wasserhahn, aber das war ähnlich hoffnungslos, wie einen Fußballrasen mit einer Nagelschere zu schneiden.

Schließlich gab ich auf und beschloß, Ruth anzurufen, damit sie mir was zum Rasieren und Zähneputzen mitbrachte. Ich schlug im Telefonbuch unter Hightower nach und stellte fest, daß Hightower ein wesentlich gebräuchlicherer Name war, als ich gedacht hatte. Aber unter den unzähligen Trägern dieses Namens gab es keine Ruth Hightower, die in der Bank Street wohnte. Als ich daraufhin bei der Auskunft anrief, teilte mir eine Frau mit einem spanischen Akzent mit, daß bei ihnen keine Eintragung unter diesem Namen oder unter dieser Adresse vorliege. Nachdem ich wieder aufgelegt hatte, mußte ich mir erst mal klarmachen, daß eigentlich kein Grund bestand, die Kompetenz der Frau von der Telefonauskunft zu bezweifeln, bloß weil ihre Muttersprache nicht Englisch war. Trotzdem wählte ich noch einmal die gleiche Nummer. Diesmal hatte ich eine Frau mit einem astreinen New Yorker Akzent dran, die mir aber auch nicht weiterhelfen konnte.

Demnach stand sie also nicht im Telefonbuch. Na und? Schließlich war sie keine Schauspielerin. Weshalb hätte sie also im Telefonbuch stehen sollen?

Um etwas Gesellschaft zu haben, stellte ich den Fernseher an. Dann ging ich in die Küche und setzte Kaffee auf. Wieder zurück im Wohnzimmer, starrte ich eine Weile nachdenklich das Telefon an und beschloß schließlich, in meiner Wohnung anzurufen, um zu sehen, ob sich dort gerade wieder ein paar Polizisten herumtrieben. Ich nahm den Hörer ab, legte aber gleich wieder auf, da mir plötzlich meine eigene Nummer nicht mehr einfiel. Es war ja auch keine Nummer, die ich besonders häufig anrief. Trotzdem überraschte mich das Ganze etwas. Selbst wenn man nie unter seiner eigenen Nummer anruft, sollte man sie zumindest wissen, um sie anderen Leute geben zu können. Offensichtlich war aber auch das bei mir nicht allzu häufig der Fall. Doch wozu gab es schließlich ein Telefonbuch? Da stand sie, schwarz auf weiß und für jeden, der lesen konnte, klar und deutlich zu erkennen. Zu meiner Freude kam sie mir auch sofort bekannt vor, als ich sie sah. Ich wählte die Nummer, aber es ging niemand dran. Hätte mich auch gewundert, wenn es anders gewesen wäre. Nach einer Weile legte ich wieder auf.

Ich war gerade bei meiner zweiten Tasse Kaffee, als ich auf der Treppe Schritte hörte. Sie näherten sich meiner Tür. Es klopfte, doch ich ließ sie ihren Schlüssel benutzen. Wenige Augenblicke später stand sie in der offenen Wohnungstür, ein strahlendes Lächeln auf den Lippen und eine Einkaufstüte unter dem Arm. »Ich habe uns Eier und Speck mitgebracht«, verkündete sie. »Und du hast schon Kaffee gemacht. Großartig. Hier ist die *Times*. Steht allerdings nichts Neues drin.«

»Hätte mich auch gewundert.«

»An sich hätte ich auch noch die *Daily News* kaufen können. Aber das tue ich eigentlich nie. Ich denke, wenn irgend etwas Wichtiges passiert, wird es auf jeden Fall in der *Times* stehen. Ist das die einzige Pfanne, die Rod besitzt?«

»Wenn er die anderen nicht auf die Tournee mitgenommen hat.«

»Er ist wirklich nicht besonders häuslich. Na ja, dann müssen wir uns eben behelfen. Leider habe ich noch nicht viel Erfahrung damit, Flüchtigen Unterschlupf zu gewähren, aber ich werde mein Bestes tun. Spricht man eigentlich auch von Unterschlupf gewähren, wenn es in der Wohnung eines Dritten geschieht?«

»In diesem Fall spricht man von Totschlag begünstigen.«

»Hört sich verdammt erst an.«

»Ist es auch.«

»Bernie –«

Ich nahm sie am Arm. »Dieses Problem liegt mir schon die ganze Zeit im Magen. Findest du nicht, du solltest dich aus dieser Geschichte raushalten, bevor es dafür zu spät ist?«

»Jetzt mach dich bloß nicht lächerlich.«

»Damit könntest du dir aber eine Menge Scherereien ersparen.«

»Quatsch. Du bist doch unschuldig, oder nicht?«

»Die Polizei ist da anderer Meinung.«

»Das wird sich ändern, sobald wir den wirklichen Mörder gefaßt haben. Jetzt stell dich nicht so an, Bernie! Nicht umsonst habe ich alle diese alten Filme gesehen. Ich weiß ganz genau, daß am Ende immer das Gute siegt. Und wir stehen doch auf der Seite des Guten, oder etwa nicht?«

»Schön wär's jedenfalls.«

»Na, siehst du. Demnach haben wir auch nichts zu befürchten. Und jetzt sagst du mir noch schnell, wie du deine Eier am liebsten magst, und dann nichts wie raus hier! Für mehr als für mich und ein paar Kakerlaken ist in dieser Küche sowieso kein Platz. Hey, was machst du denn da?«

»Ich küsse deinen Nacken.«

»Was du nicht sagst. Hmmmmmmm. Das fühlt sich aber gut an. Weißt du was, Bernie? Daran könnte ich mich fast gewöhnen.«

Wir machten uns gerade über die Eier her, als das Telefon klingelte. Diesmal waren sie beim Auftragsdienst auf Draht und schalteten sich schon beim vierten Läuten dazwischen.

Das erinnerte mich an etwas. »Ich wollte dich vorhin anrufen«, sagte ich. »Aber deine Nummer stand nicht im Telefonbuch. Oder bist du noch unter dem Namen deines Mannes eingetragen?«

»Nein. Ich stehe nicht im Telefonbuch. Warum wolltest du mich anrufen?«

»Weil ich was zum Rasieren brauche.«

»Das ist mir bereits aufgefallen. Dein Gesicht kratzt ganz schön. Eigentlich mag ich das, aber ich kann verstehen, daß du dich gern rasieren möchtest.«

»Ich dachte nur, du hättest mir auf dem Weg hierher gleich noch Rasierzeug besorgen können.«

»Kein Problem. Das kann ich auch jetzt noch machen.«

»Wenn ich deine Telefonnummer gehabt hätte, hättest du nicht extra noch mal los gemußt.«

»Ach, das macht doch nichts. Sonst noch etwas, was ich mitbringen soll?«

Da mir gleich eine ganze Reihe von Dingen einfielen, die ich noch brauchen konnte, machte sie sich einen Einkaufszettel. Ich steckte ihr einen Zehner zu. »Aber es ist wirklich nicht eilig.«

»Ich werde die Sachen trotzdem gleich besorgen. Ach, und noch was, Bernie. Vielleicht solltest du besser die Finger vom Telefon lassen.«

»Warum?«

»Könnte doch sein, daß die Leute beim Auftragsdienst merken, daß jemand den Apparat benutzt. Dann wüßten sie, daß jemand in der Wohnung ist, und vielleicht könnten sie das Gespräch sogar mithören.«

»Keine Ahnung, ob sowas geht. Davon verstehe ich nichts.«

»Immerhin wissen sie, daß Rod für mehrere Monate verreist ist. Und wenn plötzlich jemand in seiner Wohnung ist –«

»Ruth, die lassen das Telefon normalerweise 20 mal läuten, bevor sie drangehen – das nur zu deiner Information, wie ernst die ihren Job nehmen. Die kümmern sich doch nur um die Anschlüsse ihrer Kunden, wenn es läutet – und selbst dann haben sie es nicht allzu eilig.«

»Als es das letzte Mal geklingelt hat, haben sie sich aber ziemlich schnell gemeldet.«

»Reiner Zufall. Aber du denkst doch nicht im Ernst, ich sollte das Telefon nicht mehr benutzen?«

»Na ja –«

»Das halte ich für ziemlich übertrieben.«

Kaum war sie einkaufen gegangen, ertappte ich mich dabei, wie ich das Telefon eine ganze Weile mißtrauisch anstarrte, bevor ich den Hörer abnahm und noch einmal meine eigene Nummer wählte. Diesmal mußte ich sie übrigens nicht nachschlagen. Noch bevor ich zu Ende gewählt hatte, legte ich wieder auf.

Ich ging in die Küche, wusch das Frühstücksgeschirr ab und las die Zeitung. Alles, was die *Times* über mich zu berichten hatte, war, daß ich immer noch auf freiem Fuß war. Und das wußte ich bereits.

Diesmal hatte ich die Tür nicht abgeschlossen. Als sie klopfte, stand ich auf und öffnete ihr. Sie drückte mir eine Papiertüte mit einem Rasierapparat, einem Päckchen Klingen, Rasiercreme, einer Zahnbürste und einer Tube Zahnpasta in die Hand. Außerdem gab sie mir noch 47 Cents zurück, die von meinen zehn Dollar übriggeblieben waren. Da soll einer sagen, dieses ständige Gerede von der galoppierenden Inflation wäre Schwarzmalerei.

»Ich muß noch mal kurz los«, erklärte sie. »Du kannst dich ja in der Zwischenzeit schon mal rasieren.«

»Du willst noch mal weg? Du bist doch gerade erst zurückgekommen.«

»Ich weiß. Aber ich will nur noch kurz in die Bibliothek und im Index der *Times* nachschlagen – du weißt schon, worüber wir gestern abend gesprochen haben. Wie sollen wir sonst etwas über Flaxford herausfinden? Ich will nämlich versuchen, seine Ex-Frau ausfindig zu machen und mit ihr zu sprechen.«

»Ob das die Mühe wert ist?«

»Du meinst, im *Times*-Index nachzusehen? Dazu muß ich nur zur 42. Straße, Ecke 5th Avenue gehen –«

»Ich weiß, wo die Stadtbibliothek ist. Ich dachte eigentlich mehr an seine geschiedene Frau.«

»Wie kommst du denn darauf, daß das mit soviel Aufwand verbunden ist? Auch wenn Flaxford und seine Frau längst geschieden sind, ist trotzdem anzunehmen, daß sie zur Beerdigung kommt. Dort werde ich sie abpassen. Die Trauerfeier findet heute nachmittag um halb drei statt. Weißt du übrigens, was der Unterschied zwischen einer Trauerfeier und einem Begräbnis ist?«

»Keine Ahnung.«

»Ich denke, es hängt davon ab, ob die Leiche anwesend ist oder nicht. Vermutlich hat die Polizei den Toten noch nicht rausgerückt – wegen der Autopsie. Oder vielleicht wollen sie sich auch nur noch mal vergewissern, ob er auch wirklich tot ist.«

»Zeitpunkt und Todesursache stehen doch schon längst fest.«

»Vielleicht wollen sie die Leiche trotzdem noch behalten. Könnte ja auch sein, daß sie in eine andere Stadt überführt werden soll. Wie dem auch sei, der Unterschied hat damit zu tun, ob's eine Leiche gibt. Ohne Leiche kann man nicht von einem Begräbnis sprechen, oder?«

»Das kannst du laut sagen.«

»Und vielleicht sollte ich auch mal in dieser Bar vorbeischauen. Du weißt schon, Pandoras Büchse.«

»Nur Pandora. Was willst du denn da?«

»Das weiß ich noch nicht. Ich will dort aus dem gleichen Grund hin wie zur Trauerfeier. Könnte ja sein, daß ich zufällig dem Mann begegne, der dich letztes Mal versetzt hat.«

»Es würde mich sehr wundern, wenn der zu Flaxfords Trauerfeier käme.«

Sie hob die Schultern. »Mich auch. Aber es könnte ja sein, daß er ein Geschäftsfreund von Flaxford war und sich deshalb verpflichtet fühlt, bei der Trauerfeier zu erscheinen. Du weißt doch, was für verrückte Zufälle es im Leben manchmal gibt. Und wenn er nicht zur Trauerfeier kommt, sitzt er vielleicht im Pandora und ertränkt dort seinen Kummer.«

Sie fuhr fort mir zu erklären, weshalb das Pandora durchaus die Stammkneipe unseres Freunds sein könnte. Ihre Gründe waren annähernd dieselben, die mich am Abend zuvor bewogen hatten, dort auf ein Bier vorbeizuschauen. Sie blieb dabei, daß sie ihn anhand meiner Beschreibung auf jeden Fall erkennen würde, wenn er in der Bar säße oder bei der Trauerfeier wäre.

Sie stand auf, um sich auf den Weg zu machen. Ich war mehrere Male kurz davor gewesen ihr zu erzählen, daß ich am Abend zuvor selbst im Pandora vorbeigeschaut hatte. Aus irgendeinem Grund tat ich es dann aber doch nicht.

Sobald sie weg war, ging es mit dem Tag rapide bergab. Ich konnte nur noch die Zeit totschlagen. Eine Weile spielte ich sogar mit dem Gedanken, meine Perücke aufzusetzen und sie zur Trauerfeier zu begleiten. Aber das wäre wohl doch etwas zu riskant gewesen. Es ist nämlich schon seit langem gängige Polizeipraxis, mindestens einen Beamten zur Trauerfeier eines Mordopfers abzukommandieren, um sich unter den Trauergästen nach irgendwelchen verdächtigen Personen umzusehen. Ich überlegte, ob sich Ruth dieser Gefahr bewußt war und so verhalten würde, daß niemand von der Polizei auf sie aufmerksam wurde und ihr folgte, wenn sie nach Hause ging.

Ich beschloß, sie zu warnen. Das Problem war nur, daß ich sie nicht anrufen konnte, weil ich ihre Nummer nicht hatte. Außerdem hatte sie gleich in die Bibliothek gehen wollen. Natürlich hätte ich in der Bibliothek anrufen und sie ausrufen lassen können. Die Frage war allerdings, ob sie das dort überhaupt machten. Wenn ich ihnen natürlich glaubhaft hätte versichern können, daß es dabei um Leben und Tod ging...

Nein, damit hätte ich nur unnötig Aufmerksamkeit erregt. Mir blieb also gar keine andere Wahl, als wieder zu meiner Perücke zu greifen und mich persönlich auf den Weg zur Bibliothek zu machen. Allerdings machte ich mich jetzt schon darauf gefaßt, daß sie dort sicher in einem Lesesaal saß, in dem sich außer ihr mindestens noch drei Polizisten aufhielten. Sie würde, wenn sie mich erblickte, überrascht meinen Namen rufen, und mir würde vor lauter Schreck die Perücke vom Kopf fallen.

Ich ging erst mal ins Bad, um mich zu rasieren, und ließ mir dafür soviel Zeit wie nur möglich. Erst nachdem ich mir fünfmal das Gesicht gewaschen und mich ausgiebig eingeseift hatte, begann ich mit der eigentlichen Rasur. Die Stoppeln auf meiner Oberlippe ließ ich allerdings unangetastet. In Anbetracht der Umstände konnte ein Schnurrbart als Tarnung nicht schaden.

Doch als ich die blonde Perücke aus dem Schrank holte und mich damit im Spiegel begutachtete, ließ mich das dunkle Gestrüpp über meiner Oberlippe schleunigst wieder nach dem Rasierzeug greifen und meinem angehenden Schnurrbart mit unnachsichtiger Strenge zu Leibe rücken.

Damit hatte es sich dann auch. Die einzige Möglichkeit, den schlichten Vorgang des Rasierens noch weiter in die Länge zu ziehen, hätte darin bestanden, mir den Schädel kahl zu scheren. Es dürfte einiges über meine Gemütsverfassung aussagen, daß ich diesen Akt für eine Weile ernsthaft in Erwägung zog. Ich war nämlich zu der Überzeugung gelangt, daß die Perücke auf meinem blanken Schädel besser halten würde. Zum Glück rückte ich von dieser Idee wieder ab, bevor ich sie in die Tat umsetzen konnte.

Zwischendurch rief ich aus Langeweile noch einmal in meiner Wohnung an. Es war belegt. Ich wurde nervös. Das mußte aber nicht gleich das Schlimmste bedeuten. Es konnte natürlich auch sein, daß im Moment keine Leitung frei war, was übrigens relativ häufig vorkommt, oder daß sie besetzt war, weil gerade mich jemand versuchte anzurufen. Als ich es ein paar Minuten später noch einmal probierte, kam ich tatsächlich durch. Aber es ging niemand ran.

Ich machte es mir wieder vor dem Fernseher gemütlich und schaltete so lange zwischen den einzelnen Programmen hin und her, bis ich schließlich bei einer Wiederholung von *Highway Patrol* hängenblieb und Broderick Crawford vergnüglich dabei zusah, wie er ein paar Kerlen kräftig einheizte. Das war schon immer seine Spezialität gewesen.

Nach einer Weile holte ich meinen Schlüsselbund mit den diversen Einbruchswerkzeugen aus der Tasche und wog ihn nachdenklich in meiner Hand. Ob ich vielleicht einer der anderen Wohnungen im Haus einen kleinen Besuch abstatten sollte? Sozusagen, um nicht aus der Übung zu kommen. Im Grunde genommen wäre die Sache ganz einfach. Ich mußte mir unten am Eingang die Namen auf den Klingelschildern notieren und mich gleich darauf ans Telefon hängen, um mich zu vergewissern, wer zu Hause war und wer nicht. Und dann könnte ich in aller Ruhe die leeren Wohnungen nach etwas Brauchbarem abklappern: ein paar Klamotten in meiner Größe zum Beispiel, oder was zu fressen für Esther und Mordecai.

Nicht, daß ich diese Wahnsinnsidee auch nur einen Moment ernsthaft in Erwägung gezogen hätte. Aber da mir im Augenblick jedes Problem, mit dem ich meine Gedanken beschäftigen konnte, recht war, war ich in diesem Punkt nicht gerade wählerisch.

Irgendwann schlief ich schließlich vor dem Fernseher ein. Da ich nicht mehr weiß, wann mir schließlich die Augen zufielen, kann ich auch nicht sagen, wie lange ich geschlafen habe. Es dürfte jedoch auf jeden Fall mehr als eine Stunde und weniger als zwei gewesen sein.

Ich bin ziemlich sicher, daß es die Stimme war, die mich aus dem Schlaf riß. Ich muß sie mit einer Bewußtseinsebene wahrgenommen haben, zu der ich in wachem Zustand keinen Zugang habe.

Was auch immer mich geweckt hatte – ich schlug die Augen auf, starrte, blinzelte wütend und starrte erneut.

Kurz nach fünf kam Ruth zurück. Ich war in der Zwischenzeit unruhig im Zimmer auf und ab gegangen und hatte dabei den dünnen Teppich vollends durchgelatscht. Zwischendurch war ich in regelmäßigen Abständen immer wieder vor dem Telefon stehengeblieben, um dann allerdings nicht einmal den Hörer abzunehmen. Als um fünf die Nachrichten kamen, war ich so überdreht, daß ich kaum zuhörte, als sich ein Nahostkorrespondent mit seinem strahlendsten Blendaxlächeln in epischer Breite über die besorgniserregende Entwicklung in Marokko erging. (Vielleicht war es auch im Libanon oder sonst in einem dieser Länder.)

Wenig später hörte ich Ruths Schritte im Treppenhaus. Sie steckte den Schlüssel ins Schloß. Noch bevor sie ihn überhaupt herumdrehen konnte, hatte ich bereits von innen die Tür aufgerissen. Fast im selben Augenblick setzte sich auch schon ihr Mundwerk in Bewegung. Es sprudelte nur so aus ihr heraus – angefangen vom Wetter und ihren Erlebnissen in der Bibliothek bis hin zur Trauerfeier von J. Francis Flaxford. Aber ich konnte ihr ebensowenig folgen, wie wenn sie Arabisch gesprochen hätte – oder was sie eben sonst in Marokko oder im Libanon sprechen.

Ich unterbrach sie mitten im Satz. »Unser Freund Birne. War er da?«

»Nein, ich glaube nicht. Weder bei der Trauerfeier noch im Pandora. Übrigens ein ganz schön schräger Schuppen. Ich –«

»Du hast ihn also nicht gesehen?«

»Nein –« Sie sah mich verdutzt an.

»Aber *ich* habe ihn gesehen.«

9

»Ein Schauspieler?«

»Ja, ein Schauspieler«, nickte ich. »Ich bin vor dem Fernseher eingeschlafen und zufällig an genau der Stelle im Film wieder aufgewacht, wo er seinen Auftritt hatte. Er hat einen Taxifahrer gespielt. James Garner stieg zu ihm ins Auto, und er hat sich zu ihm umgedreht und ihn gefragt: *›Wo soll's denn hingehen, Mac?‹* Genau das waren seine Worte.«

»Und du hast dich auch bestimmt nicht getäuscht?«

»Ganz sicher nicht. Es war derselbe Kerl. Der Film war zwar sicher schon 15 Jahre alt, so daß er noch etwas jünger aussah, aber es waren unverkennbar seine Gesichtszüge, seine Stimme, seine Figur. Natürlich hat er in der Zwischenzeit noch ein paar Pfund zugelegt, aber wer hat das nicht? Du kennst ihn sicher auch – als Schauspieler, meine ich. Er hat in Dutzenden von Filmen solche kleinen Nebenrollen gespielt – Taxifahrer, Bankangestellte, Ganoven und dergleichen mehr.«

»Wie heißt er?«

»Keine Ahnung. Ich habe mir den Film zwar noch zu Ende angesehen, aber leider haben sie den Nachspann nicht mehr gebracht. Ich glaube, den lassen sie im Fernsehen sowieso meistens weg, wenn sie einen alten Film bringen. Manchmal machen sie das ja sogar mit dem Vorspann, oder nicht?«

»Die Frage ist außerdem, ob er überhaupt namentlich aufgeführt worden wäre, wenn er nicht mehr gesagt hat als: *Wo soll's denn hingehen, Mac*?«

»Er hatte schon noch etwas mehr zu sagen. Du weißt schon, small talk übers Wetter und den Verkehr – die typische New Yorker Taxifahrernummer eben. Oder zumindest, wie die sich in Hollywood einen typischen New Yorker Taxifahrer vorstellen. Oder hat zu dir schon mal ein Taxifahrer gesagt: *›Wo soll's denn hingehen, Mac?‹*«

»Nein. Aber das liegt vielleicht nur daran, daß nicht allzuviele Leute Mac zu mir sagen. Komisch, du hast doch selbst gesagt, daß er dir irgendwie bekannt vorkam. Aber du konntest dich nicht erinnern, wo du ihn schon mal gesehen hast.«

»Ich habe ihn sicher schon zig Male im Fernsehen gesehen. Deshalb kam mir sogar seine Stimme irgendwie bekannt vor.« Ich runzelte die Stirn. »Damit wäre nun also geklärt, woher ich ihn kannte. Aber woher kannte er mich? Ich bin kein Schauspieler – wenn man mal davon absieht, daß das ganze Leben eine Komödie ist. Woher könnte ein Schauspieler gewußt haben, daß ich Einbrecher bin?«

»Keine Ahnung. Vielleicht –«

»Von Rodney?«

»Wie bitte?«

»Rodney ist doch auch Schauspieler.«

»Na und?«

»Schauspieler kennen sich doch untereinander.«

»Na, ich weiß nicht. Vielleicht ein paar. Kennen sich denn auch Einbrecher untereinander?«

»Das ist was anderes.«

»Wieso ist das was anderes?«

»Weil Einbrecher im Gegensatz zu Schauspielern ihren Beruf nicht vor Publikum und im hellen Rampenlicht ausüben. Außerdem stehen Schauspieler nur selten allein auf der Bühne. Vielleicht haben die beiden ja sogar mal zusammen gearbeitet.«

»Das wäre natürlich möglich.«

»Und Rodney kannte mich. Vom Pokern.«

»Aber er weiß nicht, daß du Einbrecher bist.«

»Zumindest dachte ich das bisher. Aber vielleicht weiß er wesentlich mehr über mich, als ich vermute.«

»Das tut er mit Sicherheit, wenn er die letzte *New York Times* gelesen hat. Doch Spaß beiseite. Hältst du es für möglich, daß Rodney über deinen geheimen Broterwerb Bescheid wußte und aus irgendeinem Grund diesem Schauspieler von dir erzählt hat, worauf dieser nichts Besseres zu tun wußte, als dir gleich einen Mord anzuhängen? Und um das Maß an Zufällen voll zu machen, hast du nach der Tat auch noch ausgerechnet in Rodneys Wohnung Unterschlupf gesucht.«

»Tja.« Ich zuckte mit den Schultern.

»Findest du das nicht etwas an den Haaren herbeigezogen?«

»Es erfordert zumindest eine recht blühende Phantasie«,

mußte ich zugeben. »Andererseits sind in diese Geschichte jede Menge Schauspieler verwickelt.«

»Na schön, wenn zwei für dich gleich eine Menge sind – wobei auch von den beiden bisher nur einer sicher etwas mit der Sache zu tun hat.«

»Auch Flaxford hat viel in Theaterkreisen verkehrt. Vielleicht ist hier die Verbindung zwischen ihm und dem Kerl zu suchen, der mir den Mord angehängt hat. Flaxford war Bühnenproduzent und hatte vielleicht eine kleine Meinungsverschiedenheit mit diesem Schauspieler –«

»Worauf dieser beschloß, ihn aus dem Weg zu räumen und das Ganze einem Einbrecher anzuhängen.«

»Weißt du eigentlich, was wir hier machen, Ruth? Ich blase einen Ballon nach dem anderen auf, und du bringst ihn sofort wieder zum Platzen.«

»Ich finde nur, daß wir uns lieber an das halten sollten, was wir tatsächlich wissen. Außerdem spielt es im Moment doch gar keine Rolle, wieso dieser Mann ausgerechnet an dich geraten ist. Worauf es jetzt ankommt, ist, wie wir ihn finden können. Kannst du dich noch an den Titel des Films erinnern?«

»Der Mann in der Mitte. Es ging um irgendwelche dubiosen Machenschaften in Kreisen der Hochfinanz, nicht um eine homosexuelle *ménage à trois*, wie man vielleicht denken könnte. In den Hauptrollen waren James Garner und Shan Willson zu sehen. Ich könnte dir sogar noch die Namen ein paar anderer Darsteller nennen, aber keiner davon war unser Freund. Gedreht wurde das Ganze 1962, und der Witzbold, der für die Kurzkommentare im Fernsehteil der *Times* zuständig ist, meinte dazu, die Handlung sei zwar reichlich abgedroschen, aber dank der schauspielerischen Leistung trotzdem halbwegs erträglich.«

Ruth griff zum Telefonbuch. »Wäre das Branchenbuch nicht besser?« fragte ich. »Du willst doch sicher in ein paar Videotheken anrufen, ob sie den Film zufällig im Programm haben. Daran habe ich auch schon gedacht. Allerdings dürften um diese Zeit die meisten schon geschlossen sein.«

Sie sah mich jedoch nur etwas eigenartig an und fragte, welcher Sender den Film ausgestrahlt hätte.

»Kanal neun.«
»Ist das WPIX?«
»Nein, WOR.«
»Ach ja, stimmt.« Sie klappte das Telefonbuch zu und wählte eine Nummer. »Du wolltest doch den Film nicht etwa auf Video ausleihen, um rauszubekommen, wer darin mitgespielt hat?«
»Eigentlich schon.«
»Beim Sender haben sie sicher eine Besetzungsliste. Die bekommen dort nämlich ständig solche Anrufe.«
»Aha.«
»Gibt es zufällig noch Kaffee, Bernie?«
»Ich bring dir gleich welchen.«

Mit einem einzelnen Anruf war die Sache allerdings nicht getan. Da man bei WOR das Programm vorwiegend mit Filmen älteren Datums bestritt, war man in der Redaktion Anfragen von eingefleischten Kinoliebhabern gewöhnt und gab sich alle Mühe, den Wünschen nachzukommen. Leider waren jedoch in der Besetzungsliste, die sie beim Sender hatten, nur die Hauptdarsteller aufgeführt, und zu denen hätte man unseren typischen New Yorker Taxifahrer nicht gerade zählen können.

Der Redakteur, den Ruth in der Leitung hatte, versicherte ihr, sein Kollege wisse ganz sicher, wer den Taxifahrer in *Der Mann in der Mitte* gespielt habe. Offensichtlich war dieser Kollege ein wandelndes Lexikon, was derlei Anfragen betraf. Dummerweise war er jedoch gerade unterwegs, um sich was zu essen zu holen, und Ruth wollte verständlicherweise nicht meine beziehungsweise Rodneys Nummer hinterlassen, damit er sie hätte zurückrufen können. So unterhielten sie sich über alles mögliche, um die Zeit zu überbrücken, bis das wandelnde Filmlexikon wieder eintraf. Natürlich wußte er dann doch nicht, wer den Taxifahrer gespielt hatte, aber zumindest konnte er sich an die Szene erinnern. Ruth's Versuch, ihm unseren Freund Birne zu beschreiben, fand ich reichlich gewagt, denn sie hatte ihn weder im Fernsehen noch in natura je gesehen. Dafür gab sie meine Beschreibung recht zutreffend wieder. Sie unterhielten sich noch eine Weile, bevor sie sich bedankte und aufhängte.

»Er wußte haargenau, wen ich meine«, wandte sie sich wieder mir zu. »Nur ist ihm sein Name nicht mehr eingefallen.«

»Großartig.«

»Immerhin wußte er, daß der Film bei Paramount herausgekommen ist.«

»Na und?«

Die Nummer von Paramount Pictures in Kalifornien herauszubekommen, war nicht weiter schwierig. Da es an der Westküste drei Stunden früher war, schwitzten die Leute dort noch an ihren Schreibtischen – mit Ausnahme derer, die noch nicht vom Mittagessen zurück waren. Ruth war bereits einige Male weiterverbunden worden, bis sie schließlich jemand an den Apparat bekam, der ihr sagte, daß sie die Besetzungslisten von Filmen, die älter als zehn Jahre seien, nicht mehr im Archiv hätten. Aber in der Akademie für Filmkunst und Wissenschaft könne man ihr in diesem Punkt sicher weiterhelfen. Nachdem sie auch diese Nummer von der Auskunft erfragt und in der Akademie angerufen hatte, gab man ihr dort zu verstehen, daß sie die gewünschte Information sicher hätten und sie gerne jederzeit vorbeikommen könne, um das umfangreiche Archiv zu Rate zu ziehen. Das allerdings wäre bei einer Anfahrt von mehreren tausend Kilometern eine ziemliche zeitraubende Angelegenheit geworden. Der Kerl, den sie am Apparat hatte, ließ sich erst breitschlagen, für sie nachzusehen, als sie erwähnte, daß sie David Merricks Sekretärin sei.

Jedenfalls hielt sie plötzlich mit der Hand die Sprechmuschel zu und flüsterte mir mit einem verschwörerischen Grinsen zu: »Er geht kurz mal nachsehen.«

»Ich dachte, du lügst nie.«

»Ich greife nur hin und wieder zu einer kleinen Notlüge.«

»Und wo soll da der Unterschied sein?«

»Der ist offensichtlich zu fein für jemanden mit deinem verdrehten Rechtsbewußtsein.« Sie wollte noch etwas hinzufügen, doch in dem Moment kam der Kerl auf der anderen Seite des Kontinents wieder an den Apparat, worauf sie alle möglichen Laute wie *ja* und *aha* und *mhm* von sich gab und sich auf dem Einband des Telefonbuchs hastig Notizen machte. Schließlich versicherte sie der Person am anderen Ende der Leitung Mr. Merricks' ganz besonders herzlichen Dank und hängte auf.

Dann sah sie mich an und sagte: »Welcher Taxifahrer?«

»Wie bitte?«

»In der Besetzungsliste sind zwei Taxifahrer aufgeführt – einer als Taxifahrer, der andere als zweiter Taxifahrer.« Sie warf einen kurzen Blick auf ihre Notizen. »Der Taxifahrer ist Paul Couhig, und der zweite Taxifahrer ist Wesley Brill. Welcher ist unser Mann?«

»Wesley Brill.«

»Kannst du dich an den Namen erinnern?«

»Nein, aber nach dieser Szene kam in dem Film kein Taxifahrer mehr vor. Demnach müßte er der zweite Taxifahrer gewesen sein.«

»Wenn er nicht zufällig einen zweiten Auftritt hatte, als du ihn gesehen hast.«

Ich griff nach dem Telefonbuch. Couhigs gab es in Manhattan keine, weder einen Paul noch sonst irgendeinen. Dafür gab es um so mehr Brills. Allerdings war kein Wesley darunter.

»Es könnte ja auch ein Künstlername sein«, meinte Ruth.

»Glaubst du, ein Statist legt sich einen Künstlernamen zu?«

»Niemand fängt beim Film an, um bis an sein Lebensende Statist zu bleiben. Außerdem besteht noch die Möglichkeit, daß es bereits einen bekannten Schauspieler mit demselben Namen gab, so daß er sich einen neuen zulegen mußte.«

»Oder er steht nicht im Telefonbuch. Oder er wohnt in Queens, oder er –«

»Mit solchen Spekulationen vergeuden wir nur unsere Zeit.« Sie griff wieder zum Telefon. »Bei der SAG haben sie sicher die Adressen von den beiden.« Sie ließ sich von der Auskunft die Nummer der Schauspielergewerkschaft Screen Actors Guild geben, was mir die Frage ersparte, was sich hinter der Abkürzung SAG verbarg. Diesmal gab sie sich allerdings nicht wieder als David Merricks Sekretärin aus, als sie sich erkundigte, wie sie unsere beiden Schauspielerfreunde am besten erreichen könne. Offensichtlich war das auch nicht nötig. Sie wartete eine Weile und zeichnete plötzlich mit dem Stift ein paar Kreise in die Luft.

Ich schob ihr das Telefonbuch zu, und sie begann sich eifrig Notizen zu machen.

»Du hattest recht«, sagte sie schließlich. »Es ist tatsächlich Brill.«

»Sag bloß, sie haben ihn dir am Telefon beschrieben.«

»Nein, aber er hat einen Agenten in New York, während Couhig durch die Westküstenfiliale der Agentur William Morris vertreten wird. Wie das in solchen Fällen üblich ist, haben sie mir nämlich nur Adressen und Telefonnummern der Agenten rausgerückt. Brills Agent heißt Peter Alan Martin.«

Im selben Augenblick begann sie auch schon seine Nummer zu wählen, lauschte eine Weile in den Hörer und hängte schließlich mit einem ärgerlichen Schnauben auf. »Er hat schon Feierabend gemacht. Es war nur sein Anrufbeantworter. Wenn du wüßtest, wie ich diese Dinger hasse.«

»Wem sagst du das.«

»Wenn mein Agent nur einen Anrufbeantworter und keinen Auftragsdienst hätte, würde ich mich auf der Stelle nach einem neuen umsehen.«

»Ich wußte gar nicht, daß du einen Agenten hast.«

Sie wurde rot. »Wenn ich einen *hätte*. Wenn wir Speck hätten, könnten wir uns Eier mit Speck machen, wenn wir auch noch Eier hätten.«

»Wir haben noch Eier. Im Kühlschrank.«

»Bernie –« Sie sah mich streng an.

»Schon gut.« Ich griff nach dem Telefonbuch. Es gab zwar keinen Wesley Brill, aber eine ganze Reihe von W. Brills. Unter den ersten beiden Nummern meldete sich jemand, aber keiner hieß mit Vornamen Wesley. Unter der dritten ging niemand dran. Die Adresse war in Harlem, und daß er dort wohnte, hielt ich für ziemlich unwahrscheinlich. Außerdem handelt es sich bei Telefonbucheintragungen mit abgekürztem Vornamen meistens um Frauen, die sich auf diese Weise obszöne Anrufe ersparen wollen.

Nach einer Weile schlug Ruth vor: »Wir könnten zumindest schon mal versuchen festzustellen, ob er einen Anschluß hat und einfach nur nicht im Telefonbuch steht. Das müssen sie einem bei der Auskunft doch sagen.«

»Ein Schauspieler, der nicht im Telefonbuch steht? Na ja, Ausnahmen bestätigen die Regel. Aber selbst wenn dem so wäre – was würde uns das nützen?«

»Nichts wahrscheinlich.«

»Dann lassen wir es doch lieber gleich bleiben.«

»Wenn du meinst.«

»Zumindest wissen wir schon mal, wer der Kerl ist«, sagte ich. »Das ist die Hauptsache. Wir rufen morgen bei seinem Agenten an und lassen uns von ihm die Adresse geben. Damit hätten wir schon mal den ersten konkreten Anhaltspunkt. Wenn jetzt plötzlich die Polizei vor der Tür stünde, sähe die Sache schon ganz anders für mich aus, als das noch vor einer Stunde der Fall war. Ich bräuchte denen nicht mehr nur von einem Kerl mit einer Figur wie eine Birne und schokoladenbraunen Augen zu erzählen, sondern könnte immerhin auch schon mit einem Namen aufwarten.«

»Und was weiter?«

»Sie würden mich natürlich trotzdem einlochen. Aber keine Sorge, Ruth. Die Polizei wird nicht hier antanzen.«

Sie ging in dem Lebensmittelgeschäft um die Ecke Sandwiches und Bier holen. Außerdem kaufte sie in einem Getränkemarkt eine Flasche Teacher's. Der Whisky war zwar meine Idee gewesen, aber bis sie wieder zurück war, hatte ich es mir anders überlegt und fest vorgenommen, die Flasche vorerst nicht anzurühren. Ich trank nur ein Bier zum Essen. Das mußte genügen.

Anschließend machten wir es uns auf der Couch gemütlich und tranken Kaffee – Ruth ihren mit Scotch, ich standhaft ohne. Sie erkundigte sich nach meinem Einbruchswerkzeug, und ich holte den ganzen Krempel.

»Das ist also dein Handwerkszeug«, murmelte sie nachdenklich. »Ist nicht schon der Besitz von diesen Dingen strafbar?«

Ich nickte. »Schon allein dafür kann man ins Gefängnis wandern.«

»Welche hast du benutzt, um die Tür zu Rods Wohnung aufzubekommen?« Ich zeigte ihr die Instrumente, nannte die Namen und erklärte ihr ihre Funktionen. »Wirklich erstaunlich«, bemerkte sie mit einem wohligen Schaudern. »Von wem hast du das eigentlich gelernt?«

»Das habe ich mir selbst beigebracht.«

»Tatsächlich?«

»Mehr oder weniger, ja. Ich hatte mal eine Phase, da habe ich jedes Buch gelesen, das es über Türschlösser gab. Das ging sogar so weit, daß ich einen Fernkurs für Feinschlosser belegt habe. Vermutlich nehmen an so was sowieso nur Einbrecher teil. Im Gefängnis kannte ich mal einen Kerl, der hat so einen Fernkurs gemacht. Dem haben sie jeden Monat ein anderes Schloß zugeschickt, komplett mit genauen Anweisungen, wie man das Ding aufbekommt. Und er hat dann den ganzen Tag nichts anderes getan, als in seiner Zelle zu sitzen und zu üben, wie man das Ding möglichst schnell aufbekommt.«

»Und die Gefängnisleitung hat nichts dagegen unternommen?«

»Im Knast haben sie immer großen Wert darauf gelegt, daß man eine Berufsausbildung machte. Das wurde sogar ausdrücklich unterstützt. Das Handwerk, das freilich dieser Kerl gelernt hat, war nichts anderes als Einbruch. Wenn man allerdings bedenkt, daß er vorher auf Tankstellenüberfälle spezialisiert war, dürfte das für ihn schon eine gewaltige Verbesserung bedeutet haben.«

»Da ist mit Einbrüchen vermutlich etwas mehr zu holen.«

»Meistens. Ihn dürfte die ständig zunehmende Gewalt zu diesem Schritt bewogen haben – um ein Haar wäre er selbst mal abgeknallt worden. Danach ist ihm wohl klargeworden, daß es wesentlich ungefährlicher ist, jemanden, der nicht zu Hause ist, zu beklauen, als jemanden, der zu Hause ist, zu überfallen.«

»Also hat er einen Fernkurs belegt und sich zum Einbrecher ausbilden lassen.«

Ich hob die Schultern. »Sagen wir mal, er hat den Kurs gemacht. Ob er dadurch tatsächlich ein guter Einbrecher wurde, möchte ich dahingestellt sein lassen. So etwas kann man nicht lernen, weder per Fernkurs noch von einem guten Lehrer. Worauf es letztendlich ankommt, muß man einfach im Blut haben.«

»Nicht in den Fingerspitzen?«

»In denen natürlich auch.« Ich lächelte und fuhr dann fort: »Als ich zwölf war, habe ich mir selbst beigebracht, unsere Badezimmertür zu knacken. Man konnte sie von innen abschließen, indem man auf den Knopf am Türgriff drückte. Der Haken an der Sache war nur, daß man sich selbst ausschließen konnte, wenn man auf den Knopf drückte und dann von außen die Tür schloß.«

»Na und?«

»Das ist meiner kleinen Schwester mal passiert. Allerdings hat sie sich selbst im Bad eingeschlossen und hat dann furchtbar zu heulen begonnen, weil sie die Tür nicht mehr aufbekam. Meiner Mutter blieb nichts anderes übrig, als die Feuerwehr zu rufen. Die haben das Schloß ausgebaut und meine Schwester rausgeholt. Was soll daran so komisch sein?«

»Jeder andere Junge hätte auf so ein Erlebnis hin Feuerwehrmann werden wollen. Nur du wolltest Einbrecher werden.«

»Ich wollte damals eigentlich weder das eine noch das andere werden. Ich wollte nur rausbekommen, wie man das verdammte Schloß aufkriegt. Erst versuchte ich es mit einem Schraubenzieher; aber der war zu wenig elastisch, um damit den Schließbolzen zum Zurückschnappen zu bringen. Mit einem Messer hätte ich es um ein Haar geschafft. Schließlich kam ich auf die glorreiche Idee, einen von diesen kleinen Plastikkalendern zu benutzen – du weißt schon, diese Dinger für die Brieftasche, mit allen 365 Tagen des Jahres auf einen Blick. Wie dem auch sei, der Kalender war geradezu ideal für meine Zwecke. Wie du siehst, bin ich also ganz allein und ohne fremde Hilfe daraufgekommen, wie man ein Türschloß knackt. Wie schwer es ist, die Tür aufzubekommen, hängt nur davon ab, wie dicht Tür und Türstock schließen. Aber aufzukriegen ist sie auf jeden Fall.«

»Hört sich ja hochinteressant an.« Ich erzählte ihr von meinen Erfahrungen mit Türschlössern, und wie ich zum erstenmal in die Nachbarwohnung eingebrochen war und mir von den Sachen im Kühlschrank ein Sandwich gemacht hatte, bevor ich mich wieder aus dem Staub machte.

»Schlösser zu knacken hatte für dich wohl schon immer einen ganz besonderen Reiz?«

»Und vor allem, in Wohnungen anderer Leute rumzuschnüffeln.«

»Zu stehlen hast du dann wohl erst später angefangen.«

»Ja. Es sei denn, du bezeichnest diese Geschichte mit dem Sandwich auch als Diebstahl. Allerdings hat es nicht sehr lange gedauert, bis ich alles mögliche mitgehen ließ. Wenn du dir schon mal unerlaubterweise Zutritt zu einer fremden Wohnung verschafft hast, ist es kein allzu großer Schritt mehr bis zu dem Punkt, an dem du beim Hinausgehen mehr Geld in der Tasche haben möchtest als beim Betreten. Natürlich ist schon allein das Knacken einer Tür mit einem ganz besonderen Kitzel verbunden. Eine wesentliche Rolle spielt dabei allerdings auch die Aussicht, auf der anderen Seite irgend etwas Wertvolles abzustauben.«

»Und das Risiko?«

»Gehört mit zum Reiz.«

»Bernie? Versuch mir doch mal zu beschreiben, was das für ein Gefühl ist.«

»Was? Einzubrechen?«

Sie schüttelte den Kopf. Ihr Gesicht wirkte mit einem Mal seltsam angespannt. Vor allem um die Augen. Auf ihrer Oberlippe hatte sich ein dünner Schweißfilm gebildet. Und als ich meine Hand auf ihren Oberschenkel legte, konnte ich ganz deutlich einen Muskel zucken spüren.

»Sag mir, was es für ein Gefühl ist«, sagte sie noch einmal.

Ich begann zärtlich uber ihr Bein zu streichen. »Es ist wundervoll.«

»Du weißt, was ich meine. Wie ist es, wenn man eine Tür aufbekommt und sich bei jemand anderem reinschleicht?«

»Sehr aufregend.«

»Das kann ich mir denken.« Sie fuhr mit ihrer Zunge über die Unterlippe. »Bekommt man es dabei auch mit der Angst zu tun?«

»Ein bißchen.«

»Wäre ja auch unnormal, wenn nicht. Hat diese Erregung auch einen, äh, sexuellen Beigeschmack?«

»Das hängt ganz davon ab, wer hinter der Tür ist.« Ich mußte lachen. »Nein, das habe ich jetzt natürlich mehr im Spaß gesagt. Aber ich würde schon sagen, daß das Ganze auch eine sexuelle Komponente hat. Man braucht es ja nur mal unter einem symbolischen Gesichtspunkt zu betrachten.« Meine Hand blieb, während ich sprach, ständig in Bewegung. »Man muß nur auf die richtigen Knöpfe drücken«, fuhr ich fort. »Da ein bißchen geruckelt, hier ein bißchen gestreichelt, und dann öffnet man ganz vorsichtig die Tür und schlüpft hinein.«

»Ja –«

»Die Sorte Einbrecher, die dafür ein Stemmeisen benutzt oder gleich die Tür einschlägt, dürfte allerdings auch eine etwas andere Einstellung zum Sex haben.«

Sie schmollte. »Du machst dich über mich lustig.«

»Nur ein bißchen.«

»Du bist nun mal der erste Einbrecher, den ich kenne, Bernie. Deshalb würde ich gern wissen, was das für ein Gefühl ist.«

Ihre Augen sahen plötzlich sehr blau und unschuldig aus. Ich legte meinen Zeigefinger unter ihr Kinn, hob ihren Kopf hoch und drückte ihr einen zärtlichen Kuß auf die Nasenspitze. »Das wirst du noch früh genug erfahren.«

»Wie bitte?«

»In ein paar Stunden«, sagte ich, »wirst du dich selbst davon überzeugen können.«

Selbst nach längerem Nachdenken schien mir diese Möglichkeit noch immer die vernünftigste zu sein. Ruth verstand sich zwar ganz hervorragend darauf, am Telefon jemanden herumzukriegen, und vermutlich wäre es ihr auch gelungen, Wesley Brills Agent am nächsten Morgen dessen Adresse abzuluchsen, aber warum so lange warten? Und warum das Risiko eingehen, daß der Agent dem guten Wesley etwas davon erzählte – zumal nicht auszuschließen war, daß er selbst seine Finger mit im Spiel hatte?

Abgesehen davon, daß Peter Alan Martins Agentur gleich drüben in der 6th Avenue lag, gab es nichts Einfacheres, als nach Feierabend in ein Büro einzubrechen. Auf diese Weise würde ich ein paar Stunden früher in den Besitz von Brills Adresse kommen, und das, ohne daß er oder sein Agent überhaupt etwas davon mitbekamen. Außerdem konnte man nie wissen, was in Martins Büro sonst noch für nette Überraschungen auf mich warteten.

»Aber das hieße doch, daß du die Wohnung verlassen müßtest«, meldete Ruth ihre Bedenken an. »Was ist, wenn dich zufällig jemand erkennt?«

»Ich werde mich verkleiden.«

Ihre Miene erhellte sich. »Prima Idee! Ich werde dir gleich etwas Schminke besorgen. Vielleicht hat sogar Rod welche hier rumliegen. Ich werde dich so zurechtmachen, daß dich selbst deine besten Freunde nicht mehr wiedererkennen. Als erstes bekommst du gleich mal einen Schnurrbart verpaßt.«

»Damit habe ich es heute nachmittag schon versucht. Der Effekt hielt sich allerdings in Grenzen. Und Schminke sieht nun mal zu sehr nach Schminke aus. Damit lenkt man nur noch mehr Aufmerksamkeit auf sich. Warte bitte einen Moment.«

Ich holte Perücke und Mütze aus dem Kleiderschrank und ging ins Bad, um sie mir vor dem Spiegel aufzusetzen. Als ich mich Ruth in meiner Verkleidung präsentierte, zeigte sie sich von meiner Vorstellung so beeindruckt, daß ich mich mit einer theatralischen Verbeugung bei ihr bedankte. Das hätte ich allerdings lieber nicht tun sollen, denn dabei verlor ich Mütze und Perücke. Außerdem fand ich, daß ihr Lachen für den Ernst der Situation eine Spur zu ausgelassen war.

»Ich finde das gar nicht witzig«, wies ich sie deshalb streng zurecht.

»Aber das ist doch nicht weiter tragisch. Außerdem sind nur ein paar Haarnadeln nötig, um zu vermeiden, daß so etwas noch mal vorkommt. Oder möchtest du plötzlich auf offener Straße dastehen ohne deine blonde Lockenpracht?«

Gesten nacht ist mir jedenfalls dergleichen passiert, dachte ich, ließ es aber, ihr etwas von meinem nächtlichen Ausflug zu erzählen. Ich wäre mir einfach komisch vorgekommen, wenn ich jetzt erst damit herausgerückt wäre.

Kurz vor neun verließen wir die Wohnung. Ich hatte den Schlüsselbund mit meinem Einbrecherwerkzeug, meine Gummihandschuhe und eine Rolle Heftpflaster dabei. Zwar hatte ich nicht vor, ein Fenster einzuschlagen, aber sollte es aus irgendeinem Grund nötig werden, könnte sich das Heftpflaster als außerordentlich nützlich erweisen. Da ich mit den näheren Gegebenheiten von Martins Büro nicht vertraut war, schien es mir das beste, auf alles gefaßt zu sein. Ruth hatte in ihrer Handtasche ein paar Haarnadeln gefunden und mir damit die Perücke festgesteckt, so daß mir das blöde Ding auch bei der tiefsten Verbeugung nicht mehr vom Kopf fallen konnte. Und weil sie gerade dabei war, wäre sie um ein Haar auch noch meiner Mütze mit ihren Haarnadeln zu Leibe gerückt. Aber an diesem Punkt mußte ich dann doch ein Machtwort sprechen.

Auf dem Flur bat ich sie um Rods Wohnungsschlüssel, schloß damit alle drei Schlösser ab und gab sie ihr dann wieder zurück. Sie schaute einen Moment nachdenklich darauf, bevor sie sie in ihre Handtasche fallen ließ. »Und du hast alle drei Schlösser aufgekriegt«, sagte sie schließlich kopfschüttelnd. »Ohne Schlüssel.«

»Gelernt ist gelernt.«

Zum Glück kam uns im Treppenhaus niemand entgegen. Im Freien war es frisch und klar und keine Spur wärmer als am Abend zuvor. Fast hätte ich mich verplappert. Gerade noch rechtzeitig fiel mir ein, daß sie ja von meinem jüngsten nächtlichen Auflug nichts wußte. Deshalb meinte sie auch, es müßte ein herrliches Gefühl sein, nach zwei Tagen endlich wieder mal etwas frische Luft zu schnappen. Als ich dem nicht widersprach, wollte sie wissen, ob ich nicht furchtbar aufgeregt sei. Immerhin sei doch die ganze Polizei von New York hinter mir her. Das war zwar ein bißchen übertrieben, aber ich konnte trotzdem meine Nervosität nicht leugnen. Darauf hakte sie sich bei mir unter, und wir machten uns auf den Weg.

In ihrer Begleitung fühlte ich mich gleich wesentlich sicherer. Wir waren nichts weiter als ein ganz normales Paar, das Arm in Arm die Straße runterging. Kein Mensch wäre bei unserem Anblick auf die Idee gekommen, einer von uns könnte ein polizeilich gesuchter Schwerverbrecher sein. Ich kann jedenfalls ohne Übertreibung sagen, daß mir wesentlich wohler war als am

Abend zuvor. Um so deutlicher spürte ich Ruths Anspannung. Sie verflog jedoch rasch, und nach einer Weile sagte sie sogar, daß sie es kaum erwarten könne, endlich in das Büro von Brills Agent zu kommen.

Verdutzt fragte ich: »Was heißt hier *wir*?«

»Du und ich natürlich. Was sonst?«

»Kommt überhaupt nicht in Frage.« Ich schüttelte energisch den Kopf. »Das ist einzig und allein meine Sache. Du stehst dabei bestenfalls Schmiere, ist das klar?«

»Das sieht dir wieder mal ähnlich«, schmollte sie. »Mir das Langweiligste zu überlassen.«

»Das ist nun mal das Vorrecht des Experten.«

»Zwei Köpfe sind besser als einer, Bernie. Und vier Hände besser als zwei. Wenn wir Martins Büro gemeinsam durchsuchen, sind wir auch schneller wieder fertig.«

Diesen Vorschlag konnte ich allerdings mit der Geschichte von den vielen Köchen und dem Brei parieren. Trotzdem versuchte sie hartnäckig, mich weiter umzustimmen, bis wir schließlich die Kreuzung von 16. Straße und 6th Avenue erreichten. Schräg gegenüber von dem Bürogebäude, in dem Martins Agentur lag, befand sich eine Riker's Cafeteria. Ich deutete auf den hell erleuchteten Eingang und sagte: »Du gehst jetzt schön brav da rein, bestellst dir eine Tasse Kaffee und wartest, bis ich wieder zurück bin.«

»Ich will aber keinen Kaffee.«

»Dann bestell dir meinetwegen ein Sandwich.«

»Ich habe auch keinen Hunger.«

»Oder einen Pflaumenkuchen. Sie sind bekannt für ihren Pflaumenkuchen.«

»Tatsächlich?«

»Jetzt stell dich nicht so an. Du kannst ja auch eine Laterne im Fenster aufstellen. Eine, wenn zu Land. Zwei, wenn zu Wasser. Und am anderen Ufer hält Ruth Hightower Wacht. Was hast du denn plötzlich?«

»Nichts.«

»*Zwei, wenn zu Wasser.* Das ist der Titel des Stücks, mit dem Rod auf Tournee ist. Wußtest du das? Wie dem auch sei, ich werde am anderen Ufer sein. Außerdem wird es nicht lange dauern. Schnell rein und dann nichts wie weg. Das war schon immer meine Devise.«

»Aha.«

»Aber das bezieht sich natürlich nur aufs Berufliche, nicht aufs Private.«

»Wie bitte? Ach so.«

Ich fühlte mich großartig, fast ein bißchen euphorisch, und nachdem ich sie mit einem aufmunternden Kuß auf den Eingang des Cafes zugeschoben hatte, straffte ich meine Schultern und schritt zur Tat.

10

Das Bürogebäude war zwar nur ein Dutzend Stockwerke hoch, aber so alt, daß es zur Zeit seiner Entstehung vermutlich als Wolkenkratzer gegolten hatte. Seine ehemals weiße, mit wuchtigen Gußeisengirlanden verzierte Fassade war inzwischen vom schmutzigen Grind jahrzehntelanger Luftverschmutzung befallen. Häuser wie dieses werden schon lange nicht mehr gebaut, und das kann man auch niemandem verdenken.

Ich nahm das Haus von der gegenüberliegenden Straßenseite erst einmal gründlich in Augenschein, ohne jedoch irgend etwas Ungewöhnliches zu entdecken. Hinter den meisten Fenstern, die von der Straße zu sehen waren, herrschte tiefes Dunkel. Nur in ein paar Büros brannte noch Licht – vermutlich ein paar Buchhalter oder Steuerberater, die noch über ihren Bilanzen schwitzten, oder eine Putzfrau, die nach Büroschluß saubermachte. Hinter dem Pförtnerschreibtisch im Foyer saß ein weißhaariger Farbiger in einer braunen Uniform und las Zeitung. Während der Zeit, die ich ihn beobachtete, hatte niemand das Gebäude betreten. Nur ein Mann kam aus dem Lift, blieb vor dem Schreibtisch stehen, beugte sich kurz darüber, richtete sich wieder auf, verließ das Gebäude und entfernte sich in Richtung 6th Avenue.

Ich ging zu der Telefonzelle an der Ecke. Es fiel mir nicht gerade leicht, den Gestank zu ignorieren, der mir daraus entgegenschlug. Ich wählte die Nummer von Peter Alan Martins Büro, und als sich nach dem dritten Läuten der Anrufbeantworter einschaltete, hängte ich sofort wieder auf. Tut man das innerhalb der ersten sieben Sekunden, nachdem die Verbindung zustande gekommen ist, bekommt man sein Geld wieder zurück. Ich muß wohl acht Sekunden gebraucht haben.

Bei Grün überquerte ich die Straße. Der Türsteher blickte desinteressiert von seiner Zeitung auf, als ich durch die Drehtür kam. Ich bedachte ihn mit Lächeln Nummer drei (freundlich, aber unpersönlich) und ließ, während ich auf seinen Schreibtisch zusteuerte, unauffällig meinen Blick über den Lageplan an der Wand gleiten. Lustlos deutete der Mann auf einen gelben Bleistiftstummel, damit ich mich in das Besucherbuch eintrug. Ich schrieb T. J. Powell unter die Rubrik Name, Hubell Corp. unter Firma, 441 unter Büro und 21 Uhr 25 unter Ankunftszeit. Genausogut hätte ich den ersten Artikel der Verfassung eintragen können. Was den Pförtner betraf, diente seine Anwesenheit bestenfalls der psychologischen Abschreckung. Außerdem, was hätte es schon groß zu holen gegeben in dieser fünftklassigen Büroruine, in der die jährliche Fluktuationsrate bei den Mietern mindestens 30 Prozent betrug und wo bisher kaum Fälle von Industriespionage vorgekommen sein dürften? Solange der Alte also nur die Junkies daran hinderte, ein paar Schreibmaschinen abzuschleppen, tat er mit Sicherheit mehr als genug für sein Geld.

Der Lift war vor einiger Zeit auf automatischen Betrieb umgestellt worden. So recht hatte das aber offensichtlich nicht hingehauen, denn es dauerte eine ganze Weile, bis ich es in dem klapprigen, alten Ding bis zum vierten Stock geschafft hatte. Martins Agentur lag zwar auf der sechsten Etage, und ich konnte mir auch nicht vorstellen, daß sich der braun uniformierte Zerberus im Foyer eigens von seiner Zeitungslektüre losreißen würde, bloß um sich zu vergewissern, daß ich auch tatsächlich in dem Stockwerk ausstieg, für das ich mich eingetragen hatte. Aber was ein Profi ist, der hält sich auch dann an die Regeln, wenn es vollkommen unnötig erscheint. Nachdem ich die restlichen zwei

Stockwerke zu Fuß erklommen hatte, blieb ich vor der Tür von Martins Agentur stehen. Nur in zwei der Büros, an denen ich vorbeigekommen war, brannte noch Licht. Eines gehörte einem Wirtschaftsprüfer, das andere einer Firma namens Notions Unlimited. Aus dem Büro des Wirtschaftsprüfers kam kein Laut, aber bei Notions Unlimited lief ein Radio – irgendwas Klassisches, ein Concerto grosso von Vivaldi oder so was Ähnliches. Übertönt wurde das Ganze allerdings von einer ziemlich durchdringenden Mädchenstimme mit einem waschechten Bronx-Akzent. »...ihm klargemacht, daß das so nicht weitergeht. Und weißt du, was er darauf gesagt hat? Du wirst es zwar nicht für möglich halten, aber...«

Auf der Milchglasscheibe der Tür zu Peter Alan Martins Büro standen in riesigen schwarzen Großbuchstaben seine drei Namen und darunter *Talentsucher*. Die Schrift war schon vor einiger Zeit angebracht worden und hätte dringend eine Auffrischung nötig gehabt. Das galt im Grunde genommen für das ganze Haus, wobei kein Zweifel bestand, daß es dazu nie mehr kommen würde. Ohne hinter die Tür des Büros zu blicken, konnte ich mir ausmalen, daß man als »Talent« bei Martin nicht in den besten Händen war und daß auch Brills Karriere nicht gerade Anlaß zu den strahlendsten Zukunftsprognosen gab. Wenn dem Gebäude von außen noch immer ein Hauch von verblichenem Glanz anhaftete, war innen davon absolut nichts mehr zu spüren.

Die Tür war durch ein einziges Schloß gesichert. Immerhin hatte sich Martin die Mühe gemacht, sie beim Verlassen des Büros abzuschließen, so daß sie nicht nur durch das Schnappschloß gesichert war, sondern auch durch den Schließbolzen. Was er sich dabei gedacht hatte, war mir schleierhaft. Eine Tür wie diese abzuschließen war ungefähr genauso sinnvoll wie ein Getreidefeld einzuzäunen, um die Krähen fernzuhalten. Ein Stümper hätte die Milchglasscheibe einfach eingeschlagen, und wenn er wie ich eine Rolle Heftpflaster dabeigehabt hätte, hätte er nur ein paar Streifen kreuz und quer über die Scheibe zu kleben brauchen, um das Klirren auf ein Minimum zu beschränken.

Da ich jedoch nichts stehlen wollte, hielt ich es für besser, so vorzugehen, daß kein Mensch merkte, daß sich überhaupt jemand Zutritt zu Martins Büro verschafft hatte. Deshalb nahm ich mir die nötige Zeit, um das Schloß zu knacken. Und das dauerte kaum länger, als die Scheibe einzuschlagen. Den Schließzapfen aufzubekommen, war eine Frage von wenigen Sekunden, und da der Abstand zwischen Türstock und Tür fast einen halben Zentimeter betrug, hätte sogar ein Kind das Schnappschloß mit einem Buttermesser aufbekommen.

Was ist das für ein Gefühl, Bernie?

Tja, es ist jedesmal mit einem ganz speziellen Kitzel verbunden, wenn man behutsam am Türknopf dreht, langsam die Tür öffnet, nach drinnen schlüpft, die Tür hinter sich schließt und sofort wieder verriegelt. Obwohl ich meine Taschenlampe dabei hatte, schaltete ich sofort die Deckenbeleuchtung ein. Ein durch ein dunkles Büro wandernder Strahl einer Taschenlampe wäre, von der Straße gesehen, wesentlich verdächtiger als ein hell erleuchtetes Fenster.

Ich sah mich kurz um. Die Einrichtung bestand aus einem alten Holzschreibtisch mit einem Schreibmaschinentisch aus grauem Stahl, einem länglichen Besprechungstisch und ein paar Stühlen. Nachdem ich mich vergewissert hatte, daß nirgendwo eine Leiche herumlag, warf ich einen Blick aus dem Fenster in das Cafe hinunter, wo Ruth auf mich wartete. Ob sie wohl hin und wieder einen bangen Blick zu Martins Büro hochwarf?

Anstatt jedoch derlei müßigen Spekulationen nachzuhängen, warf ich einen kurzen Blick auf meine Uhr. Es war genau 36 Minuten nach neun.

Das Büro machte einen ziemlich heruntergekommenen Eindruck. Eine Wand war mit dunkelbraunen Korkplatten beklebt, an denen Unmengen von Fotos festgepinnt waren, auf denen fast nur Frauen abgebildet waren, die nicht mit ihren Reizen geizten. Sie zeigten großzügig Bein und Busen und hatten ihr Blendax-Standard-Grinsen aufgesetzt. Wenn ich mir vorstellte, wie Peter Alan Martin Tag für Tag unter dem zähnefletschenden Lächeln dieser Dutzendschönheiten hinter seinem Schreibtisch saß, konnte er einem schon fast wieder leid tun.

Inmitten dieser Flut aus Titten und Beinen gab es auch ein paar

Porträtaufnahmen, auf denen jedoch ausnahmslos Männer abgelichtet waren. Das Gesicht, nach dem ich suchte, war nicht darunter.

Neben dem weißen Tastentelefon stand ein Rolodex-Kalender für Telefonnummern und Adressen. Schon nach kurzem Blättern stieß ich auf Wesley Brills Karteikarte. Auch wenn dieser Fund keine allzugroße Überraschung mehr für mich darstellte, erfüllte er mich trotzdem mit einem Gefühl stillen Triumphs. Ich mußte erst ein paar von Martins Filzstiften durchprobieren, bis ich einen fand, der noch funktionierte. Damit notierte ich mir auf einen herumliegenden Zettel: Wesley Brill, Hotel Cumberland, 326 58. Straße, 541-7255. (Keine Ahnung, warum ich mir seinen Namen notierte – oder überhaupt etwas. Schließlich hätte ich mir nur das Hotel zu merken brauchen. Alles weitere wäre im Telefonbuch zu finden gewesen. Aber es ist eben niemand vollkommen.)

Danach streifte ich meine Gummihandschuhe über und wischte sämtliche glatten Oberflächen sauber, die ich berührt hatte. Allerdings ging ich nicht davon aus, daß hier jemals einer nach Fingerabdrücken suchen würde. Für alle Fälle forschte ich in dem Tischkalender auch noch nach Flaxfords Adresse, war aber nicht sonderlich überrascht, sie darin nicht zu finden.

An der Wand gegenüber vom Fenster standen drei Ungetüme von uralten, grünen Metallaktenschränken. Nach kurzem Suchen entdeckte ich Brills Kartei. Sie enthielt nichts außer ein paar 18 × 24-Hochglanzvergrößerungen. Falls Martin über eine Korrespondenz mit oder über Brill verfügte, hatte er sie entweder weggeworfen oder anderswo aufbewahrt.

Aber mich interessierten in erster Linie sowieso nur die Fotos. Denn erst jetzt hatte ich endgültige Gewißheit, daß Wesley Brill tatsächlich der Mann war, der versucht hatte, mir einen Mord anzuhängen. Bis dahin war ich mir meiner Sache noch immer nicht hundertprozentig sicher gewesen. Aber nun hatte ich ihn vor mir, schwarz auf weiß. Ich blätterte kurz in den Aufnahmen und nahm schließlich ein Exemplar an mich, auf dem er in sechs verschiedenen Posen zu sehen war. Kein Mensch würde es vermissen – was vermutlich für die komplette

Kartei, wenn nicht sogar für den Inhalt des ganzen Schranks galt. Ich faltete das Foto zweimal zusammen und steckte es ein.

Der Schreibtisch war nicht abgeschlossen. Ich durchsuchte ihn kurz, fand jedoch nichts, was mir weitere Aufschlüsse über Wesley Brill gegeben hätte. In der untersten Schublade fand ich eine noch fast volle Flasche Blended Whisky und eine ungeöffnete Pulle Old Mr. Boston Gin mit Pfefferminzgeschmack. Beides führte mich nicht in Versuchung. Die mittlere Schublade enthielt einen Umschlag mit etwas Bargeld. Genau 85 Dollar in Fünf- und Zehndollarscheinen. Zur Deckung meiner Ausgaben nahm ich einen Fünfer und zwei Zehner an mich, legte den Rest wieder zurück und schob die Schublade zu. Im selben Moment überlegte ich es mir aber doch noch einmal anders, öffnete sie wieder, steckte auch das restliche Geld ein und ließ den leeren Umschlag zurück. Nun hatte ich also doch Spuren meiner Anwesenheit hinterlassen. Und wenn schon. Falls Martin tatsächlich merken sollte, daß an dem Chaos auf seinem Schreibtisch außer ihm noch jemand anderer beteiligt gewesen war, dann würde er vermutlich den Schluß ziehen, daß sich ein Einbrecher über seine Schwarzgeldkasse hergemacht hätte.

(Warum war ich dann in allem anderen so bedacht darauf gewesen, keinerlei Spuren meiner Anwesenheit zu hinterlassen?, wird sich der aufmerksame Leser nun fragen. Ist das nicht ein Widerspruch? Na schön, dann werde ich Ihnen verraten, warum ich die 85 Dollar eingesteckt habe. Ich habe es nämlich schon immer für absolute Verschwendung gehalten, herumliegendes Bargeld einfach liegen zu lassen.)

Wovon ich dagegen meine Finger ließ, war der kleine Revolver mit dem perlmuttbesetzten Griff, den ich in der obersten linken Schreibtischschublade entdeckte und der trotz seiner nicht gerade überwältigenden Ausmaße etwas sehr Bedrohliches hatte. Ich schnüffelte kurz daran, wie man das im Fernsehen immer sieht. Angeblich läßt sich nämlich auf diese Weise herausfinden, ob die betreffende Waffe gerade abgefeuert worden ist. Alles, was ich jedoch feststellen konnte, war ein Geruch von Metall und Öl, vermischt mit dem Mief einer selten geöffneten Schublade, die ich schleunigst wieder schloß.

Ich habe eine tiefsitzende Abneigung gegen alle Arten von Schußwaffen. Aber Sie würden staunen, wenn Sie wüßten, wie oft man es als Einbrecher mit diesen abscheulichen Dingern zu tun bekommt. Auch wenn ich bisher nur ein einziges Mal mit einem Revolver bedroht worden bin – und zwar in dem bereits erwähnten Fall meines mißglückten Einbruchs bei den Sandovals –, stößt man in meinem Job sozusagen auf Schritt und Tritt auf irgendeine Form von Schießeisen – sei es nun in Schubladen, auf Nachttischen und hin und wieder sogar unter Kopfkissen. Die meisten Leute legen sich so was zu, um damit auf Einbrecher zu schießen – oder zumindest dient ihnen das als vordergründige Rechtfertigung für eine solche Anschaffung. Aber am Ende erschießen sie damit nur sich selbst.

Viele Einbrecher stecken jede Schußwaffe, die ihnen unter die Finger kommt, automatisch ein – entweder weil sie denken, daß sie dafür selbst mal Verwendung finden könnten oder weil man dafür seine 50 bis 100 Dollar kriegen kann. Ich kenne einen Kollegen, der sich auf Vorstadtwohnungen spezialisiert hat und grundsätzlich jede Schußwaffe mitgehen läßt, damit der nächste Einbrecher damit keine mehr übergebrannt bekommen kann. Er läßt die Dinger einfach auf dem Nachhauseweg in einem Gully verschwinden. »Wo kommen wir denn hin«, sagte er zu mir, »wenn wir nicht ein bißchen aufeinander aufpassen.«

Es war genau drei Minuten vor zehn, als ich das Büro wieder verließ. Auf dem Flur war niemand zu sehen. Aus dem Notions Unlimited-Büro drangen Fetzen einer Mozart-Symphonie. Ich sperrte die Tür von außen wieder ab, obwohl ich Martin ohne weiteres auch in dem Glauben hätte lassen können, er hätte es am Abend zuvor vergessen. Wenn man in puncto Alkohol einen Geschmack wie Peter Alan Martin hatte, begann man den Tag in der Regel mit relativ getrübten Erinnerungen an den Vorabend.

In strikter Befolgung meiner Prinzipien ging ich wieder zu Fuß in den vierten Stock hinunter, bevor ich in den Lift stieg. Hinter der Tür zu den Büros der Hubbel Corp. brannte kein Licht mehr. Ich fuhr nach unten und suchte im Besucherbuch meine Eintragung. Nach mir waren noch drei weitere Personen in das Gebäude gekommen, von denen eine es bereits wieder verlassen hatte. Ich trug unter der Rubrik »Verlassen des Gebäudes« 22 Uhr ein und wünschte dem alten Mann in der braunen Uniform einen guten Abend.

»Sind doch alle gleich beschissen«, brummte er. »Gute Abende und schlechte – ich seh da schon lange keinen Unterschied mehr.«

Ich betrat das Cafe auf der anderen Straßenseite und warf Ruth vom Eingang einen auffordernden Blick zu. Es herrschte nicht viel Betrieb. An der Theke hockten ein paar Taxifahrer bei ihrem Kaffee, und an einem Ecktisch saßen zwei Nutten, die sich heftig gestikulierend miteinander unterhielten. Ruth legte ein paar Münzen neben ihre Kaffeetasse und folgte mir nach draußen. »Ich habe mir schon Sorgen gemacht«, stieß sie aufgeregt hervor.

»Es ist alles glatt gelaufen.«

»Du warst aber ganz schön lange weg.«

»Eine halbe Stunde.«

»Vierzig Minuten. Mir kam es jedenfalls wie eine Ewigkeit vor. Und? Was gibt's Neues?«

Sie hakte sich bei mir unter, und ich begann von meinen Erlebnissen in Martins Büro zu erzählen. Im Grunde genommen war das Ganze eine reine Routineangelegenheit gewesen, und auch das, was dabei herausgekommen war, hatte mich nicht sonderlich überrascht. Trotzdem fühlte ich mich großartig. Von jetzt an konnte es nur noch aufwärts gehen. Und das zu wissen war ein verdammt gutes Gefühl.

»Er wohnt in einem Hotel nicht weit vom Columbus Circle«, sagte ich. »Deshalb stand er nicht im Telefonbuch. Ich habe den Namen des Hotels noch nie gehört, und es würde mich nicht wundern, wenn es nicht unbedingt in derselben Preisklasse wie das Ritz liegt. Überhaupt deutet einiges darauf hin, daß es das Schicksal mit unserem Freund in letzter Zeit nicht sonderlich gut gemeint hat. Sein Agent jedenfalls dürfte nicht gerade zu den Spitzenleuten seiner Branche zählen. Peter Alan Martins Kundenstamm rekrutiert sich vorwiegend aus der Sorte Damen, die vor Jahren mal bei einem lokalen Schönheitswettbewerb auf dem dritten Platz gelandet sind und seitdem immer noch auf den großen Durchbruch im Showgeschäft warten. Wenn überhaupt, werden seine Dienste wahrscheinlich von Leuten in Anspruch genommen, die ein leichtbekleidetes junges Ding brauchen, das bei einem Herrenabend einer riesigen Pappmachétorte entsteigt. Kommt dieser Quatsch eigentlich immer noch an?«

»Was für ein Quatsch?«

»Mädchen, die aus einer Torte steigen.«

»Woher soll ich das wissen?«

»Natürlich, woher auch?«

»Ich bin noch nie aus einer Torte gestiegen – und habe auch noch nie an einem Herrenabend teilgenommen.«

»Demnach würdest du vermutlich auch Martins Dienste nicht in Anspruch nehmen. Ehrlich gesagt, wundert es mich sogar ein bißchen, daß Brill sich von so einer drittklassigen Type vertreten läßt. Immerhin war er doch jahrelang gut im Geschäft. Übrigens, du kennst ihn ganz bestimmt.« Ich blieb unter einer Straßenlaterne stehen und zeigte ihr das Exposé. »Sicher hast du ihn schon in einem Dutzend Filme gesehen.«

»Aber natürlich. Im Kino und im Fernsehen.«

»Na, siehst du.«

»Ich könnte zwar nicht mehr genau sagen, welche Filme das waren, aber ich erinnere mich sehr gut an sein Gesicht. Ich bilde mir sogar ein, seine Stimme im Ohr zu haben. Er hat zum Beispiel in... na, ich weiß nicht mehr, wo er genau mitgespielt hat, aber –«

»In *Der Mann in der Mitte* zum Beispiel«, kam ich ihr zu Hilfe.

»Mit James Garner, Shan Wilson, Wes Brill.«

»Ach ja, richtig.«

»Wie kommt es dann, daß es mit seiner Karriere offensichtlich rapide bergab geht? Er hat zwei Nachnamen und einen Agenten mit drei Vornamen, haust in irgendeiner Absteige am Columbus Circle und hat sich auf irgendwelche schmutzigen Geschäfte eingelassen. Warum das alles?«

»Das sollst du ihn morgen vielleicht am besten selbst fragen.«

»Genau das werde ich auch tun.«

Nachdem wir eine Weile schweigend weitergegangen waren,

fing sie plötzlich wieder mit ihrer alten Leier an: »War das nicht eine völlig neue Erfahrung für dich? Ich meine, in Martins Büro einzubrechen und nichts mitzunehmen?«

»Am Beginn meiner Einbrecherkarriere habe ich nur ein Sandwich geklaut. Und von Rod habe ich bis auf eine halbe Flasche Scotch und ein paar Dosen Suppen auch noch nichts gestohlen.«

»Sieht ganz so aus, als würde sich in deinem Leben eine deutliche Wende zum Besseren abzeichnen.«

»Na, da wäre ich mir an deiner Stelle lieber nicht so sicher. Ich habe nämlich schon was mitgehen lassen.«

»Das Foto? Na, ich weiß nicht, ob das wirklich zählt.«

»Und die 85 Dollar, die ich aus Martins Schreibtisch abgestaubt habe? Zählen die etwa auch nicht?«

»O Gott«, entfuhr es ihr entsetzt.

»Was hast du denn plötzlich?«

»Du bist also tatsächlich ein richtiger Einbrecher?«

»Na klar. Was hast du denn gedacht?«

Sie zuckte mit den Schultern. »Vermutlich bin ich einfach nur schrecklich naiv und versuche krampfhaft die Augen davor zu verschließen, daß du sogar davon lebst, anderer Leute Eigentum zu stehlen. Du warst also im Büro von Brills Agent, hast das Geld rumliegen sehen und hast es ganz automatisch eingesteckt.«

Dafür hätte ich eine gute Antwort parat gehabt. Aber statt dessen sagte ich nur: »Macht dir das denn was aus?«

»Eigentlich nicht. Weshalb sollte es mir was ausmachen?«

»Ich weiß auch nicht. Hätte ja sein können.«

»Ich würde eher sagen, es verunsichert mich.«

»Das ist eigentlich ganz verständlich.«

»Aber ich glaube nicht, daß es mir was ausmacht.«

Nach diesem Wortwechsel gingen wir schweigend weiter. Beim Überqueren der 14. Straße nahm ich ihre Hand in die meine und ließ sie nicht mehr los, bis wir vor der Eingangstür stehen blieben und sie den Schlüssel herausholte, um aufzuschließen. Da der Schlüssel nicht richtig ins Schloß paßte, brauchte sie dafür so lange, wie ich ohne Schlüssel gebraucht hätte. Als ich ihr das auf dem Weg nach oben auch sagte, lachte sie nur. Im vierten Stock ging sie auf die Tür von 4-F zu und wollte bereits den Schlüssel ins Schloß stecken.

»Der paßt aber nicht«, sagte ich.

»Wie bitte?«

»Weil das die falsche Wohnung ist. 4-F. Wir wollen doch nach 5-R.«

»Ach ja, natürlich.« Sie errötete. »Ich war gerade in Gedanken und dachte, ich wäre bei mir zu Hause. In der Bank Street.«

»Wohnst du dort im vierten Stock nach vorne raus?«

»Im vierten Stock gleich an der Treppe. Wir haben vier Wohnungen pro Stockwerk. Das Haus ist wesentlich größer als das hier.« Wir gingen noch eine Treppe höher. »Nur gut, daß niemand an die Tür gekommen ist. Das hätte ganz schön peinlich werden können.«

»Zum Glück ist ja nichts passiert.«

Vor Rods Wohnungstür angekommen, fischte sie den Schlüsselbund wieder aus der Tasche, zögerte einen Moment, drehte sich um und ließ ihn wieder in die Tasche zurückfallen.

»Ich kann die Schlüssel nicht finden.«

»Was soll der Quatsch, Ruth?«

»Laß doch mal sehen, wie du die Tür ohne Schlüssel aufbekommst. Das kannst du doch, oder?«

»Natürlich. Aber wozu das Ganze?«

»Weil ich mal sehen möchte, wie du das machst.«

»Das ist doch Blödsinn«, protestierte ich. »Angenommen, es kommt gerade zufällig jemand vorbei und sieht mich hier an Rods Türschloß rumfummeln. Außerdem sind diese Schlösser ziemlich schwer aufzubekommen. Zumindest das Medeco hat mir das letzte Mal ganz schön zu schaffen gemacht.«

»Aber du hast es doch aufgekriegt.«

»Klar, aber –«

»Heute habe ich die Katzen schon gefüttert.« Ich drehte mich um und sah sie an.

»Aha.«

»Heute nachmittag, auf dem Weg hierher. Ich habe ihnen frisches Wasser hingestellt und jede Menge Trockenfutter.«

»Aha.«

»Ich glaube, ich fände es ziemlich aufregend, dir zuzusehen, wie du das Schloß knackst. Ich hab' dir doch gesagt, daß ich nicht so recht weiß, was ich von der ganzen Sache eigentlich halten soll. In Wirklichkeit weiß ich das aber sehr genau. Ich glaube, dir zuzusehen, wie du ein Schloß knackst, bringt mich, äh, ziemlich in Fahrt.«

»Aha.«

Ich holte mein Handwerkszeug aus der Tasche.

»Sieht fast so aus, als hätte ich eine leicht perverse Ader für so was«, hauchte sie, schlang mir einen Arm um die Taille und schmiegte sich ganz dicht an mich.

»Könnte durchaus sein.«

»Macht dir das was aus?«

»Wenn's weiter nichts ist«, erwiderte ich achselzuckend und machte mich an die Arbeit.

Eine Weile später hauchte sie mir ins Ohr: »Sieht ganz so aus, als hätte ich mich nicht getäuscht. Offensichtlich habe ich wirklich einen leichten Hang zur Perversion.« Mit einem genüßlichen Gähnen kuschelte sie sich enger an mich, während meine Hand zärtlich über die sanften Rundungen ihres Körpers glitt. Mein Herzschlag hatte sich wieder zu normalisieren begonnen. Ich lag mit geschlossenen Augen da und lauschte dem gedämpften Rauschen des Verkehrs, das von der Straße heraufdrang.

Plötzlich sagte sie in die Stille hinein: »Bernie? Du hast wundervolle Hände.«

»Ich hätte Chirurg werden sollen.«

»Mach das bitte noch mal. Hmmm, ist das ein herrliches Gefühl. Kein Wunder, daß du ein Schloß nur anzusehen brauchst, damit es aufgeht. Vermutlich hättest du diese komischen Instrumente dazu gar nicht nötig. Du brauchst so ein Schloß nur ein bißchen zu streicheln, und schon schmilzt es dahin und geht von selbst auf.«

»Du bist wohl immer noch ein bißchen weggetreten, wie?«

»Aber nur ein ganz kleines bißchen. Jedenfalls hast du wundervolle Hände. Ich hätte auch gern solche Hände.«

»An deinen Händen ist nicht das geringste auszusetzen.«
»Wirklich nicht?«
Und damit traten sie auch schon wieder in Aktion.
»He«, protestierte ich, allerdings nicht sehr energisch.
»Ist was?«
»Was glaubst du eigentlich, was du da tust?«
»Was glaubst du denn, was ich tue?«
»Mit dem Feuer spielen.«
»Ach?«
Das erste Mal war intensiv und leidenschaftlich gewesen, fast ein bißchen überstürzt. Dafür ließen wir uns jetzt um so mehr Zeit. Das Radio war nicht an. Alles, was zu hören war, waren die Geräusche der Stadt, die durch das Fenster sickerten. Aber in meinem Kopf spielte ein Saxophon eine leise hingehauchte wundervoll einschmeichelnde Ballade, und am Ende schloß ich die Augen, seufzte »Ruth Ruth Ruth«, starb und kam schnurstracks in den Himmel.

Am nächsten Morgen wachte ich als erster auf. Einen Augenblick lang hatte ich das Gefühl, daß irgend etwas nicht stimmte. Eine Weile lag ich nur da und atmete in tiefen, ruhigen Zügen. Dann drehte ich mich auf die Seite und sah sie an. Gleich ging es mir besser. Erst schaute ich sie nur an und lauschte ihrem ruhigen Atem. Nach einer Weile bekam ich auch noch auf ein paar andere Dinge Lust, und die tat ich dann auch.

Schließlich standen wir auf, duschten und schlüpften in die Kleider, die wir am Abend zuvor nicht schnell genug hatten loswerden können. Nachdem sie Kaffee gemacht und den Toast verbrannt hatte, setzten wir uns schweigend an den Frühstückstisch.

Irgend etwas an diesem Schweigen behagte mir nicht. Ray Kirschmanns junger Partner Loren Kramer hätte vermutlich mit seinem Knüppel gegen seine Handfläche geklopft und irgendwelches krauses Zeug von psychischen Schwingungen gefaselt, und das wäre vermutlich nicht besser und nicht schlechter als irgendeine andere Erklärung gewesen. Vielleicht war es die Haltung ihres Kopfs, der seltsam angespannte Zug um ihren Mund, der mich stutzen ließ. Ich hätte zwar nicht sagen können, woran es lag, aber ich war ganz sicher, daß irgend etwas nicht stimmte.

»Was ist eigentlich los, Ruth?« brach ich deshalb das Schweigen.

»Ruth«, sagte sie.

»Wie bitte?«

»*Liebe Ruth*. Das ist der Titel eines Theaterstücks.«

»Und Baby Ruth ist der Name einer Süßigkeit.«

»Ruth Ruth Ruth, hast du mir gestern nacht immer wieder ins Ohr gehaucht. Und heute morgen wieder. Ganz zum Schluß.«

»Und du hast geseufzt: ›Herr im Himmel, ich komme‹. Allerdings hatte ich nicht unbedingt vor, dir das gleich beim Frühstück unter die Nase zu reiben. Wenn dir dein Name nicht gefällt, dann leg dir doch einfach einen anderen zu.«

»Er gefällt mir aber.«

»Wo ist dann das Problem?«

»Ach, weißt du, Bernie, wenn du mich weiter Ruth nennst, werde ich wieder anfangen müssen, dich Roger zu nennen.«

»Wie bitte?«

»Roger Armitage. Kannst du dich nicht mehr erinnern?«

»Ach so.« Im selben Augenblick sackte auch schon mein Kinn bedenklich weit nach unten, und ich murmelte noch einmal: »Ach so.« Diesmal schwang in den beiden Worten allerdings bereits ein Anflug von Begreifen mit.

Und als sie darauf nur stumm nickte, fuhr ich fort: »Du heißt also gar nicht Ruth Hightower.«

»Nein.« Sie wich meinem Blick aus. »Wie gesagt, hast du dich mir gegenüber als Roger ausgegeben, und da mir von Anfang an klar war, daß das nicht dein richtiger Name ist, wollte ich dir auch den meinen nicht sagen. Als du mir dann allerdings gestanden hast, wer du wirklich bist, war es für mich erst mal einfacher, weiter Ruth zu bleiben. Irgendwie hat sich auch nie eine passende Gelegenheit ergeben, dir die Wahrheit zu sagen.«

»Bis jetzt.«

»Wenn du mir zärtlich einen Namen ins Ohr flüsterst, hätte ich eigentlich ganz gern, daß es auch mein richtiger ist.«

»Das kann ich gut verstehen. Und weiter?«

»Was weiter?«

»Wie heißt du nun richtig? Und laß dir ruhig Zeit, damit du dir auch einen Namen ausdenken kannst, der gut klingt, wenn er dir in heiserer Erregung ins Ohr geflüstert wird.«

»Das war eben ganz schön gemein.«

»Aha, jetzt bin ich also auch noch das fiese Schwein! Ich komme mir vor wie der letzte Idiot, weil ich dir ständig einen falschen Namen in dein wundervolles Ohr hauche, und du findest, ich wäre gemein?« Ich drehte ihren Kopf herum, so daß sie mich ansehen mußte. Ihre Augen schimmerten feucht. »Na schön, dann eben Schwamm drüber. Ist ja nicht so schlimm.«

Als die Tränen in ihren Augenwinkeln trotz heftigen Blinzelns nicht verschwinden wollten, half sie schließlich mit dem Handrücken nach. »Also gut«, begann sie darauf stockend. »Ich heiße Ellie.«

»Von Eleanor?«

»Nein. Von Elaine. Aber Ellie ist völlig in Ordnung.«

»Ellie und wie weiter? Doch wohl kaum Hightower.«

»Ellie Christopher.«

»Klingt gut.«

»Danke.«

»Ich finde, der Name paßt zu dir. Ruth Hightower übrigens auch. Ist Christopher der Name deines Mannes?«

»Nein, ich habe nach der Scheidung wieder meinen Mädchennamen angenommen.«

»Wie hieß dein Mann?«

»Tut das denn etwas zur Sache?«

»Keine Ahnung.«

»Bist du sauer auf mich, Bernie?«

»Warum sollte ich sauer auf dich sein?«

»Du hast meine Frage noch immer nicht beantwortet.«

Das tat ich auch weiterhin nicht. Statt dessen trank ich meinen Kaffee aus und stand auf. »Wir haben beide noch verschiedenes zu erledigen«, sagte ich. »Ich werde gleich mal in meiner Wohnung vorbeischauen.«

»Ist das nicht zu riskant?«

Das wußte ich zwar auch nicht, aber ich hatte keine Lust, mich auf lange Diskussionen einzulassen. Jedenfalls konnte ich mir nicht vorstellen, daß die Polizei meine Wohnung immer noch überwachte. Außerdem würde ein kurzer Anruf genügen, um festzustellen, ob sich dort im Augenblick jemand aufhielt. Ich brauchte dringend ein paar frische Sachen zum Anziehen, und etwas Geld zu haben, konnte im Moment auch nicht schaden. Mittlerweile war nämlich meine Lage nicht mehr annähernd so hoffnungslos wie noch vor wenigen Stunden, und die 5000 Dollar, die ich für Notfälle in meiner Wohnung versteckt hatte, könnten sich vielleicht schon bald als außerordentlich nützlich erweisen.

»Du willst doch sicher auch nach Hause und dir was Frisches anziehen«, fuhr ich fort. »Und deine Katzen füttern.«

»Das könnte nicht schaden.«

»Und die Katzenstreu erneuern und frisches Wasser nachfüllen und was es sonst noch alles zu tun gibt. Den Müll nach unten bringen. All die lästigen kleinen Dinge des Alltags, die soviel Zeit in Anspruch nehmen.«

»Bernie –«

»Hast du eigentlich wirklich zwei Katzen? Abessinier? Und heißen sie tatsächlich Esther und Ahasverus?«

»Esther und Mordecai.«

»Viel weiß ich nicht über dich.«

»Es ist mehr als du denkst. Ehrlich gesagt, verstehe ich nicht, warum du so sauer bist.«

Das war mir selbst auch nicht so recht klar. Trotzdem starrte ich sie weiter finster an.

»Jetzt mach nicht gleich aus einer Mücke einen Elefanten. Ich bin nichts weiter als ein Mädchen aus der Nachbarschaft, das Rodneys Pflanzen gießt.«

»Du bist mir jedenfalls absolut nichts schuldig – soviel steht fest.«

»Bernie –«

»Wir treffen uns bei Childs in der 8th Avenue, Ecke 58. Straße. Von dort sind es nur ein paar Meter zu Brills Hotel. Das heißt natürlich, falls du überhaupt noch mitkommen willst.«

»Natürlich will ich das. Und ich werde mich so zurechtmachen, wie wir gestern abend besprochen haben. Es bleibt alles beim alten, Bernie.«

Von wegen, dachte ich. Aber ich sah nur auf meine Uhr und sagte: »Jetzt ist es viertel nach zehn. Angenommen, wir brauchen zwei Stunden, um alle nötigen Vorbereitungen zu treffen, plus eine Viertelstunde, falls irgendwas Unvorhergesehenes dazwischenkommt. Sagen wir also, wir treffen uns um halb eins bei Childs. Einverstanden?«

»Einverstanden.«

Ich holte Perücke und Mütze aus dem Schrank. Am liebsten hätte ich sie mir selbst festgesteckt, nahm mich aber zusammen und hielt still, als sie ihre Haarnadeln hervorholte. »Falls ich bis eins nicht aufgetaucht bin«, sagte ich, »kannst du davon ausgehen, daß sie mich geschnappt haben.«

»Das ist aber gar nicht komisch.«

»Hab' ich auch nicht behauptet. Und vergiß nicht abzuschließen. Es wimmelt hier nur so von Einbrechern.«

»Bernie –«

»Das ist mein Ernst. Diese Stadt ist der reinste Hexenkessel.«

»Bernie –«

»Was ist?«

»Paß bitte gut auf dich auf.«

»Das tue ich immer«, sagte ich und ging.

11

Im Taxi nach Uptown dachte ich über Ellie nach (die für mich immer noch Ruth war) und überlegte, warum mich ihr kleiner Schwindel so tief getroffen hatte. Na schön, sie hatte mir was vorgemacht, aber was war daran so schlimm? Immerhin war sie das Risiko eingegangen, einem wildfremden Kerl zu helfen, den alle Welt für einen gefährlichen Mörder hielt. Alles, worauf sich ihr Vertrauen stützte, war ihr weiblicher Instinkt. Warum regte ich mich also so fürchterlich auf, daß sie mir nicht ihren richtigen Namen genannt hatte? Im Grunde genommen war das doch eine durchaus verständliche Vorsichtsmaßnahme, damit ich sie nicht mit in diese Sache hineinziehen konnte, wenn ich irgendwann der Polizei in die Hände fiel.

Und als die Sache zwischen uns zusehends ernster wurde, bekam sie plötzlich ein schlechtes Gewissen. Sie beichtete mir ihren kleinen Schwindel und nannte mir ihren richtigen Namen, so daß wieder klare Verhältnisse zwischen uns herrschten.

Was wollte ich also noch mehr?

Da war einmal die Tatsache, daß ich ihr von Anfang an nichts vorgemacht hatte – eine völlig neue Erfahrung für mich. Bei all meinen bisherigen Frauenbekanntschaften hatte ich einen zentralen Punkt in meinem Leben immer verschwiegen. Was auch immer diese Frauen im Lauf unserer Bekanntschaft über mich herausfanden – was ich zum Frühstück aß, was ich zum Schlafen trug, wie ich im Bett war –, so wußte doch keine von ihnen, wovon ich lebte. Was diesen Punkt betraf, erzählte ich ihnen alles mögliche: daß ich gerade auf Stellensuche sei, daß ich von den Zinsen meines Vermögens lebe oder Aktien habe. Wenn von vorneherein feststand, daß unsere traute Zweisamkeit nicht länger als eine Nacht dauern würde, legte ich mir einen besonders interessanten Beruf zu. Unter anderem hatte ich mich bei diesen Gelegenheiten als Modegraphiker, Neurochirurg, Opernkomponist, Sportlehrer, Börsenmakler und Baulöwe ausgegeben.

Ich hatte mich in jeder dieser Rollen wohl gefühlt. Vor mir selbst hatte ich diese Heimlichtuerei damit gerechtfertigt, daß ich meinen Freundinnen schlecht sagen konnte, wovon ich tatsächlich lebte. Inzwischen war ich mir dessen allerdings gar nicht mehr so sicher. Im nachhinein betrachtet, hätten die meisten dieser Frauen vermutlich kaum anders reagiert als Ellie. In anderer Leute Wohnungen einzubrechen ist etwas, was auf viele Menschen ungeachtet aller moralischen Vorbehalte einen außerordentlich starken Reiz ausübt. Soweit ich das aus eigener Erfahrung beurteilen kann, erweisen sich vor allem Frauen in Fragen der Moral als ausgesprochen anpassungsfähig.

Ich habe über meine wahre Einkommensquelle bisher nur deshalb so strenges Schweigen bewahrt, weil ich von Natur aus ein eher introvertierter Typ bin und grundsätzlich nicht will, daß irgend jemand zu gut über mich Bescheid weiß.

Mit Ruth – das heißt, mit Ellie – war das etwas anderes. Gerade in Anbetracht der Kürze unserer Bekanntschaft hatte ich ihr schon sehr tiefe Einblicke in mein Innerstes gewährt und auf diese Weise auch zum erstenmal erfahren, was es heißt, keine Geheimnisse vor einem anderen Menschen zu haben.

Ich hatte ihr die ganze Zeit einen falschen Namen ins Ohr geflüstert – ausgerechnet ich, der ich bisher selbst meinen Geliebten ständig etwas vorgemacht hatte, ohne mir viel dabei zu denken. Nun hatte ich zum erstenmal das Spiel unter umgekehrten Vorzeichen gespielt und dabei feststellen müssen, daß mir das gar nicht gefiel.

Ich ließ das Taxi direkt vor dem Haus anhalten. Allerdings nicht vor dem Haupteingang, sondern vor dem Seiteneingang um die Ecke. Ich drückte dem Fahrer einen von Peter Alan Martins Fünfern in die Hand und verzichtete großzügig auf den Rest – nach dem Motto: wie gewonnen, so zerronnen.

Ich hatte mich seelisch bereits darauf eingestellt, das Türschloß am hellichten Tag knacken zu müssen. Das wäre immer noch weniger riskant gewesen, als mich am Türsteher vorbeizustehlen. Zum Glück brauchte ich jedoch nicht auf meine spezielle Begabung zurückgreifen, denn die Tür stand sperrangelweit offen. Zwei Möbelpacker schleppten gerade ein Spinett nach draußen und verstauten es in einem Minitransporter ohne Firmenaufschrift. Entweder gehörten sie zu einer von diesen illegalen Kleinumzugsfirmen, die in letzter Zeit wie Pilze aus dem Boden schossen, oder sie waren professionelle Klavierdiebe, was zwar unwahrscheinlich, aber keineswegs auszuschließen war. New York ist und bleibt nun mal New York. Was immer sie taten, es ging mich nichts an. Ich betrat das Gebäude und fuhr mit dem Lift in den 16. Stock, ohne daß irgend jemand von mir Notiz nahm.

Der lange schmale Korridor auf meiner Etage war zum Glück leer. Vor meiner Wohnungstür holte ich meinen Schlüsselbund aus der Tasche und wollte mir gerade den Luxus gönnen, zur Abwechslung mal wieder eine Tür mit einem Schlüssel zu öffnen, als mir einfiel, daß ich vergessen hatte, vorher bei mir anzurufen. Ich wollte schon auf den Klingelknopf drücken, zog aber im letzten Moment meinen Finger wieder zurück. Wenn tatsächlich jemand in meiner Wohnung war, dann würde er sich auf mein Klingeln entweder taub stellen und warten, was als nächstes passiert, oder er würde ohne Vorwarnung die Tür aufreißen und mir Handschellen anlegen.

Für einen Moment war ich ratlos. Dann sah ich mir das Türschloß näher an – oder genauer: die Stelle, an der es sich bis vor kurzem noch befunden hatte.

Wo nämlich bisher mein Rabson-Schloß gewesen war, erblickte ich nun ein sauber ausgefrästes kreisrundes Loch. Das billige Yale-Schnappschloß, das die Hausverwaltung angebracht hatte, war dagegen noch immer an seinem gewohnten Platz. Aber mein Schlüssel paßte nicht. Ich sah mir das Schloß genauer an und stellte fest, daß es ausgewechselt worden war. An den Kratzern konnte ich ganz deutlich sehen, daß jemand das alte Schloß aufgebrochen hatte. Und nun hatte jemand ein neues eingebaut, damit sich die Tür wieder absperren ließ.

Ich spähte zwar angestrengt durch das Loch, in dem früher mein 60 Dollar teures Rabson-Schloß gesteckt hatte, aber in der Wohnung war es so dunkel, daß ich nichts erkennen konnte. Mir blieb also nichts anderes übrig, als mein eigenes Türschloß zu knacken. Eines war mir schon jetzt klar: Ich hatte nicht nur von der Polizei Besuch bekommen. Zwar hätte das Rabson durchaus auch die Polizei aufgebohrt haben können, wenn sie zufällig gerade niemanden dabeigehabt hatten, der mit so einem Schloß auch ohne Schlüssel fertig wurde. Aber für das zweite Schloß hätten sie sich bestimmt vom Hausmeister den Zweitschlüssel geben lassen. Jedenfalls hätten sie sich nicht mit so brutaler Gewalt daran zu schaffen gemacht, nachdem sie sich vorher solche Mühe gemacht hatten, das Rabson aufzubohren. Folglich mußte nach der Polizei noch jemand anderer in meiner Wohnung gewesen sein – jemand, der offensichtlich kein Interesse gehabt hatte, besonders rücksichtsvoll mit meinen Sachen umzugehen. Diese Einsicht gab mir einen Vorgeschmack auf das, was mich in meiner Wohnung erwarten würde.

Der Anblick, der sich mir dort bot, übertraf meine schlimmsten Befürchtungen. Es sah aus wie nach einem Bombenangriff. Alles, was ich besaß, türmte sich in der Mitte des Wohnzimmerbodens auf einem riesigen Haufen. Sämtliche Polster waren aufgeschlitzt, die Füllungen herausgerissen und wahllos über die Wohnung verstreut. Jedes Buch war einzeln aus dem Regal genommen, kurz kräftig an beiden Einbanddeckeln auseinandergezogen und unsanft zu Boden geworfen worden. Sogar den Teppichboden, ohnehin nicht sehr fachmännisch verlegt, hatten sie herausgerissen, um sich zu vergewissern, ob darunter nicht irgend etwas versteckt war.

Es war zum Heulen! Das mußte ausgerechnet mir passieren, dem saubersten und gewissenhaftesten aller Einbrecher, der sich fremdem Eigentum immer nur mit dem allergrößten Respekt näherte, ganz gleich, ob er nun beabsichtigte, es seinem bisherigen Eigentümer zu überlassen oder in seinen eigenen Besitz übergehen zu lassen. Ich fand die Rücksichtslosigkeit, mit der meine Besucher vorgegangen waren, im wahrsten Sinn des Wortes zum Kotzen. Mir wurde so übel, daß ich das dringende Bedürfnis verspürte, mich zu setzen. Nur konnte ich nichts finden, worauf ich mich hätte setzen können. Schließlich schaffte ich es trotz meiner weichen Knie, einen ungepolsterten (und daher auch nicht aufgeschlitzten) Stuhl aufzustellen und mich niederzulassen.

Was hatte das alles zu bedeuten?

Selbstverständlich war die Wohnung auch von der Polizei durchsucht worden, um sicherzugehen, daß ich mich dort nicht versteckt hielt. Und wenn die Polizei tatsächlich etwas mitgenommen hatte, dann bestenfalls mein Adreßbuch, um sich Aufschluß über meine Freunde und Bekannten zu verschaffen, bei denen ich möglicherweise unterschlüpfen könnte. Doch selbst wenn die Polizei im Augenblick nicht gerade gut auf mich zu sprechen war, war das noch lange kein Grund, gleich meine ganze Wohnung zu Kleinholz zu machen. Dafür durfte ich mich zweifellos bei den Leuten bedanken, die die Tür aufgebrochen hatten.

Aber was hatten sie von mir gewollt?

Soviel stand jedenfalls fest: Irgend jemand hatte irgend etwas ganz Bestimmtes in meiner Wohnung gesucht. Obwohl auch eine ganze Bande jugendlicher Rowdies kaum mehr Schaden hätte anrichten können, zeugte das Chaos in meiner Wohnung doch von zuviel Methode, als daß es sich dabei um einen bloßen Akt von Zerstörungswut hätte handeln können. Es war aus der Absicht heraus entstanden, etwas ganz Bestimmtes zu finden.

Aber was könnte das gewesen sein?

Nachdenklich ging ich von Zimmer zu Zimmer. In der kleinen Küche, die auch in besseren Zeiten nicht mein liebster Aufenthaltsort gewesen war, herrschte das gleiche Chaos. Da es dort allerdings nichts Wertvolleres als Ravioli in Dosen gab, machte ich mir gar nicht erst die Mühe, den Schaden näher zu begutachten. Sie hatten sich nicht einmal entblödet, den gesamten Inhalt des Kühlschranks auf den Boden zu kippen. Im Schlafzimmer sah die Sache nicht viel besser aus. Vorsichtig bahnte ich mir einen Weg zum Einbauschrank. Dort hatte ich nämlich über dem obersten Regalboden eine doppelte Rückwand eingebaut, hinter der sich ein etwa 40 Zentimeter tiefes Geheimfach von etwa eineinhalb Metern Breite und einem Meter Höhe befand. Darin verstaute ich vor allem die Beute meiner nächtlichen Raubzüge, bis die Frage ihrer Weiterveräußerung geklärt war. Fast ständig lagerte dort irgendwelches Diebesgut. Zum Glück lag jedoch unmittelbar vor dem Malheur in Flaxfords Wohnung bis auf meinen Paß und einige persönliche Unterlagen, dic andere Leute im Safe aufbewahren, nichts in diesem Fach versteckt. Aber ich wollte mich natürlich trotzdem vergewissern, ob meine Besucher es gefunden hatten.

Im Wandschrank hatten sie sich kräftig umgesehen. Meine Kleider lagen wahllos über das Bett verstreut. Aus sämtlichen Jacketts war das Futter herausgerissen. Aber auf mein Geheimfach waren sie nicht gestoßen, und das hob meine Stimmung ganz gewaltig. Vorsichtig löste ich die Rückwand aus ihrer Verankerung, und da waren sie noch: mein Paß und mein High-School-Abschlußzeugnis samt Klassenfoto und sonstigen Erinnerungsstücken. Ich wünschte, ich hätte einen Beutel Smaragde in dem Fach versteckt gehabt. Das wäre mir eine große Genugtuung gewesen.

Schließlich kehrte ich wieder ins Wohnzimmer zurück und nahm eine erste Bestandsaufnahme des Schadens vor, den sie unter meinen Büchern angerichtet hatten. Mindestens bei der Hälfte war dank der rüden Behandlung, die ihnen widerfahren war, die Bindung entweder ganz oder zum Teil beschädigt. Ich versuchte, so beherrscht wie möglich zu bleiben und machte mich auf die Suche nach drei ganz bestimmten Bänden. Es handelte sich dabei um eine Buchclub-Ausgabe von *Kanonen im August*, den zweiten Band einer dreibändigen Heritage Press-Ausgabe von Gibbons *Geschichte des Verfalls und Untergangs des Römischen Reiches* und ein Werk mit dem schönen Titel *Die Romantik der Bienenzucht*, das ich ursprünglich nur deswegen erstanden hatte, weil mir der Titel als ein Widerspruch in sich erschienen war. Alle drei Bücher hatten schon bessere Tage gesehen, und der Inhalt letzteren Werks hing nur noch an dem sprichwörtlichen seidenen Faden an seinem Umschlag. Ich trug die drei Bücher ins Schlafzimmer und legte sie auf die Kommode. Die war frei, denn meine Besucher hatten alles, was darauf gewesen war, auf den Fußboden geworfen.

Da mein Lederkoffer von einem Irren, der vermutlich nach einem doppelten Boden gesucht hatte, in Stücke geschnitten worden war, holte ich eine kleine Leinwandreisetasche aus dem Schrank, die offensichtlich für zu mickrig befunden worden war, als daß dort irgend etwas von Bedeutung hätte versteckt sein können. Ich legte die drei Bücher hinein und packte ein paar frische Kleidungsstücke von dem Haufen auf dem Bett obendrauf. Zum Schluß stopfte ich noch genügend Socken und Unterwäsche hinein, um wenigstens ein paar Tage halbwegs anständig gekleidet über die Runden zu kommen. Dann entkleidete ich mich, warf alles auf den Kleiderhaufen auf dem Bett und ging ins Bad, um zu duschen.

Dieser Vorgang artete in eine ziemliche Sauerei aus, denn meine Freunde hatten in ihrem Eifer auch die Stange für den Duschvorhang aus der Halterung gerissen. Genauso waren sie auch mit den Handtuchhaltern verfahren. Manche Handtuchhalter sind nämlich innen hohl und deshalb ein beliebtes Versteck. Den Grund dafür konnte ich allerdings nie verstehen. Während für den Eigentümer ziemlich schwer an das Versteck ranzukommen ist, braucht ein Einbrecher oder Polizist die

Stange nur aus der Wand zu reißen. Überhaupt kann ich aus langjähriger Berufserfahrung nur bestätigen, daß die meisten Leute beim Verstecken ihrer Wertgegenstände keinen sonderlichen Einfallsreichstum an den Tag legen.

Als ich fertig geduscht hatte, wühlte ich in den Kleiderhaufen nach einem trockenen Handtuch, zog mir meine frischen Sachen an und schlüpfte in mein bestes Paar Slipper. Dann packte ich noch ein paar Sachen in meine Tasche – meinen Rasierapparat, verschiedene andere Toilettenartikel, meine Heuschnupfenpillen (obwohl gerade nicht Saison war) und einen Schlüsselbund mit einer Kaninchenpfote als Anhänger. An sich hatte ich dieses alte Erinnerungsstück schon lange verloren geglaubt, doch nun hatten es meine Besucher im Zuge ihrer gründlichen Suchaktion wieder zutage gefördert. Da ich im Augenblick jede Menge Glück brauchen konnte, packte ich die Kaninchenpfote zu den anderen Sachen in die Tasche, holte sie jedoch gleich darauf wieder heraus und steckte sie in meine Hosentasche, um sie sodann erneut herauszuholen und an dem Ring mit meinem Einbruchswerkzeug zu befestigen. Auch wenn die Pfote ihrem ursprünglichen Besitzer, dem Kaninchen, kein Glück gebracht hatte, hatte sie mich bisher noch nie im Stich gelassen. Und gerade in meiner augenblicklichen Situation war ich auf jedes bißchen Hilfe dringend angewiesen.

Ohne recht zu wissen, was ich eigentlich suchte, ließ ich meinen Blick ein letztes Mal durch die Wohnung wandern. Dann ging ich zum Telefon und überlegte kurz, ob es wohl abgehört wurde. Doch wen hätte ich überhaupt anrufen sollen? Statt den Hörer abzunehmen, hob ich das Telefonbuch vom Boden auf. Ihm war dieselbe Behandlung widerfahren wie allen anderen Büchern. Als ich die Nummer von Elaine Christopher nachschlagen wollte, hatte ich schon wieder Pech. Es gab zwar ein paar E. Christophers, aber keine davon wohnte in der Bank Street. Ich tröstete mich schließlich damit, daß die Tatsache, daß die gute Ellie nicht im Telefonbuch stand, offensichtlich zu der wachsenden Zahl von Dingen gehörte, über die ich mir wohl lieber nicht den Kopf zerbrechen sollte.

Ich griff nach meiner Reisetasche, schaltete das Licht aus, trat auf den Flur hinaus und lief Mrs. Hesch in die Arme.

Sie trug Pantoffeln und ein Schürzenkleid mit einem verblichenen Blumenmotiv. Das graue Haar hatte sie zu einem schlampigen Chignon hochgesteckt. In ihrem rechten Mundwinkel klebte eine filterlose Zigarette mit mindestens einem Zentimeter Asche vorn dran. Es war nicht das erste Mal, daß ich ihr in so einem Aufzug begegnete. Das hieß aber nicht, daß sie sich nicht schick machen konnte. Ohne Zigarette im Mundwinkel hatte ich sie allerdings noch nie gesehen. Die nahm sie auch beim Sprechen nicht heraus, und ich könnte nicht beschwören, ob sie das beim Essen tat.

»Ach, Sie sind's, Mr. Rhodenbarr«, sagte sie. »Ich dachte, ich hätte eben Geräusche in Ihrer Wohnung gehört. Ich konnte ja nicht wissen, daß Sie es sind.«

»Tja«, stotterte ich. »Es war aber ich.«

»Sie müssen sich wohl jetzt nach einer anderen Wohnung umsehen?« Ihre aufgeweckten kleinen Augen blieben kurz auf meiner Reisetasche haften. »Im Moment scheinen Sie ja wirklich jede Menge Scherereien am Hals zu haben. Tja, da lebt man nun jahrelang mit einem sympathischen jungen Mann Tür an Tür, und dann stellt sich plötzlich heraus, daß er Einbrecher ist. Sie haben aber doch hoffentlich bei niemandem hier im Haus eingebrochen, oder?«

»Selbstverständlich nicht.«

»Na, was sage ich die ganze Zeit. Sie können sich ja sicher denken, was in letzter Zeit im Waschraum über Sie geredet wurde. Natürlich darf man nicht alles für bare Münze nehmen, was ein paar der anderen Hausbewohnerinnen erzählt haben. Erst kürzlich hat wieder eine mit ihrer alten Leier angefangen, man wäre ja in seinem eigenen Bett seines Lebens nicht mehr sicher. ›Gertie‹, sagte ich darauf zu ihr. ›Du bist in jedem Bett sicher. Außerdem, wann hat Mr. Rhodenbarr schon irgend jemandem auch nur ein Haar gekrümmt? Er hat niemandem in diesem Haus irgend etwas weggenommen, und wen stört es schon, wenn er drüben in der East Side bei diesen neureichen Pinkeln ein bißchen abkassiert?‹ Aber genausogut könnten Sie gegen eine Wand reden.« Von ihrer Zigarette schwebte ein Zentimeter Asche zu Boden. »Wir sollten hier lieber nicht so rumstehen«, flüsterte sie mir plötzlich verschwörerisch zu. »Kommen Sie doch kurz rein. Ich habe gerade frischen Kaffee aufgesetzt.«

»Ich bin aber ziemlich in Eile, Mrs. Hesch.«

»Ach was. Für eine Tasse Kaffee wird die Zeit schon noch reichen. Seit wann haben Sie es denn auf einmal eilig?«

Wie ein hypnotisierter Nasenbär folgte ich ihr in ihre Wohnung. Sie schenkte mir eine Tasse frischen Kaffee ein, und während ich vorsichtig daran nippte, drückte sie ihre Zigarette aus und steckte sich sofort wieder eine neue an. Dann erzählte sie mir, daß ich den Hausbewohnern endlich mal zu ausreichend Gesprächsstoff verholfen habe, daß es in meiner Wohnung tagelang von Polizisten nur so gewimmelt und ich auch noch anderen Besuch gehabt habe. »Ich habe die Leute zwar nicht gesehen, aber sie haben die Tür sperrangelweit offenstehen lassen, als sie wieder gegangen sind. Erst gestern nachmittag hat Jorge ein neues Schloß angebracht. Ich habe übrigens gesehen, wie die ihre Wohnung zugerichtet haben. Wie die wilden Tiere, Mr. Rhodenbarr. Wer war das? Die Polizei?«

»Ich glaube nicht.«

»Wissen Sie denn, wer es war?«

»Nein, aber ich hätte es natürlich gern gewußt. Sie haben sie nicht zufällig gesehen?«

»Ich weiß nicht mal, wann sie hier waren. Bei dem Chaos, das sie veranstaltet haben, möchte man eigentlich meinen, ich müßte etwas gehört haben. Aber wenn bei mir der Fernseher läuft, könnte das Haus über mir einstürzen, ohne daß ich es merken würde. Sie wissen also nicht, wer dahinter steckt? Hat das vielleicht etwas mit dem Mann zu tun, den Sie umgebracht haben?«

»Ich habe niemanden umgebracht, Mrs. Hesch.«

Das veranlaßte sie nur zu einem neutralen Nicken. »Als Einbrecher kann ich Sie mir ja durchaus vorstellen«, erklärte sie schließlich nachdenklich. »Aber Sie und ein Mörder? Das habe ich übrigens auch zur Polizei gesagt, als sie mich vernommen haben.«

»Sie haben sie vernommen?«

»Nicht nur mich, auch alle anderen Hausbewohner. Aber keine Sorge, ich habe ihnen kein Sterbenswörtchen gesagt. Um mal ganz ehrlich zu sein: Ich hatte noch nie viel übrig für diese Blödmänner. Als meine Nichte Gloria vergewaltigt wurde, hatten sie nichts Besseres zu tun, als ihr einen Haufen dummer Fragen zu stellen. Und deshalb habe ich denen über Sie nur erzählt, daß Sie ein ausgesprochen sympathischer junger Mann seien, der keiner Kakerlake was zuleide täte. Um mehr aus mir rauszubekommen, hätten sie sich schon was anderes einfallen lassen müssen. Sie haben übrigens behauptet, Sie wären von diesem Flaxford auf frischer Tat ertappt worden... so hieß er doch, oder?«

»Ja, Flaxford.«

»Wie gesagt, der Beamte, der mit mir gesprochen hat, sagte, dieser Flaxford hätte Sie auf frischer Tat ertappt, und dann hätten Sie ihm in einem Anfall von Panik eine übergezogen. Aber ich habe mir das noch einmal sehr genau durch den Kopf gehen lassen, Mr. Rhodenbarr, und ich kann mir, ehrlich gesagt, nicht vorstellen, daß Sie in Panik einen anderen Menschen umbringen könnten. Sie waren es doch wirklich nicht?«

»Natürlich nicht, Mrs. Hesch. Ich bin im Gegenteil gerade dabei, den wahren Täter ausfindig zu machen.«

»Aha.« Offensichtlich war sie in dieser Frage noch immer nicht zu einer endgültigen Entscheidung gelangt. »Um mal ganz ehrlich zu sein: für diese reichen Fritzen in der East Side habe ich absolut nichts übrig. Wenn Sie also wirklich einen von denen umgebracht hätten, würde es mich auch nicht groß stören. Wenn Sie mich fragen, haben die es gar nicht anders verdient. Der Kaffee ist doch gut, oder nicht?«

»Einsame Klasse.«

»Das ist ja auch eines der wenigen Dinge im Leben, mit denen ich es wirklich genau nehme. Wenn man das nicht tut, kann man gleich Spülwasser trinken. Da fällt mir ein: Ich habe Sie gar nicht gefragt, ob Sie vielleicht was zu essen wollen. Wie wär's mit ein paar Zimtbrötchen?«

»Vielen Dank, Mrs. Hesch, aber ich habe schon gefrühstückt.«

»Jetzt setzen Sie sich erst mal schön wieder hin und trinken noch eine Tasse Kaffee. Wozu diese Eile? Wo wollen Sie denn überhaupt hin? Eine Tasse Kaffee mehr wird Sie schon nicht umbringen. So setzen Sie sich schon endlich!«

Das tat ich.

»Sie sind also Einbrecher«, fuhr sie darauf fort. »Wenn ich Ihnen vielleicht mal eine ganz persönliche Frage stellen dürfte: Können Sie davon eigentlich gut leben?«

»Es geht.«

Sie nickte. »Genau, was ich Wie-heißt-sie-doch-gleich-wieder? aus 11-J gesagt habe. Ich habe zur ihr gesagt: Ein aufgeweckter junger Mann wie Mr. Rhodenbarr, gepflegt und gut gekleidet, wenn der davon nicht gut leben könnte, würde der sich doch sofort nach einer anderen Beschäftigung umsehen. Aber wie gesagt, genausogut könnte man gegen eine Wand reden. Und dann muß auch noch diese andere dumme Kuh, Gertie, wieder mit ihrem blöden Gefasel anfangen, man wäre ja nicht mal mehr in seinem eigenen Bett seines Lebens sicher. Bei den Leuten hier im Haus ist wirklich Hopfen und Malz verloren, Mr. Rhodenbarr. Und glauben Sie mir, ich weiß, wovon ich rede. Genausogut könnte man gegen eine Wand reden.«

12

Die meisten Leute, die sich im Cumberland ein Zimmer nehmen, haben entweder einen Koffer oder ein Mädchen dabei. Ich fiel insofern aus dem Rahmen, als ich mit beidem aufwartete. Sah schon meine abgewetzte Leinwandreisetasche etwas zwielichtig aus, traf das erst recht auf meine Begleiterin zu. Sie trug eine hautenge Jeans und einen mindestens eine Nummer zu kleinen giftgrünen Pullover ohne BH darunter. Verstärkt wurde diese nuttige Aufmachung durch die auftoupierte Frisur, den knallroten Lippenstift und den ziemlich dick aufgetragenen Lidschatten.

Dementsprechend ausführlich nahm sie der Portier auch in Augenschein, als ich mich als Mr. und Mrs. Ben G. Roper aus Kansas City ins Anmeldeformular eintrug. Während ich ihm für die Zimmermiete 20 Dollar gab und er das Wechselgeld aus der Kasse holte, legte Ellie unauffällig einen Umschlag auf die Theke. Der Portier gab mir 6 Dollar 44 oder etwas in der Größenordnung zurück. Dabei fiel sein Blick auf den Umschlag mit Brills Adresse. Er sah mich blinzelnd an. »Wo kommt das denn plötzlich her?«

Ich zuckte nur mit den Schultern und Ellie meinte, der Umschlag habe schon die ganze Zeit dagelegen. Darauf nahm der Portier das Kuvert und steckte es in das Fach mit der Nummer 305.

Unser Schlüssel hatte die Nummer 507. Ich nahm meine Tasche – einen Hoteldiener gab es im Cumberland nicht – und ging zum Lift. Ellie folgte mir mit entsprechend professionellem Hüftschwung. Der Liftführer war ein alter Knacker, der auf einer stinkenden Zigarre herumkaute und uns wortlos zum fünften Stock hochfuhr.

Unser Zimmer war nicht gerade berauschend. Das Bett, das den größten Teil davon einnahm, machte einen ziemlich mitgenommenen Eindruck. Ellie setzte sich darauf, schminkte sich ab und machte sich wieder ihre normale Frisur.

»Diese Maskerade hätte ich mir auch sparen können«, maulte sie.

»Aber es hat dir doch auch ein bißchen Spaß gemacht.«

»Das wirst gerade du wissen. Im übrigen sehe ich in dem Pullover noch immer wie eine Nutte aus.«

»Auf jeden Fall siehst du darin wie eine Frau aus.«

Dafür erntete ich einen noch finstereren Blick. Ich ging ins Badezimmer, um den Sitz meiner Perücke zu überprüfen. Auf Mrs. Hesch hatte sie jedenfalls keinen sehr nachhaltigen Eindruck gemacht. Die alte Dame hatte nicht mal gemerkt, daß ich plötzlich blond geworden war.

»Gehen wir«, sagte ich und zog mit meinen Augenbrauen eine Art Groucho Marx-Nummer ab. »Außer du möchtest dir vorher noch ein paar Dollar dazuverdienen, Puppe.«

»In dieser Absteige? Iiiih.«

»Ein Bett ist ein Bett ist ein Bett.«

»Für mich gibt es da trotzdem gewisse Unterschiede. Glaubst du, daß Leute es in so einer Umgebung miteinander treiben?«

»Was sollten sie denn sonst hier tun? Oder denkst du, ein Mensch kommt zum Schlafen hierher?«

Sie rümpfte nur die Nase.

Ich griff nach meiner Reisetasche, nahm Ellie am Arm und ging mit ihr auf den Flur. Um mich zu vergewissern, daß Brill nicht auf seinem Zimmer war, hatte ich kurz zuvor im Hotel angerufen und ihn zu sprechen verlangt. Ein kurzes Klopfen gegen seine Tür bestätigte mir, daß er auch in der Zwischenzeit nicht zurückgekommen war. Sein Schloß zu knacken, wäre nur eine Sache von Sekunden gewesen. Aber das war gar nicht nötig. Ich probierte unseren Zimmerschlüssel. Er paßte. Bestimmte Zimmer haben relativ häufig die gleichen Schlüssel – zum Beispiel 205, 305 und 405 und so weiter. In vielen alten Hotels sind allerdings die Schlösser zum Teil so ausgeleiert, daß eine ganze Menge Schlüssel passen.

Brills Zimmer war nicht ganz so schäbig wie die Räume, die stundenweise vermietet wurden. Groß Staat wäre damit zwar auch nicht zu machen gewesen, aber immerhin lag ein Stück Teppich auf dem Boden, und die Einrichtung pfiff erst auf dem vorletzten Loch. Ich stellte die Reisetasche auf einen Stuhl und nahm mir flüchtig den Kleiderschrank und die Kommode vor. Danach nahm ich die Tasche vom Stuhl und setzte mich. Die einzige andere Sitzgelegenheit war ein Sessel, auf dem bereits Ellie Platz genommen hatte. »So«, sagte sie. »Da wären wir.«

»Das kannst du laut sagen.«

»Wann er wohl zurückkommt?«

»Früher oder später.«

»Sehr scharfsinnig. Du hast nicht zufällig daran gedacht, Spielkarten mitzunehmen?«

»Leider nein.«

»Hätte mich auch gewundert.«

»Ehrlich gesagt, bin ich bisher auch noch nie auf die Idee gekommen, Spielkarten könnten ins Gepäck eines Einbrechers gehören.«

»Bisher hast du ja auch immer allein gearbeitet.«

»Mhm. Vielleicht hat unser Freund Brill irgendwo was rumliegen. Ich könnte mir gut vorstellen, daß man hin und wieder fast notgedrungen eine Patience legt, wenn man sich länger in einem Zimmer wie diesem aufhält.«

»Und schummelt.«

»Höchstwahrscheinlich. Ich würde in so einem Loch wahrscheinlich ständig auf und ab gehen, wenn dazu genügend Platz wäre. Fast wie in einem von diesen dämlichen Witzen, die alle anfangen: Das Zimmer war so klein –«

»Dann sag schon endlich. Wie klein war es?«

»Das Zimmer war so klein, daß man auf den Flur raus mußte, um die Tür zuzukriegen.«

»So winzig?«

»Das Zimmer war so klein, daß sogar die Mäuse gebückt gingen. Das habe ich übrigens nie verstanden. Warum sollten Mäuse in einem kleinen Zimmer gebückt gehen?«

»Das siehst du vermutlich nur ein bißchen zu eng.«

»Kann schon sein.«

Sie lächelte. »Trotzdem bist du ein netter Kerl – auch wenn du manche Dinge zu wörtlich nimmst.«

Wir unterhielten uns noch eine Weile, fielen dann in eine Phase längeren Schweigens und setzten schließlich unsere Unterhaltung wieder fort. Irgendwann fragte sie mich, was ich tun werde, wenn alles vorbei sei.

»Ins Gefängnis wandern«, sagte ich.

»Aber doch nicht, wenn wir den richtigen Mörder gefunden haben. Dann werden sie die anderen Anklagepunkte gegen dich bestimmt fallen lassen, oder nicht?«

»Vielleicht.«

»Also, was wirst du dann tun? Wenn alles vorbei ist, meine ich.«

Ich dachte kurz nach. »Mir eine neue Wohnung suchen«, sagte ich. »In meiner alten kann ich nämlich nicht mehr bleiben – selbst wenn meine Besucher nicht die ganze Einrichtung zu Kleinholz gemacht hätten. Schließlich weiß inzwischen das ganze Haus über mich Bescheid. Ich werde mir also eine neue Wohnung suchen müssen, und das auch noch unter einem falschen Namen. Das ist zwar nicht sehr erfreulich, aber ich werd's überleben.«

»Aber du wirst doch in jedem Fall in New York bleiben?«

»Wahrscheinlich schon. Woanders würde ich es vermutlich

nicht sehr lange aushalten. Das hier ist schließlich mein Zuhause. Hier habe ich meine ganzen Beziehungen.«

»Was für Beziehungen?«

»Na ja, hier in New York bin ich eben mit der Szene vertraut. Wenn ich was stehle, weiß ich, wer mir die Ware abnimmt und wie ich das Geschäft am besten abwickeln kann. Außerdem kennen sie mich bei der Polizei, was auf lange Sicht eindeutig von Vorteil ist, auch wenn es auf den ersten Blick nicht so aussieht. Darüber hinaus gibt es allerdings noch eine Menge anderer Gründe, weshalb ein Einbrecher seiner Tätigkeit in einer möglichst vertrauten Umgebung nachgehen sollte. Wenn es sich irgendwie vermeiden läßt, arbeite ich zum Beispiel nicht mal außerhalb von Manhattan. Ich kann mich noch erinnern, wie ich mal extra nach Harrison raufgefahren bin. Das liegt in Westchester –«

»Jedenfalls wirst du weiter deiner Tätigkeit als Einbrecher nachgehen.«

Ich sah sie leicht irritiert an.

»Mir ist das erst jetzt so richtig bewußt geworden«, erklärte sie. »Du wirst weiter einbrechen und Dinge stehlen, die anderen Menschen gehören.«

»Na klar. Was denn sonst?«

»Ich weiß auch nicht.«

»Jetzt hör mal gut zu, Ellie. Manchmal glaube ich, du denkst immer noch, du wärst hier nur im Kino und ich würde schon noch rechtzeitig anständig werden, bevor der Film zu Ende ist. Für die Zuschauer mag das ja ganz amüsant sein, aber besonders realistisch ist es nicht.«

»Tatsächlich nicht?«

»Nein, überhaupt nicht. Ich bin jetzt fast 35. Schlösser knakken und Leute beklauen ist alles, was ich kann. In Zeitschriften wie *Populäres Handwerk* gibt es zwar jede Menge Anzeigen, die einem weismachen wollen, was für tolle Aufstiegschancen man als Metzger oder Tierpräparator hat, aber irgendwie werde ich das Gefühl nicht los, daß an der Sache was faul ist. Auch kann ich mir nicht vorstellen, daß ich auf einen halbwegs vernünftigen Schnitt käme, wenn ich anfinge, in meiner Wohnung Chinchillas zu züchten oder im Hinterhof Ginseng anzubauen. Die einzige Arbeit, die ich mit meiner Ausbildung bekäme, wären irgendwelche Handlangerjobs für zwei Dollar die Stunde, bei denen ich vor lauter Langeweile schon verrückt geworden wäre, noch bevor ich auch nur zehn Dollar verdient hätte.«

»Du könntest zum Beispiel einen Schlüsseldienst aufmachen.«

»Na klar. Als ob die bei der Handwerkskammer nichts Besseres zu tun hätten, als einem aktenkundigen Einbrecher eine Lizenz auszustellen.«

»Aber irgendeine Ausbildung mußt du doch haben, Bernie.«

»Bei Vater Staat habe ich gelernt, wie man Nummernschilder stanzt und Postsäcke näht. Und ob du's glaubst oder nicht – das sind beides Fertigkeiten, die außerhalb von Gefängnismauern nicht sonderlich gefragt sind.«

»Aber du bist tüchtig, intelligent, entschlußfreudig –«

»Lauter Eigenschaften, die mir als Einbrecher sehr zugutekommen. Ellie, ich bin mit meinem Leben so, wie es ist, zufrieden. Das scheinst du offensichtlich nicht wahrhaben zu wollen. Ich arbeite ein paar Nächte im Jahr und mache mir ansonsten ein schönes Leben. Was soll daran so schlimm sein?«

»Das ist ja alles schön und gut –«

»Ich verdiene nun schon seit Jahren mein Geld mit Einbrüchen. Warum sollte ich das plötzlich ändern?«

»Ich weiß auch nicht.«

»Niemand ändert sich gern, wenn er nicht muß.«

Nach diesem Wortwechsel hatten wir uns nicht mehr allzu viel zu sagen. Während wir auf Wesley Brills Rückkehr warteten, wurde das Zimmer nebenan mehrere Male neu vermietet. Immer wieder hörten wir Schritte auf dem Gang und verharrten reglos in der Hoffnung, daß Brill hereinkam, aber dann ging doch nur die Tür nebenan auf, und wenig später begannen die Bettfedern zu quietschen. Meistens hatte es sich schnell ausgequietscht und anschließend hörten wir Schritte, die sich in Richtung Lift entfernten.

»Das nenne ich wahre Liebe«, bemerkte Ellie bei einer dieser Gelegenheiten.

»Immerhin dient das Hotel einem guten Zweck.«

»Du meinst, weil sie es nicht auf offener Straße treiben müssen? Der letzte Kerl schien es jedenfalls ziemlich eilig zu haben.«

»Vermutlich mußte er wieder ins Büro zurück.«

Endlich näherten sich vom Lift her Schritte, die nicht schon vor dem Zimmer nebenan haltmachten, sondern direkt vor unserer Tür. Ich holte tief Luft und huschte lautlos zum Eingang, um mich auf die Lauer zu legen.

Im selben Augenblick drehte sich auch schon ein Schlüssel im Schloß, und die Tür ging auf. Er war's. Unverkennbar. Wesley Brill, der Mann mit den sanften braunen Augen, die immer so hartnäckig meinem Blick ausgewichen waren. Ich hatte mich in Position begeben, um ihn notfalls aufzufangen, falls er vor Schreck in Ohnmacht fallen würde oder um ihn festzuhalten, falls er versuchte abzuhauen, oder ihm eine über den Schädel zu ziehen, falls er frech würde.

Er tat jedoch nichts von all dem, sondern starrte mich nur ungläubig an. »Rhodenbarr«, stieß er schließlich hervor. »Ist ja kaum zu fassen. Wie haben Sie mich bloß gefunden? Und warum haben sie mir unten an der Rezeption nicht gesagt, daß Sie auf mich warten?«

»Weil sie nichts davon gewußt haben.«

»Aber wie sind Sie dann ... ach so. Sie sind ja Einbrecher.«

»Irgendwas muß schließlich jeder sein.«

»Allerdings.«

Seine Stimme und auch seine Art zu sprechen waren ganz anders, als ich sie in Erinnerung hatte. Weder markierte er den harten Macker noch verschluckte er bei jedem Wort die letzte Silbe. Statt dessen sprach er mit einer übetrieben melodischen Deutlichkeit, die hoffnungslos theatralisch oder tuntig oder auch beides zusammen klang.

»Bernie Rhodenbarr«, sagte er noch einmal. Erst jetzt wurde er auf Ellie aufmerksam. Mit einem breiten Grinsen lüpfte er seinen Hut und sagte kurz »Miß«, um sich dann jedoch sofort wieder mir zuzuwenden. »Wenn Sie mich vielleicht erst mal die Tür schließen lassen würden. Muß ja nicht jeder mithören, was wir zu besprechen haben – vor allem nicht an einem Ort wie diesem.

Also so was.« Er schüttelte den Kopf. »Wie um alles in der Welt haben Sie mich hier aufgetrieben, wenn Sie die Frage gestatten?«

»Ich hab' Sie im Fernsehen gesehen.«

»Ach?«

»In einem alten Film.«

»Und Sie haben mich tatsächlich wiedererkannt?« Er fühlte sich sichtlich geschmeichelt. »Welcher Film war das?«

»*Der Mann in der Mitte.*«

»Ach, dieser Quatsch mit Jim Garner? Da habe ich einen Taxifahrer gespielt. Ich habe überhaupt eine Menge Taxifahrer gespielt.« Für einen Moment ließ die Erinnerung sein Gesicht verklärt aufleuchten. »Aber das ist natürlich alles Schnee von gestern. Ob Sie's glauben oder nicht, letztes Jahr bin ich ein paar Wochen lang wirklich Taxi gefahren.« Er ließ seine Arme ein paarmal hin und her baumeln und rieb sich dann die Hände, als wäre ihm kalt. »Aber auch das ist inzwischen passé. Wie heißt es doch so schön? Alles, was zählt, ist die Gegenwart. Und weil wir gerade bei der Gegenwart sind: Ich bin an der Schatulle immer noch interessiert.«

Ich muß ihn wohl leicht entgeistert angesehen haben.

Jedenfalls fuhr er fort: »Deswegen sind Sie doch hier? Wegen dieser blauen Lederschatulle?«

»Lederbezogen«, korrigierte ich ihn. Fragen Sie mich allerdings nicht, warum.

»Leder, lederbezogen, was auch immer. Jedenfalls haben Sie sie. Was die Geschichte mit Flaxford angeht, dürfte das zwar nicht ganz im Sinn meiner Auftraggeberin gewesen sein, aber wie ich die Sache sehe, wird sie ihm auch keine Träne nachweinen. Was ihr vermutlich schon etwas mehr Sorgen gemacht hat, war die Frage, ob Sie die Schatulle noch in Ihren Besitz bringen konnten, bevor Sie Flaxfords Wohnung fluchtartig verlassen mußten. Wenn dem so ist, möchte sie die Schatulle auf jeden Fall haben und ist auch nach wie vor bereit, den vereinbarten Preis dafür zu bezahlen.«

Obwohl ich ihn ziemlich lange ansah, wich er beharrlich meinem Blick aus. Wie gewohnt hatte er ihn auf einen Punkt irgendwo über meiner linken Schulter gerichtet.

»Hören Sie, Bernie –« Über seine Lippen legte sich ein Grinsen. »Sie haben doch hoffentlich nichts dagegen, wenn ich Sie Bernie nenne? Inzwischen wissen Sie also, wer ich wirklich bin. Demnach brauche ich Ihnen gegenüber auch nicht mehr länger den starken Macker zu markieren. Sie können mich übrigens gerne Wes nennen.«

»Wes«, sagte ich, noch immer leicht entgeistert.

»Wunderbar. Und weil wir gerade dabei sind – Sie haben mich noch gar nicht mit Ihrer bezaubernden Begleiterin bekanntgemacht.«

»Jetzt machen Sie aber mal einen Punkt, Wes. Sie fallen schon wieder aus der Rolle. So was würde doch Wesley Brill nie im Leben sagen. ›Ihre bezaubernde Begleiterin‹!«

»Da haben Sie natürlich recht.« Er wandte sich Ellie zu, machte eine höfliche Verbeugung und sagte: »Wesley Brill.«

»Ruth Hightower«, sagte ich.

Er grinste. »Das soll wohl ein Witz sein.«

»Nur so ein kleiner Scherz unter uns«, beeilte sich Ellie einzuflechten. »Ich bin Ellie Christopher, Wes.«

»Sehr erfreut, Miß Christopher.«

Sie sagte ihm, daß er sie gern Ellie nennen könne, worauf er ihr versicherte, daß sie auch Wes sagen könne, was sie im übrigen bereits getan hatte. Er fügte hinzu, daß ihn kein Mensch Wesley nenne und er eigentlich John Wesley Brill heiße. Seine Mutter habe ihn nach dem Gründer der Methodistenkirche benannt, was sie vielleicht nicht getan hätte, wenn sie damals schon etwas von seinen schauspielerischen Ambitionen geahnt hätte. Und folglich strich er von dem Augenblick an, wo er zum erstenmal im Rampenlicht stand, das John aus seinem Namen. (Was das Im-Rampenlicht-Stehen betrifft, gebe ich übrigens nur Brills eigene Wortwahl wieder.) Daraufhin versicherte ihm Ellie prompt, daß nicht das Geringste daran auszusetzen sei, wenn man seinen ersten Vornamen weglasse. Nur wenn man ihn in Form einer Initiale beibehalte, deute das auf einen etwas zweifelhaften Charakter hin. Dem konnte der gute Wes gar nicht genug beistimmen. Und als Ellie zur Untermauerung ihrer These G. Gordon Liddy und E. Howard Hunt aufführte, steuerte Wes prompt J. Edgar Hoover bei. Mir fiel dazu nur F. Scott Fitzgerald ein, was mich in der Überzeugung bestärkte, daß es in Ellies Theorie vielleicht doch einige Schwachstellen gab.

»Wes«, schaltete ich mich schließlich wieder in die Unterhaltung ein. »Wir sind eigentlich nicht nur auf einen netten kleinen Plausch unter Freunden vorbeigekommen.«

»Das habe ich mir fast gedacht. Sie stecken ganz schön in der Scheiße, nicht wahr? Den guten alten J. Francis gleich umzubringen! Das hat sie übrigens ziemlich überrascht, weil Sie auf sie eigentlich nicht den Eindruck gemacht haben, als würden Sie zu Gewalttätigkeiten neigen. Deshalb habe ich ihr auch gesagt, daß Sie bestimmt in Notwehr gehandelt hätten. Vor Gericht dürften Sie damit allerdings schwerlich durchkommen. Oder haben Sie schon mal von einem Einbrecher gehört, der in Notwehr gehandelt hat?«

»Vor Gericht nennt man so was Mord ersten Grades.«

»Ich weiß. Das Leben kann eben manchmal verdammt ungerecht sein. Aber was mich vor allem interessieren würde, Bernie: Haben Sie die Schatulle?«

»Die Schatulle?«

»Ja, die Schatulle.«

Ich schloß etwa eine Minute lang die Augen, bevor ich zu sprechen begann. »Gehe ich recht in der Annahme, daß Sie selbst die Schatulle nie gesehen haben? Auch wenn Sie sie mir sehr genau beschrieben haben, wußten Sie zum Beispiel nicht, welches Blau sie hatte. Und Sie haben sich auch nicht einfach was aus den Fingern gesogen, als ich Sie danach gefragt habe.«

»Wieso hätte ich mir auch was aus den Fingern saugen sollen?«

»Das hätten Sie zum Beispiel getan, wenn es diese Schatulle gar nicht gäbe. Aber es gibt sie doch, oder nicht?«

Als er mich darauf zum erstenmal richtig ansah, bildete sich über seiner Nase eine senkrechte Falte, so als ob ihm vor Kopfschmerzen fast der Schädel platzen würde.

»Die Schatulle existiert also wirklich«, sagte ich.

»Soll das heißen, Sie dachten –«

»Genau das habe ich gedacht.«

»Was wiederum heißt, daß Sie sie nicht –«

»Ganz richtig. Ich habe sie nicht.«

»Scheiße.« Und das sagte er so überzeugend, als wäre er soeben in einen Riesenhaufen getreten. Doch dann fiel ihm wieder meine bezaubernde Begleiterin ein, und er beeilte sich hinzuzufügen: »Entschuldigung.«

Sie sagte nur: »Keine Ursache.«

Es gab also doch eine Schatulle, und Brill hatte an jenem verhängnisvollen Abend tatsächlich mit 4000 Dollar in der Tasche so lange im Pandora auf mich gewartet, bis sie den Laden dichtgemacht und ihn vor die Tür gesetzt hatten. Warum ich ihn versetzt hatte, sollte er erst am nächsten Tag aus der Zeitung erfahren.

»Sie haben Flaxford also gar nicht umgebracht?« sagte er, nachdem auch ich verschiedenes klargestellt hatte.

»Genausowenig wie Sie.«

»Ich? Flaxford umgebracht? Ich habe den Mann noch nicht mal gesehen. Ach so, jetzt verstehe ich, was Sie meinen. Sie dachten, ich wollte Ihnen den Mord anhängen. Aber wenn nicht Sie Flaxford auf dem Gewissen haben –«

»Dann muß es jemand anderer sein. Selbstmörder schlagen sich nämlich in der Regel nicht selbst mit einem stumpfen Gegenstand den Schädel ein.«

»Zu dumm, daß ich nicht mehr über die Sache weiß. Im Grunde genommen habe ich nämlich nur sehr oberflächlich mit der ganzen Geschichte zu tun. Es gibt da eine Menge Dinge, von denen ich leider absolut keine Ahnung habe.«

»Das Gefühl kenne ich sehr gut.«

»Ich bin nichts weiter als ein Schauspieler, mit dessen Karriere es in letzter Zeit ziemlich bergab gegangen ist. Irgendwann konnte ich mir nicht mal mehr den Text meiner Rollen merken. Aber zum Glück bin ich ganz gut im Improvisieren, was ich auch die beiden Male getan habe, als ich mich mit Ihnen getroffen habe. Beim Film geht das natürlich nicht, wenn man nicht gerade Robert Altman als Regisseur hat. Ich bekam also keine Rollen mehr, und was den Agenten betrifft, bei dem ich schließlich gelandet bin, wäre die Bezeichnung Zuhälter zutreffender.«

»Ich weiß. Ich war in seinem Büro.«

»Ach, Sie haben Pete schon kennengelernt?«

»Nur sein Büro. Er selbst war nicht da. Das war gestern abend. Um Ihre Adresse rauszubekommen.«

»Ach so.« Er warf einen kurzen Blick auf die Tür. »Die Sache ist die: Ich bin in diese Geschichte nur hineingeraten, weil ich Schauspieler bin. Ich habe früher eine Menge Ganoven gespielt, und genau aus diesem Grund hat sie mich für diesen Job engagiert. Ich sollte Sie anheuern, die Schatulle zu beschaffen, und sie ihr dann aushändigen.«

»Wieso sind Sie dabei ausgerechnet auf mich gekommen?«

»Weil sie gesagt hat, Sie wären für so was genau der richtige Mann.«

»Na schön. Sie hat Ihnen also gesagt, einen Einbrecher zu engagieren. Aber wie sind Sie ausgerechnet auf mich gekommen?«

Er legte nachdenklich die Stirn in Falten. »Weil sie gesagt hat, ich solle mich an Sie wenden. Sie hat gesagt, lassen Sie das Bernie Rhodenbarr machen. Ich bin Schauspieler, Bernie. Woher sollte ich wissen, wie man einen Einbrecher findet. Ich kenne keine Einbrecher. Die Tatsache, daß ich in meinem Leben Ganoven gespielt habe, heißt nicht, daß ich auch in diesen Kreisen verkehre.«

»Aha.«

»Ich kannte mal einen Buchmacher, aber seit es offizielle Wettbüros gibt, habe ich nichts mehr von ihm gesehen. Und was Einbrecher betrifft, kenne ich inzwischen einen.« Er warf einen kurzen Blick auf Ellie und fügte hinzu: »Beziehungsweise zwei. Aber damit hat sich's auch schon.«

»Die Frau, für die Sie arbeiten«, schaltete sich Ellie ein. »Wußte sie, daß Bernie Einbrecher ist?«

Er nickte.

»Und sie wußte auch, wo er wohnt und wie er aussieht?«

»Sie hat ihn mir sogar gezeigt.«

»Woher hat sie ihn gekannt?«

»Da bin ich leider überfragt.«

»Wie heißt diese Frau, Wes?« schaltete ich mich ein.

»Ich soll ihren Namen aus dem Spiel lassen.«

»Das kann ich mir denken.«

»Das wäre ja noch schöner«, brauste Ellie auf. »Finden Sie nicht, daß Bernie ein Recht hat zu erfahren, wem er das alles zu verdanken hat? Er wird wegen eines Mords gesucht, den er gar nicht begangen hat, und kann sich deshalb nur noch verkleidet unters Volk wagen –«

»Ach stimmt, sein Haar«, unterbrach sie Wes. »Ich wußte doch, daß er irgendwie verändert aussieht. Sie haben sich die Haare gefärbt.«

»Das ist eine Perücke.«

»Tatsächlich? Sieht wie echt aus.«

»Jetzt lenken Sie nicht ständig vom Thema ab«, fuhr Ellie wieder dazwischen. »Wie kommen Sie eigentlich dazu, uns einfach damit abzuspeisen, daß Ihre Auftraggeberin anonym bleiben möchte?«

»Weil sie das gesagt hat.«

»Sie haben vielleicht Nerven. Dann sage ich Ihnen eben, entweder Sie spucken jetzt aus, wer diese Frau ist, oder –«

Darauf wandte sich Ellie hilfesuchend zu mir. Mein Verstand hatte bereits fieberhaft zu arbeiten begonnen. Brill hatte mich also gar nicht gekannt. Er hatte nicht einmal gewußt, daß ich Einbrecher war, und war lediglich von dieser Frau damit beauftragt worden, mich für den Einbruch bei Flaxford anzuheuern. Ihre Wahl war dabei vor allem deshalb auf ihn gefallen, weil er als Schauspieler vorwiegend zwielichtige Typen gespielt hatte. Demnach kannte also auch seine Auftraggeberin keine richtigen Ganoven oder Einbrecher. Sie hatte lediglich gewußt, wer ich war, wo ich wohnte, wie ich aussah und wie ich mir den Gerichtsvollzieher vom Leib hielt.

Deshalb pfiff ich Ellie erst mal zurück: »Immer schön mit der Ruhe.«

»Aber du kannst ihm das doch nicht einfach durchgehen lassen, Bernie.«

»Jetzt halt bitte mal eine Sekunde den Mund.«

»Wie hast du dir das eigentlich gedacht? Jetzt haben wir diesen Kerl endlich aufgespürt, und nun soll er uns gefälligst sagen, was wir von ihm wissen wollen. Warum haben wir uns dann überhaupt die ganze Mühe gemacht?«

Ich schloß die Augen und sagte: »Jetzt beruhige dich erst mal wieder, ja?« Gleichzeitig machten die Rädchen in meinem Kopf ein letztes Mal klick, und im selben Moment hatte ich auch schon die Lösung. Ich schlug die Augen wieder auf, ließ sie einen Moment freudestrahlend auf Ellie ruhen und wandte mich dann lächelnd Wesley Brill zu.

»Er braucht uns gar nichts mehr zu erzählen«, sagte ich zu Ellie. »Der Hinweis, daß es eine Frau war, genügt vollauf. Das hat bei mir den Stein ins Rollen gebracht. Seine Auftraggeberin ist eine Frau, die an sich keine Kontakte zur Unterwelt hat, aber zufällig weiß, daß sich Bernie Rhodenbarr seinen Lebensunterhalt mit Einbrüchen verdient. Ich kenne sie.«

»Wen?«

»Lebt sie immer noch in derselben Wohnung, Wes? In der Park Avenue, stimmt's? Die genaue Hausnummer habe ich zwar nicht mehr im Kopf, aber ich könnte Ihnen problemlos den Grundriß ihrer Wohnung aufzeichnen. Ich kann mich nämlich noch sehr gut an die Wohnungen erinnern, in denen ich mal verhaftet worden bin.«

Auf Brills Stirn hatten sich dicke Schweißperlen gebildet. Er wischte sie sich mit einer raschen Bewegung des Zeigefingers fort – eine Geste, die mir aus mindestens einem Dutzend seiner Filme bestens vertraut war.

»Bei der Dame kann es sich eigentlich nur um meine alte Bekannte Mrs. Carter Sandoval handeln«, fuhr ich fort. »Diese Geschichte habe ich dir doch sicher schon mal erzählt, Ellie? Ihr Mann hatte eine außerodentlich wertvolle Münzsammlung, die es mir angetan hatte. Daneben hatte er allerdings auch eine riesige Kanone und eine kaputte Türklingel, der ich es zu verdanken hatte, daß er und seine Frau zu Hause waren, als ich mich mal kurz unverbindlich in ihrer Wohnung umsehen wollte. Davon habe ich dir doch sicher schon erzählt.«

»Ja, hast du.«

»Hätte mich auch gewundert, wenn nicht.« Mit einem breiten Grinsen wandte ich mich wieder Brill zu. »Ihr Mann war Vorsitzender der CACA, einem Verein von Wichtigtuern, die sich dem Kampf gegen Verbrechen und Korruption verschrieben haben.

Als Sandoval mich mit seiner Knarre in Schach hielt, wollte ich mich mit einem kleinen Schmiergeld aus der Affäre ziehen. Später wollte er mich sogar wegen versuchter Bestechung verklagen, aber zum Glück war er nicht von der Polizei, und es gibt bekanntlich kein Gesetz, das einem untersagt, eine Privatperson zu bestechen. Das glaube ich zumindest. Könnte aber auch sein, daß ich mich da täusche. Inzwischen gibt es ja schon gegen fast alles ein Gesetz. Natürlich wußte ich damals noch nicht, daß er der Obermacker bei dieser CACA war. Ich wußte nur, daß er an der Wall Street einen Haufen Geld scheffelte und es angesichts der fortschreitenden Inflation in seltenen Münzen anlegte. Hat er seine Münzsammlung eigentlich immer noch, Wes?«

Brill starrte mich nur an.

»Ich kann mich noch gut an die beiden erinnern.« Langsam kam ich in Fahrt. »Und genausogut können sich die beiden sicher noch an mich erinnern. Sie waren natürlich dabei, als ich verhaftet wurde, und kamen auch zur Gerichtsverhandlung, obwohl sie dazu gar nicht verpflichtet gewesen wären. Eigentlich wollte ich mit der Staatsanwaltschaft gegen Zusicherung einer Strafminderung einen außergerichtlichen Kompromiß aushandeln, aber da hätten Sie mal Carter Sandoval sehen sollen. Der Kerl hat sich vielleicht aufgeführt. Zum Glück muß ihn dann aber doch jemand beiseitegenommen haben und ihm klargemacht haben, daß unsere Gerichte hoffnungslos überlastet seien und es sich nicht leisten könnten, jeden kleinen Einbrecher gleich vor's Schwurgericht zu stellen. Er hat sich wohl schließlich davon überzeugen lassen, daß mehr solcher Parasiten wie ich aus dem Verkehr gezogen werden könnten, wenn das Gericht wie gewohnt gegen mich vorgehen würde. Er willigte in einen Vergleich ein, ließ es sich aber nicht nehmen, mit seiner Frau persönlich vor Gericht zu erscheinen, um mit eigenen Ohren zu hören, wie ich mich schuldig bekannte und in die Nummernschildfabrik geschickt wurde. Vermutlich erhoffte er sich etwas zusätzliche Publicity für seine gute Sache, wenn er bei meiner Verurteilung anwesend war – ganz abgesehen davon, daß es ihm eine enorme Genugtuung bereitete. Er hing nicht nur sehr an seiner Münzsammlung, sondern er war auch ziemlich verärgert, daß ich es gewagt hatte, die Heiligkeit seiner vier Wände zu verletzen.«

»Bernie –«

»Sie war wesentlich jünger als er. Um die vierzig, würde ich sagen. Demnach dürfte sie inzwischen 45 sein. Gutaussehende Frau. Nur ihr Kinn war mir eine Spur zu energisch. Aber vielleicht hat sie immer nur dann so finster dreingeschaut, wenn sie mich gesehen hat. Hat sie eigentlich immer noch dieselbe Haarfarbe, Wes?«

»Ich habe Ihnen nicht ihren Namen genannt.«

»Das ist natürlich richtig, Wes. Aber ich hoffe doch sehr, daß Sie das noch nachholen werden. Wie hieß sie doch gleich wieder? Es liegt mir auf der Zunge. Es war nicht Carla und auch nicht Marla, aber irgend etwas in der Art.«

»Darla.«

Ich warf einen Blick zu Ellie hinüber. Sie schien angestrengt nachzudenken. »Ganz richtig«, nickte ich. »Darla Sandoval. Sagt dir der Name etwas, Ellie?«

»Nein. Soweit ich mich erinnern kann, hast du ihn nie erwähnt. Warum?«

»Nur so. Warum rufen Sie sie nicht gleich mal an, Wes?«

»Ich soll sie nicht anrufen. Wenn irgend etwas ist, meldet sie sich bei mir.«

»Machen Sie trotzdem mal eine Ausnahme. Fragen Sie sie, ob sie die Schatulle haben will.«

»Aber Sie haben die Schatulle doch gar nicht, Bernie.« Er starrte wieder mal wie gebannt auf diesen Punkt über meiner linken Schulter. »Oder etwa doch? Sie machen mich ja noch ganz verrückt. Haben Sie sie nun, oder nicht?«

»Ich habe sie nicht.«

»Hätte mich auch gewundert. Wie wären Sie sonst überhaupt auf die Idee gekommen, sie könnte gar nicht existieren? Jedenfalls haben Sie sie nicht aus Flaxfords Wohnung mitgenommen. Haben Sie sie dort vielleicht nur gesehen und –«

»Nein.«

»Aber Sie haben den ganzen Schreibtisch danach durchsucht?

Und der Schreibtisch war doch hoffentlich da? So ein altes Monstrum mit einem Rolladenaufsatz?«

»Der war tatsächlich da, und ich habe ihn auch sehr gründlich durchsucht. Aber von einer blauen Schatulle keine Spur.«

»Scheiße«, fluchte er wieder – diesmal allerdings, ohne sich bei Ellie zu entschuldigen. Aber ich glaube nicht, daß ihr das viel ausmachte. Ich bin nicht mal sicher, ob sie es überhaupt gehört hatte. Sie schien nämlich mit ihren Gedanken ganz woanders.

«Das heißt also, daß sie die Schatulle haben«, sagte er schließlich.

»Wer sind sie?«

»Na, die Leute, die ihn umgebracht haben. Nachdem Sie ihn nicht erschlagen und die Schatulle gestohlen haben, muß es logischerweise jemand anderes getan haben. Deshalb war die Schatulle auch nicht mehr da, als Sie in die Wohnung einbrachen. So einfach ist das.«

»Rufen Sie Darla an.«

»Wozu das denn?«

»Weil ich weiß, wo die Schatulle ist. Rufen Sie sie an.«

13

Ihr Haar war immer noch blond, und sollte sie sich sonst verändert haben, fiel es mir jedenfalls nicht auf. Sie war nach wie vor sehr schlank, cinc clegante Erscheinung mit einem energischen Gesicht und einem sehr selbstbewußten Auftreten. Wes und ich trafen uns mit ihr in einer Wohnung nicht weit von der, in der ich vor ein paar Jahren von ihrem Mann überrascht worden war. Sie öffnete uns die Tür, begrüßte mich mit meinem Namen und gab Wes zu verstehen, daß seine Anwesenheit nicht mehr weiter erforderlich sei.

»Sie können ruhig schon gehen, Wesley. Was es hier zu besprechen gibt, können Mr. Rhodenbarr und ich auch alleine klären.« So entließ man in der Regel einen Lakaien, und ob Brill diese Behandlung nun paßte oder nicht, kam er Darla Sandovals Aufforderung widerspruchslos nach. Er war noch kaum zur Tür hinaus, als sie sie bereits hinter ihm zudrückte und abschloß. Und das mit einem Einbrecher in der Wohnung, schoß es mir durch den Kopf. Sie bedachte mich mit einem reservierten Lächeln und fragte, ob sie mir was zu trinken anbieten dürfe. Ich sagte ja, einen Scotch, und erklärte ihr auch noch gleich, wie ich ihn haben wolle.

Während sie die Drinks zubereitete, stand ich da und dachte an Ellie. Sie hatte sich ziemlich überstürzt entschlossen, nicht zu Darla Sandoval mitzukommen. Ein kurzer Blick auf die Uhr, die plötzliche Feststellung, daß es schon wesentlich später sei, als sie gedacht habe, ein paar nur halb verständliche Bemerkungen über eine Verabredung, zu der sie sich ohnehin schon verspätet habe, das Versprechen, mich später in Rodneys Wohnung zu treffen, und schon war sie über alle Berge gewesen. Na schön, dann würde ich mich eben mit ihr treffen, wenn sie von ihrer Verabredung zurückkam, ihre legendären Katzen gefüttert und ihre nicht minder legendäre Glasskulptur zusammengesetzt hatte...

Diesen und ähnlichen Gedanken hing ich nach, als Darla Sandoval mit unseren Getränken zurückkam. Der Inhalt ihres Glases war eine Spur dunkler als der meines. Sie hob ihr Glas und sah mich zum erstenmal im Verlauf unserer Begegnung etwas unsicher an. Aber das lag vermutlich nur daran, daß ihr kein passender Trinkspruch einfiel. »Na dann«, sagte sie schließlich, was auch nicht der schlechteste Toast war. Wir nahmen beide einen Schluck. Der Scotch war, was mich nicht weiter überraschte, vorzüglich.

»Schöne Wohnung haben Sie da.«

»Finden Sie? Eine Freundin hat sie mir vorübergehend zur Verfügung gestellt.«

»Leben Sie noch immer in Ihrer alten Wohnung? Wo wir uns kennengelernt haben?«

»Aber ja, natürlich.« Sie seufzte. »Ich muß Ihnen gestehen, daß mir die Entwicklung, die diese Angelegenheit besonders für Sie genommen hat, ganz außerordentlich leid tut.« Das hörte sich wie ehrliches Bedauern, um nicht zu sagen tiefe Zerknirschung an. »Ich hatte nie vor, Sie tiefer in diese unangenehme Geschichte hineinzuziehen. An sich sollten Sie nichts anderes tun, als einen ganz simplen Einbruch durchzuführen. Ich kann mich nämlich noch lebhaft daran erinnern, wie geschickt Sie sich an jenem Abend an unserem Türschloß zu schaffen gemacht haben –«

»Ich weiß nicht, ob man es unbedingt als geschickt bezeichnen kann, bei Ihnen einzubrechen, während Sie gerade beim Abendessen saßen.«

»Künstlerpech, würde ich sagen. Trotzdem finde ich, daß Sie etwas von Ihrem Geschäft verstehen. Ganz abgesehen davon waren Sie der einzige Mensch, den ich kenne, der für diese Aufgabe in Frage gekommen wäre. Da ich mich selbstverständlich noch an Ihren Namen erinnern konnte, war es ein Leichtes, Sie ausfindig zu machen. Ich brauchte nur im Telefonbuch nachzuschlagen.«

Ich nickte. Da man für das Privileg, nicht im Telefonbuch zu stehen, einen gesalzenen Aufpreis zahlen muß, dachte ich bisher an sich immer, auf diesen Luxus verzichten zu können. Außerdem ging mir schon allein die Vorstellung, für eine unterlassene Dienstleistung etwas zahlen zu müssen, gegen den Strich.

»Ich war ganz sicher, daß Francis an besagtem Abend nicht zu Hause sein würde. Downtown sollte nämlich eine Premiere stattfinden.«

»Eine Premiere?«

»Ja, die Premiere eines neuen Stücks. Er wollte sich die Aufführung ansehen und anschließend zur Premierenfeier kommen. Carter und ich waren übrigens auch da, und als Francis nicht auftauchte, wurde ich verständlicherweise etwas nervös. Schließlich wußte ich, daß Sie in seine Wohnung einbrechen würden, und ich hatte keine Ahnung, ob er zu Hause geblieben war oder woanders hingegangen oder was auch immer. Wenn man Wesley glauben darf, haben Sie ihn jedenfalls nicht umgebracht.«

»Er war schon tot, als ich in die Wohnung kam.«

»Und die Polizei –«

Darauf schilderte ich ihr, was in Flaxfords Wohnung passiert war. Als ich ihr erzählte, daß mich Kirschmann gegen ein kleines Bestechungsgeld von 1000 Dollar eigentlich bereits wieder hatte laufen lassen wollen, sah sie mich erstaunt an. Da focht ihr Mann einen erbitterten Kampf gegen die immer mehr um sich greifende

Korruption, und sie schien nicht mal zu wissen, daß es kaum einen Polizisten gab, der sich nicht schmieren ließ. Vermutlich können sich normale Zivilisten einfach keine Vorstellung davon machen, wie unser Rechtssystem eigentlich funktioniert.

»Demnach hat ihn also jemand anderer umgebracht«, sagte sie schließlich. »Das kann doch wohl kaum ein Zufall gewesen sein. Nein, natürlich nicht. Und Sie hatten seinen Schreibtisch bereits gründlich durchsucht, als die Polizei auf der Bildfläche erschien? Es war eine dunkelblaue Schatulle, etwa so groß wie ein Buch. Vielleicht eine Spur größer. Wie ein Lexikon. Ich habe mit eigenen Augen gesehen, wie er sie in den Schreibtisch gelegt hat.«

»Wo genau in den Schreibtisch? Unter den Rolladenaufsatz?«

»Nein, in eine der unteren Schubladen. In welche, könnte ich allerdings nicht mehr genau sagen.«

»Das tut ja inzwischen auch nichts mehr zur Sache. Ich habe alle Schubladen durchsucht.«

»Gründlich?«

»Jedenfalls gründlich genug, um eine Schatulle dieser Größe nicht übersehen zu können.«

»Es muß Ihnen jemand zuvorgekommen sein.« Ich konnte sehen, wie sie unter ihrem Make-up erbleichte. Sie nahm einen Schluck aus ihrem Glas und ließ sich auf einen Stuhl niedersinken. »Wer immer Francis ermordet hat, hat auch die Schatulle«, sagte sie schließlich.

»Das glaube ich nicht. Der Schreibtisch war abgeschlossen, als ich in die Wohnung eingedrungen bin, Mrs. Sandoval. Schreibtischschlösser sind zwar in der Regel nicht besonders schwer aufzubekommen, aber man muß trotzdem wissen, wie es geht.«

»Der Mörder könnte doch auch einen Schlüssel gehabt haben.«

»Das ist durchaus möglich. Aber hätte er den Schreibtisch danach wieder abgeschlossen? Bei einer Leiche im Schlafzimmer? Das halte ich für ziemlich unwahrscheinlich. Der Mörder dürfte es ziemlich eilig gehabt haben, die Wohnung zu verlassen, und er dürfte sich wohl kaum noch die Mühe gemacht haben, alles wieder in seinen ursprünglichen Zustand zu bringen.« Unwillkürlich mußte ich an meine verwüstete Wohnung denken. »Außerdem«, fuhr ich fort, »sucht noch immer jemand nach dieser Schatulle. In der Regel sucht man jedoch nichts, was man schon hat. Als ich heute nachmittag kurz in meiner Wohnung war, hat es dort ausgesehen, wie nach einer Explosion. Damit hatten Sie doch hoffentlich nichts zu tun?«

»Selbstverständlich nicht.«

»Hätte ja sein können, daß Sie jemanden vorbeigeschickt haben, um sich ein bißchen bei mir umzuschauen. Ganz abgesehen davon, daß ich Ihnen das nicht weiter zum Vorwurf machen würde, sollten Sie mir auf jeden Fall die Wahrheit sagen. Sonst vergeuden wir hier nur unsere Zeit.«

Als sie mir darauf noch einmal versicherte, daß sie nichts damit zu tun habe, drang ich nicht mehr länger in sie. Ich hatte sie von Anfang an nicht verdächtigt. Dafür kam eigentlich nur Flaxfords Mörder in Frage.

»Ich glaube, ich weiß, wo die Schatulle ist«, sagte ich.

»Wo?«

»Wo sie schon immer war, in Flaxfords Wohnung.«

»Aber Sie haben doch eben selbst gesagt, Sie hätten überall danach gesucht.«

»Nur in seinem Schreibtisch. Weiter bin ich leider nicht gekommen, weil plötzlich die beiden Polizisten in der Tür standen. Inzwischen bin ich allerdings ziemlich sicher, daß ich die Schatulle gefunden hätte, wenn ich noch weiter danach hätte suchen können. Bloß weil Sie gesehen haben, wie Flaxford die Schatulle wieder in den Schreibtisch zurückgelegt hat, heißt das noch lange nicht, daß sie dort auch noch war, als ich danach gesucht habe. Vielleicht hatte er einen Wandsafe. Vielleicht hat er sie auch in der Wäschekommode versteckt. Könnte auch sein, daß der Schreibtisch ein Geheimfach hatte. Das ist bei diesen alten Ungetümen sogar ziemlich häufig der Fall. Wie dem auch sei, die Schatulle muß immer noch dort sein, wo Flaxford sie zuletzt versteckt hat, und der Mörder denkt, ich hätte sie. An sich ließe sich das ganz einfach nachprüfen. Das Dumme ist nur, daß die Polizei die Wohnungstür plombiert hat.

»Und was sollen wir jetzt tun?«

Ich hatte bereits eine Idee. Bevor ich allerdings damit herausrückte, fühlte ich Mrs. Sandoval noch ein bißchen auf den Zahn. »Um noch mal auf diese blaue Schatulle zurückzukommen. Finden Sie nicht auch, daß Sie mir endlich sagen sollten, was sie eigentlich enthalten hat?«

»Tut das denn irgend etwas zur Sache?«

»Für Sie ist der Inhalt jedenfalls sehr wichtig – und für die Person, die Flaxford umgebracht hat, genauso. Demnach werden Sie wohl kaum leugnen können, daß die Frge, was sie enthalten hat, auch für mich von einer gewissen Bedeutung ist. Was immer es ist, es muß ziemlich wertvoll sein.«

»Nur für mich.«

»Hat er sie damit erpreßt?«

Ein Nicken.

»Fotos? Irgend etwas in der Art?«

»Fotos und Tonbandaufnahmen. Er hat mir ein paar von den Bildern gezeigt und eines der Bänder vorgespielt. Sie schauderte. »Mir war zwar von Anfang an klar, daß er mich genausowenig liebt wie ich ihn. Aber ich dachte, er hätte wenigstens seinen Spaß bei der Sache gehabt.« Sie stand auf und ging ans Fenster. »Das Leben mit meinem Mann verläuft in recht konventionellen Bahnen. Es ist auf die Dauer etwas langweilig. Als ich vor ein paar Monaten Francis kennenlernte, stellten wir beide sehr schnell fest, daß wir eine ganze Reihe gemeinsamer, äh, Vorlieben hatten.« Sie drehte sich um. »Allerdings hätte ich es nicht im Traum für möglich gehalten, daß er mich eines Tages erpressen könnte.«

»Was wollte er von Ihnen? Geld?«

»Nein, ich habe nicht viel. Es war schon schwer genug, genügend Bargeld aufzutreiben, um Sie und Wesley bezahlen zu können. Nein, Francis wollte, daß ich meinen Mann in einer bestimmten Richtung beeinflusse. Sie wissen doch, daß er sich sehr für die CACA engagiert.«

Ich nickte.

»Es gibt da einen Michael Debus. Er ist Bezirksstaatsanwalt für Brooklyn oder Queens – von was nun genau, weiß ich nicht mehr. Mein Mann hat vor kurzem eine groß angelegte Kampagne eingeleitet, um gewisse unsaubere Praktiken in Debus' Amtsführung aufzudecken.«

»Und Flaxford wollte, daß Sie ihm das wieder ausreden?«

»Ja. Als ob sich mein Mann je von etwas abbringen lassen würde, was er sich einmal in den Kopf gesetzt hat.«

»Welches Interesse hatte Flaxford daran, diesen Debus zu dekken?«

»Das weiß ich nicht. Mir ist auch vollkommen unklar, inwieweit er eigentlich in diese Sache verwickelt war. Da wir uns schon kennenlernten, bevor mein Mann die Kampagne gegen Debus startete, kann Francis sich schwerlich deshalb an mich herangemacht haben. Er hatte eine ausgesprochene Schwäche für's Theater. Wie Sie vielleicht wissen, hat er eine ganze Reihe von off-off-Broadway-Produktionen finanziert und sich viel in Theaterkreisen bewegt. Auf diesem Weg habe ich ihn dann auch kennengelernt.«

»Haben Sie so auch Brills Bekanntschaft gemacht?«

»Ja. Da er weder Francis noch sonst einen meiner Freunde vom Theater kannte, schien es mir relativ unbedenklich, ihn für diese Sache einzuspannen. Allerdings muß Francis irgendwelche Kontakte zur Unterwelt gehabt haben, von denen ich nichts wußte.«

»Offensichtlich mußte er für seine Freunde die Feuerwehr spielen«, warf ich ein. »Als Debus der Boden unter den Füßen zu heiß wurde, sollte Flaxford die Lage wieder etwas zum Abkühlen bringen.«

»Mich hat er jedenfalls ganz schön reingelegt.« Seufzend ließ sie sich auf ein kleines Sofa nieder, nahm eine Zigarette aus dem Etui auf dem Couchtisch und steckte sie sich mit dem Tischfeuerzeug an. »Er muß bereits ganz genau gewußt haben, was er von mir wollte, als diese Geschichte zwischen uns losging«, fuhr sie erstaunlich gelassen fort. »Auch wenn von der Kampagne gegen Debus noch nichts bekannt geworden war. Er wußte natürlich, wer mein Mann ist. Und vermutlich hat er sich mit dem Hintergedanken an mich herangemacht, daß es sich früher oder später als vorteilhaft erweisen könnte, mich in der Hand zu haben.«

»Kannten sich Ihr Mann und Flaxford?«

»Ja, aber nur sehr flüchtig. Ihr Kontakt beschränkte sich auf die wenigen Gelegenheiten, bei denen ich Carter auf eine Premiere oder eine Party mitgeschleppt habe, wo auch Francis anwesend war. Das Theater ist für mich was für Carter seine Münzsammlung ist. Schon für ein paar hundert Dollar, und die auch noch steuerlich abzugsfähig, kann man sich bei diesen kleinen Experimentalbühnen als der große Mäzen und Förderer der Künste aufspielen und sich dann in den einschlägigen Kreisen entsprechend hofieren lassen. Ohne großen finanziellen Aufwand kann man sich also das Gefühl erkaufen, ganz nah am Puls der Zeit zu sein, zur Avantgarde zu gehören. Auf diese Weise lernt man eine Reihe höchst ungewöhnlicher Menschen kennen, Mr. Rhodenbarr.«

Sie brachte unsere leeren Gläser in die Küche und muß sich dabei einen kräftigen Schluck aus der Flasche genehmigt haben. Zumindest wirkte sie, als sie wieder zurückkam, plötzlich wesentlich lockerer und entspannter.

Ich fragte sie, wann ihr Flaxford den Inhalt der blauen Schatulle gezeigt habe.

»Vor etwa zwei Wochen. Es war erst das vierte Mal, daß ich in seiner Wohnung war. Meistens haben wir uns nämlich hier getroffen. Übrigens gehört diese Wohnung nicht einer Freundin. Ich habe sie schon vor mehreren Jahren gemietet.«

»So eine Zweitwohnung bringt natürlich gewisse Vorteile mit sich.«

»Das allerdings.« Sie nahm einen Zug von ihrer Zigarette. »Im nachhinein ist mir natürlich klar, daß Francis mich die wenigen Male zuvor nur deshalb in seine Wohnung mitgenommen hat, um die Fotos und die Bandaufnahmen zu machen. Und schließlich hat er mich zu sich eingeladen, um mir das Ergebnis zu zeigen und seine Forderungen zu unterbreiten.«

»Er hat Ihnen also gesagt, Sie sollten Ihren Mann dazu bringen, die Kampagne gegen Debus wieder abzublasen?«

»Ja.«

»Und das war Ihnen nicht möglich?«

»Carter von einem seiner CACA-Projekte abbringen?« Sie lachte. »Gerade Sie müßten doch am besten wissen, wie stur und unbeirrbar mein Mann sein kann, wenn es darum geht, der Gerechtigkeit zum Sieg zu verhelfen. Haben Sie nicht auch versucht, ihn zu bestechen, Mr. Rhodenbarr?«

»Und ob ich das habe. Aber haben Sie Flaxford das denn nicht klarzumachen versucht?«

»Natürlich. Aber er meinte nur, ich solle lieber froh sein, daß er mir überhaupt noch eine Chance gebe, die Sache selbst wieder ins Lot zu bringen – wegen unserer alten Freundschaft, wie er noch dreist hinzufügte.« Man konnte ihr förmlich ansehen, wie sie bei diesem Gedanken innerlich zu kochen begann. »Für den Fall, daß es mir nicht gelungen wäre, Carter umzustimmen, wollte er persönlich an ihn herantreten und ihm mit der Veröffentlichung der Fotos drohen.«

»Was hätte Ihr Mann dann getan?«

»Das weiß ich nicht. Jedenfalls hätte er auf keinen Fall zugelassen, daß die Fotos an die Öffentlichkeit gelangt wären. Die Frau von Carter Sandoval ein Flittchen? Nicht auszudenken. Nein, das hätte er ebensowenig zulassen können, wie er noch einen Tag länger mit mir verheiratet geblieben wäre. Trotzdem bin ich nicht sicher, wie er auf Francis' Vorschlag reagiert hätte. Wie ich ihn kenne, hätte er unter Umständen auch zu einer sehr drastischen Lösung gegriffen. Möglicherweise hätte er Francis und Debus in einem detaillierten Bericht schwer belastet und sich anschließend aus dem Fenster gestürzt oder sonst etwas in der Art.«

»Könnte er versucht haben, Flaxford umzubringen?«

»Carter? Und einen Mord begehen?«

»Er hätte es nicht unbedingt als einen Mord betrachtet.«

Sie kniff die Augen zusammen. »Trotzdem kann ich mir nicht vorstellen, daß er zu so etwas imstande wäre. Außerdem war er zum fraglichen Zeitpunkt mit mir im Theater.«

»Den ganzen Abend?«

»Wir haben zusammen zu Abend gegessen und sind dann in die Innenstadt gefahren.«

»Und Sie waren die ganze Zeit zusammen?«

Sie zögerte einen Moment. »Vor der Hauptvorstellung wurde noch ein kurzer Einakter aufgeführt – ein kleines experimentelles Stück von Gulliver Shane. Ich weiß nicht, ob Ihnen der Name etwas sagt.«

»Nein. Und Ihrem Mann?«

»Wie bitte?«

»Er hat sich doch diesen Einakter nicht angetan, oder?«

Sie nickte. »Er hat mich vor dem Theater aussteigen lassen und dann den Wagen weggebracht. Die Vorstellung begann um halb neun, und da ich vorher im Foyer noch eine Zigarette geraucht habe, dürfte er mich zwanzig nach acht abgesetzt haben. Er hatte jedoch Probleme, einen Parkplatz zu finden. Sie müssen wissen, daß mein Mann auf keinen Fall neben einem Hydranten parken würde, obwohl man deswegen in dieser Gegend gar nicht abgeschleppt wird. Aber er ist nun mal fürchterlich korrekt.«

»Demnach hat er also den Einakter versäumt.«

»Wenn man nicht rechtzeitig zum Vorstellungsbeginn im Theater ist, muß man bis zur Pause hinten beim Eingang warten. Deshalb hat Carter während des Einakters nicht neben mir gesessen. Er hat allerdings gesagt, er hätte von hinten noch den größten Teil des Stücks mitbekommen. Als dann gegen neun die Hauptvorstellung begann, hat er neben mir Platz genommen. In dieser kurzen Zeit hätte er doch unmöglich nach Uptown fahren, Francis töten und rechtzeitig zum Beginn der Hauptvorstellung zurücksein können, oder?«

»Ich habe nie etwas Gegenteiliges behauptet.«

»Außerdem wußte Carter nicht, daß Francis ihn erpressen wollte. Ich bin ganz sicher, daß Francis noch nicht an ihn herangetreten war. Er wollte mir bis zum Wochenende Zeit lassen. Außerdem würde Carter niemanden erschlagen. Er würde dafür auf jeden Fall eine Schußwaffe benützen.«

»Hat er eigentlich immer noch diese Kanone zu Hause rumliegen?«

»Ja. Ein schreckliches Ding, finden Sie nicht auch?«

»Allerdings. Ich möchte ja nicht wissen, was Sie erst sagen würden, wenn er damit schon mal auf Sie gezielt hätte. Aber mal angenommen, Ihr Mann hatte gar nicht vor, Flaxford zu ermorden. Ihm ist einfach nur eine Sicherung durchgebrannt, als Flaxford ihm die Fotos zeigte. Und da er seine Kanone gerade nicht zur Hand hatte, hat er...«

Darauf ließ ich es allerdings beruhen. Weder hätte so etwas zu Carter Sandoval gepaßt, noch sprachen der Zeitpunkt, zu dem Flaxford ihm die Fotos gezeigt haben soll, sowie der Umstand, daß er dabei ausgerechnet einen Morgenmantel trug, für diese Theorie. Und falls Carter Sandoval Flaxford dennoch im Affekt getötet haben sollte, hätte er sich danach sicher sofort der Polizei gestellt und seine verdiente Strafe auf sich genommen.

»Diese Möglichkeit können wir tatsächlich außer acht lassen«, winkte ich deshalb ab. »Ihr Mann war es nicht.«

»Ich wüßte auch gar nicht, wie er es getan haben sollte.«

»Damit wären wir also wieder einmal bei der blauen Schatulle. Wir müssen sie unbedingt finden. Es kann doch sicher nicht in Ihrem Interesse liegen, daß die kompromittierenden Fotos und Tonbänder irgendeinem skrupellosen Geschäftemacher in die Hände fallen. Außerdem möchte ich gern wissen, was sie außer den Fotos und den Tonbändern sonst noch enthält.«

»Glauben Sie denn, da könnte noch etwas anderes sein?«

»Das ist fast anzunehmen. Wer außer Ihnen und Ihrem Mann sollte sonst noch ein Interesse an den Fotos gehabt haben? Nachdem nun weder Sie noch Ihr Mann Flaxford umgebracht und meine Wohnung durchsucht haben, muß in der Schatulle noch etwas sein, was für eine dritte Person außerordentlich wichtig ist. Und sobald wir herausgefunden haben, was das ist, sehen wir auch klarer, wem soviel daran gelegen sein könnte.«

Sie wollte noch etwas erwidern, aber ich brachte sie mit erhobener Hand zum Schweigen. Mir war nämlich gerade eine Idee gekommen. Ich griff nach meinem Glas, stellte es aber wieder ab, ohne daraus zu trinken. Für den Rest des Tages würde ich keinen Alkohol mehr anrühren. Denn ab sofort wurde nur noch hart gearbeitet.

»Geld«, sagte ich.

»Sie meinen, in der blauen Schatulle war Geld?«

»Das ist zumindest nicht auszuschließen. Aber das habe ich damit nicht gemeint. Sie wollten mir doch für die Beschaffung der Schatulle 4000 Dollar zahlen. Haben Sie die noch?«

»Ja.«

»Zu Hause?«

»Nein, hier. Warum?«

»Können Sie kurzfristig noch etwas mehr Geld beschaffen?«

»Vielleicht noch zwei- oder dreitausend. Aber das würde ein paar Tage dauern.«

Soviel Zeit haben wir nicht. Ihre 4000 und meine 5000 machen zusammen 9000 – na, was sagen Sie zu meinen Rechenkünsten? Alles im Kopf und ohne Papier und Bleistift. 9000 müßten eigentlich auch genügen, obwohl sich 10000 natürlich wesentlich besser anhören. Könnten Sie vielleicht in den nächsten Stunden wenigstens noch einen Tausender auftreiben?«

»Das müßte gehen. Ich überlege gerade, wen ich um etwas Geld bitten könnte. Doch, das dürfte kein Problem sein. Warum?«

Ich öffnete meine Reisetasche und nahm die drei Bücher heraus. Darla Sandoval bekam Gibbon, ich selbst behielt Barbara Tuchman und die Imkerei. »Etwa alle 30 Seiten«, sagte ich und begann in einem der Bücher zu blättern, »werden Sie zwei zusammengeklebte Seiten finden. Reißen Sie sie auseinander.« Ich machte es ihr vor. »Und Sie werden zwischen den beiden Seiten einen Hundertdollarschein finden.«

»Wo haben Sie denn diese Bücher her?«

»Hauptsächlich aus der 4th Avenue. Nur bei *Kanonen im August* handelt es sich um eine Buchclub-Ausgabe. Ach so, Sie dachten, ich hätte sie gestohlen. Das trifft nur auf das Geld zu – übrigens mein Erspartes –, aber die Bücher habe ich ganz legal erstanden. Sie sind zwar gründlich durchgeschüttelt worden, aber ihr Geheimnis haben sie trotzdem nicht preisgegeben. So, und jetzt an die Arbeit. Zu zweit schaffen wir es schneller.«

»Und was haben Sie mit dem Geld vor?«

»Wir werden Ihre 5000 Dollar und meine 5000 Dollar zusammenlegen«, sagte ich. »Das macht genau 10000 und die werden wir dazu benützen, um in J. Francis Flaxfords Wohnung zu kommen – ungeachtet des Türstehers, ungeachtet der Polizeiplombe an der Wohnungstür und auch ungeachtet aller anderen Hindernisse, die sich uns dabei in den Weg stellen könnten. Und wir werden das auf die denkbar eleganteste Art und Weise bewerkstelligen. Wir werden uns eine Polizeieskorte mieten.«

14

Ich ließ mich gemächlich in den Sessel zurücksinken und beobachtete Ray Kirschmann beim Zählen der Hundertdollarscheine. Da er dabei lautlos die Lippen bewegte, war es nicht weiter schwierig festzustellen, wie weit er gerade war. Als er fertig war, sah er auf und sagte: »Stimmt genau, Bernie. 10 000 Dollar.«

»10 200, Ray. Ein paar Scheine müssen versehentlich zusammengeklebt sein. Da hätte ich wohl etwas besser aufpassen sollen. Sie legen also zwei von den Scheinchen brav wieder auf den Tisch zurück. Wir hatten uns doch auf 10 000 geeinigt.«

Kirschmann verdrehte zwar die Augen, legte aber anstandslos zwei Hunderter auf den gläsernen Couchtisch, bevor er die restlichen Scheine sauber bündelte und in seiner Tasche verschwinden ließ. »Auf so was Hirnrissiges habe ich mich im Leben noch nicht eingelassen«, brummte er kopfschüttelnd. »Und wenn mich nicht alles täuscht, habe ich von so was Verrücktem noch nicht mal gehört.«

»Andererseits haben Sie sicher noch nie in Ihrem Leben so einfach so viel Geld verdient.«

»Dafür gehe ich bei der Sache ja auch ein gewaltiges Risiko ein, Bernie.«

»Was für ein Risiko denn, Ray? Kein Mensch wird sich etwas dabei denken, wenn Sie und Kramer sich noch mal in Flaxfords Wohnung umsehen wollen: Schließlich sind Sie doch damals als erste am Tatort eingetroffen. Sie waren von der ganzen Sache am unmittelbarsten betroffen.«

»Erinnern Sie mich bloß nicht, Bernie.«

»Also, Sie haben das Gefühl, was Wichtiges übersehen zu haben. Sie besorgen sich die Wohnungsschlüssel und einen Durchsuchungsbefehl oder was auch immer man für so was braucht, und gehen mit Kramer dann in Flaxfords Wohnung.»

»Nur werde ich gar nicht wirklich mit Loren anrücken.«

»Na schön, dann haben Sie eben so einen anderen Milchbubi in Uniform dabei. Ein Polizist sieht doch sowieso wie der andere aus, oder etwa nicht?«

»Also, ich weiß nicht, Bernie.«

»Kein Mensch zwingt Sie, das Geld zu nehmen, Ray –«

Er warf mir einen finsteren Blick zu. Wir befanden uns in Darla Sandovals Wohnung. Nur trank ich diesmal Instantkaffee anstatt Scotch, und Darla hatte sich hinter der Lamellentür zur Küche postiert. Da die Hälfte der 10000 Dollar ihr gehörten, hatte sie durchaus ein Recht darauf, an unserer Besprechung teilzunehmen, auch wenn Ray Kirschmann dies verborgen blieb. Sollte er sich je gewundert haben, in wessen Wohnung wir eigentlich waren, ließ er sich jedenfalls nichts davon anmerken. Wenn man mal von einem beiläufigen »Schöne Wohnung haben Sie da, Rhodenbarr«, absah, hätten wir uns genausogut an irgendeiner Straßenecke vor einem Hot Dog-Stand treffen können.

»Na, ich weiß nicht«, meldete er seine Bedenken an. »Immerhin sind Sie ein Flüchtiger, ein polizeilich gesuchter Mörder –«

»Jetzt hören Sie mal, Ray. Wenn ich überhaupt was totgeschlagen habe, dann höchstens jede Menge Zeit. Das habe ich Ihnen doch schon gesagt.«

»Ich weiß.«

»Sie glauben doch wohl nicht im Ernst, ich hätte Flaxford umgebracht?«

»Was ich glaube, interessiert doch niemanden, Bernie. Hier zählt nur, daß Sie wegen Mordes gesucht sind – ganz gleich, ob Sie ihn nun umgebracht haben oder ob er an einem eingewachsenen Zehennagel gestorben ist.« Eine unerfreuliche Erinnerung verdüsterte seine Miene. »Außerdem, wenn Sie es wirklich nicht gewesen sind, warum haben Sie mich dann niedergeschlagen?«

»Ich weiß, Ray, das war nicht sehr klug von mir. Ich habe einfach die Nerven verloren.«

»Natürlich. Die Nerven.«

»Wenn ich tatsächlich schon vorher gewußt hätte, daß Flaxford tot in der Wohnung herumliegt, wäre mir doch nicht erst so spät plötzlich eine Sicherung durchgebrannt. Für mich war das Ganze genauso ein Schock wie für Kramer und außerdem –«

»Aber Loren ist von dem Schock nur in Ohnmacht gefallen. Er hat mich nicht ohne Vorwarnung angefallen und niedergeschlagen.«

»Na schön, dann werde ich eben nächstes Mal auch in Ohnmacht fallen.«

»Klar.«

»Wie dem auch sei, Ray. Ich bin ganz sicher, daß wir in Flaxfords Wohnung etwas finden werden, das uns auf die Spur des Mörders führen wird. Ich muß schließlich am besten wissen, daß ich den Kerl nicht umgebracht habe, und deshalb muß ich auch mit allen Mitteln versuchen herauszufinden, wer es war. Und sobald ich das weiß, bekommen Sie den Kerl von mir auf einem silbernen Tablett serviert, und Sie können sich anschließend als den großen Helden des Tages feiern lassen. ›Der pflichtbewußte Polizist, der nicht eher ruhte, als bis endlich die Wahrheit an den Tag kam.‹ Ich gehe jede Wette ein, daß Sie nach diesem sensationellen Fang zur Kripo versetzt werden.«

»Von wegen«, schnaubte er. »Wenn irgendwas, dann schaufle ich mir damit nur mein eigenes Grab.«

»Wer wird denn gleich immer so schwarz sehen, Ray. Alles, was für Sie bei der Sache herausspringen wird, sind zehn Mille und eine Beförderung.«

»Vergessen Sie mal nicht, daß ich das Geld mit Loren teilen muß.« Als ich ihm darauf einen zweifelnden Blick zuwarf, sah er mich zutiefst gekränkt an. »Wir machen fifty-fifty. Schließlich ist das Risiko für jeden von uns das gleiche. Sie werden dabei seine Uniform und seinen Knüppel tragen, von seinem Dienstrevolver erst gar nicht zu reden. Wenn irgend etwas schief geht, sitzt Loren genauso tief in der Scheiße wie ich. Also fünf Riesen für mich, fünf Riesen für ihn.«

»Hört sich jedenfalls einleuchtend an.«

Er sah mich kurz an, seufzte und klopfte mit der flachen Hand auf das Paket, das neben ihm auf dem Sofa lag. »Größe 38 haben Sie gesagt, oder nicht?«

Ich nickte.

»Loren ist ein bißchen kleiner als Sie. Deshalb habe ich Ihnen eine neue besorgt. Sie sollten sie sicherheitshalber vorher anprobieren.«

Das Paket enthielt eine nagelneue Polizeiuniform. Ich zog mich aus und schlüpfte hinein. Nur die Mütze fehlte. Aber die konnte ich mir auch von Kramer ausleihen. Als ich fertig war, nahm mich Kirschmann erst mal gründlich in Augenschein. Dann zupfte er kurz da an einer Falte, hier an einem Aufschlag, trat stirnrunzelnd einen Schritt zurück, zuckte mit den Schultern und schüttelte sorgenvoll den Kopf.

»Ich weiß auch nicht«, murmelte er schließlich. »Irgendwie sehen Sie nicht gerade wie die Crème de la crème der New Yorker Polizei aus.«

»Aber Schande mache ich ihr auch nicht«.

»Das ist richtig. Wie angegossen sitzt sie zwar nicht, aber das tut sie bei Loren ja auch nicht.«

Ich versuchte mir kurz Loren Kramer vorzustellen. »Nein«, pflichtete ich ihm schließlich bei. »Er sieht auch nicht gerade aus, als wäre ihm die Uniform auf den Leib geschneidert worden.« Ich strich ein paar imaginäre Falten in meiner Hose glatt. »Die Sache geht also in Ordnung«, sagte ich schließlich.

»Ja«, nickte er brummend. »Geht in Ordnung.«

Als sich Kirschmann schließlich verabschiedete, trug ich die Uniform immer noch. Kaum hatte sich die Tür hinter ihm geschlossen, kam Darla Sandoval aus ihrem Versteck und begutachtete mich ausführlich.

»Und?« wollte ich wissen.

»Ich finde, Sie sehen wie ein richtiger Polizist aus. Wenn Sie sich mal selbst begucken wollen – an der Schlafzimmertür ist ein Spiegel.«

Es hätte mich nicht gewundert, wenn im Schlafzimmer auch die Decke verspiegelt gewesen wäre. Wie dem auch sei, ich fand, daß ich in der Uniform eine ganz passable Figur abgab.

Als ich wieder ins Wohnzimmer zurückkam, meinte Darla Sandoval: »Sie haben diesem Kirschmann unser ganzes Geld gegeben. War das wirklich nötig?«

»Leider ja. Normalerweise zahlt man bei so einem Geschäft erst einen Vorschuß und den Rest bei Lieferung. Aber bei Polizisten gelten andere Regeln. Die lassen sich auf so was nicht ein.«

»Er holt Sie also heute abend ab?«

Ich nickte.

»Und Sie werden hier so lange auf ihn warten?«

Ich schüttelte den Kopf. »Ich werde in der Zwischenzeit noch kurz in meiner neuen Wohnung vorbeischauen. Übrigens wollte ich mich deshalb dort nicht mit Kirschmann treffen, um die Sache nicht noch mehr zu verkomplizieren. Er muß ja nicht unbedingt wissen, wo ich mich gerade versteckt halte.«

»Angenommen, er taucht heute abend nicht auf. Was dann?«

»Er wird kommen. Auf die Minute pünktlich. Er ist nämlich der Letzte, der ein Interesse daran hat, daß bei der Sache irgend etwas schief geht. Und er wird Loren Kramer mitbringen. Von ihm bekomme ich Mütze, Dienstmarke, Schußwaffe, Knüppel, Handschellen – alles, was eben einen richtigen Polizisten ausmacht. Und dann wird Kramer es sich hier mit einem Astrologiebuch gemütlich machen, während Kirschmann und ich losziehen. Wenn alles vorbei ist, wird mich Kirschmann hier abliefern und mit Kramer wieder abziehen. Und damit hat es sich auch schon.«

»Aber angenommen, er behält die 10000 Dollar und erscheint einfach nicht zum verabredeten Termin?«

»Keine Sorge, er wird mich schon nicht versetzen.«

»Woher wollen sie das so sicher wissen?«

»Weil er ein ehrlicher Kerl ist.« Sie schaute mich etwas seltsam an, und ich fuhr fort: »Es gibt alle möglichen Arten von Ehrlichkeit. Wenn ein Polizist wie Kirschmann eine Abmachung mit jemandem trifft, hält er sich auch daran. Und zwar hundertprozentig. Das ist seine Art von Ehrlichkeit. Sie haben ja selbst gehört, wie tief er sich gleich in seiner Ehre gekränkt fühlte, als ich bezweifelte, ob er auch wirklich halbe-halbe mit Kramer machen würde. Was ist plötzlich so komisch?«

»Ich mußte nur an Carter denken. Er könnte das überhaupt nicht verstehen.«

»Na ja, er ist ja auch eine andere Art von ehrlich.«

»Das können Sie laut sagen. Ich glaube, ich genehmige mir noch ein Gläschen. Wie steht's mit Ihnen?«

»Nein danke.«

»Sind Sie sicher?«

»Ja, ganz sicher.«

»Dann wenigstens noch eine Tasse Kaffee?«

Ich schüttelte den Kopf. Sie verschwand in die Küche und kam kurz darauf mit einem Glas zurück, setzte sich aufs Sofa, nahm einen Schluck und stellte das Glas auf den Couchtisch. Dabei fiel ihr Blick auf die zwei Hunderter, die ich Kirschmann wieder abgeluchst hatte. »Die gehören wohl Ihnen«, sagte sie.

»Einer von uns muß sich verzählt haben, Mrs. Sandoval.«

»Nennen Sie mich doch einfach Darla.«

»Warum nehmen wir uns nicht beide einen, Darla?«

Daran hatte sie nichts auszusetzen. Sie nahm einen Schein und steckte den anderen mir zu. Dann sagte sie: »Sie haben gesagt, er wäre ehrlich. Dieser Polizist, meine ich. Aber er hätte die zweihundert Dollar ohne ein Wort eingesteckt, wenn Sie nichts gesagt hätten.«

»Natürlich. Er war ja auch ganz schön sauer, daß ich es gemerkt habe.«

»Es gibt also tatsächlich verschiedene Arten von Ehrlichkeit.«

Es wurde langsam Zeit, mich wieder in meine Alltagskluft zu werfen, die Uniform zusammenzupacken und damit nach Downtown zu fahren. Allerdings war mir im Moment nicht sonderlich nach Bewegung. Von meinem Sessel aus beobachtete ich Darla, wie sie an ihrem Glas nippte.

»Bernard? Finden Sie nicht auch, daß es nur Zeitverschwendung ist, wenn Sie jetzt extra nach Downtown fahren. Außerdem ist es mit einem zusätzlichen Risiko verbunden – ich meine, wenn Sie sich unnötig unter Leute begeben.«

»Ich werde ein Taxi nehmen.«

»Trotzdem.«

»Mit einem gewissen Risiko ist die Sache natürlich in jedem Fall verbunden.«

»Sie könnten doch auch hier bleiben.«

»Ich würde aber gern noch meine Reisetasche in meine Wohnung bringen.«

»Ach so.«

»Außerdem muß ich mich, bevor ich heute abend mit Kirschmann losziehe, noch mit jemandem treffen und verschiedene Dinge klären.«

»Natürlich.«

Unsere Blicke trafen sich. Sie hatte wirklich eine enorme Ausstrahlung. Das mußte man ihr lassen.

»Die Uniform steht Ihnen wirklich ganz hervorragend«, sagte sie.

»Finden Sie?«

»Ja, Sie sehen richtig gut darin aus. Deshalb bedaure ich es auch sehr, daß ich heute abend nicht hier sein kann, wenn Sie auch noch die anderen Sachen tragen. Den Knüppel, den Revolver, die Handschellen und die Dienstmarke, meine ich.«

»Vielleicht können Sie sich ja auch vorstellen, wie ich damit aussehe.«

»Und ob ich das werde.« Sie fuhr sich ziemlich unzweideutig mit der Zungenspitze über die Lippen. »Wirklich erstaunlich, wie so eine harmlose Kostümierung einen Menschen verändern kann. Manchmal glaube ich sogar, daß es genau das ist, was mich am Theater so sehr fasziniert: weniger die äußerliche Veränderung, sondern die Tatsache, daß sich ein Schauspieler in seiner Rolle eine völlig andere Persönlichkeit überstülpt – sozusagen wie eine Art innere Verkleidung.«

»Haben Sie denn auch schon mal auf der Bühne gestanden, Darla?«

»Nein, nein. Mein Interesse am Theater war immer nur rein passiver Natur. Das habe ich Ihnen doch schon gesagt, oder nicht? Aber wie kommen Sie darauf, ich könnte mal Schauspielerin gewesen sein?«

»Wegen der Art, wie Sie damals Ihre Stimme eingesetzt haben.«

Sie fuhr sich wieder mit der Zunge über die Lippen. »Man entdeckt eben immer wieder neue Seiten an sich«, sagte sie und ließ ihren Blick über meine Uniform wandern. »Wenn mich nicht alles täuscht, habe ich Ihnen doch gesagt, daß ich mich bis vor kurzem noch als eher konventionelle Frau betrachtet habe.«

»Stimmt, das haben Sie gesagt.«

»Dessen bin ich mir sogar ganz sicher.«

»Ja.«

»Konventionell vor allem auch in puncto Sex.»

»Aha.«

»Vor nicht allzu langer Zeit mußte ich jedoch feststellen, daß dem keineswegs so ist. Möglicherweise habe ich Ihnen auch das erzählt.«

»Ja, ich glaube schon.«

»Ich bin mir sogar ganz sicher, daß ich das getan habe.«

»Ja.«

Sie stand auf und stellte sich so vor mich hin, daß ihre Figur besonders gut zur Geltung kam. »Wenn Sie diese Uniform anhaben«, sagte sie, »und dazu den Knüppel und die Handschellen am Gürtel hängen hätten, fände ich Sie absolut unwiderstehlich.«

»Und wir würden vielleicht ein paar recht ausgefallene Dinge miteinander machen. Man braucht ja nicht allzuviel Phantasie, um sich ausmalen zu können, was man mit so einem Paar Handschellen und einem Knüppel alles anstellen könnte.«

»Wahrscheinlich.«

»Und auch miteinander.«

»Das halte ich für noch wahrscheinlicher.«

»Vielleicht sind Sie aber ein bißchen zu konventionell für so was.«

»So konventionell, wie man vielleicht meinen könnte, bin ich keineswegs.«

»Das habe ich auch nie angenommen. Finden Sie mich attraktiv?«

»Ja.«

»Das sagen Sie doch hoffentlich nicht nur, um mich nicht zu verletzen?«

»Nein.«

»Gut. Ich bin natürlich älter als Sie. Aber das stört Sie doch hoffentlich nicht.«

»Weshalb sollte es das?«

»Keine Ahnung. Es würde Ihnen jedenfalls nichts ausmachen?«

»Nein.«

Sie nickte nachdenklich. »Nur ist das im Augenblick leider nicht der richtige Zeitpunkt«, sagte sie schließlich mit unverhohlenem Bedauern.

»Und ich habe den Knüppel und die Handschellen nicht dabei.«

»Stimmt. Aber warum küssen Sie mich nicht trotzdem, nur probeweise, versteht sich.«

Es war ein ziemlich intensiver Kuß. Wir standen aneinandergedrückt, und sie hatte ihre Arme um meinen Nacken geschlungen. Irgendwann ließ ich die Hände sinken, faßte ihre Pobacken und massierte sie kräftig. Dabei fuhr ein wohliger Schauder durch ihren Körper, und sie gab ein paar höchst exquisite Laute von sich. Es dauerte eine ganze Weile, bis wir uns widerstrebend voneinander lösten.

Sie trat einen Schritt zurück und sagte: »Wenn wir alles gut hinter uns gebracht haben, Bernard –«

»Ja. Ganz bestimmt.«

»Die Uniform ist übrigens gar nicht so wichtig. Ebensowenig wie der Knüppel oder die Handschellen.«

»Nein, aber es wäre vielleicht ein zusätzlicher Reiz.«

»Das allerdings.« Sie leckte sich wieder die Lippen. »Ich werde mich jetzt noch ein bißchen frisch machen. Und du willst dich sicher noch umziehen. Oder hast du vor, in Uniform nach Downtown zu fahren?«

»Nein. Ich werde mich vorher auf jeden Fall umziehen.«

Ich war gerade fertig, als sie wieder aus dem Bad kam. Die Spuren der Erregung waren in ihrem Gesicht verflogen, ihr Make-up aufgefrischt. Ich setzte meine dämliche Perücke und die Mütze auf. Dann gab sie mir die Wohnungsschlüssel. Ich unterließ es, ihr zu sagen, daß ich das auch ohne Schlüssel geschafft hätte.

Sie sagte: »Bernard? Diese 200 Dollar, die Kirschmann noch zusätzlich einstreichen wollte?«

»Was ist damit?«

»Hätte er die auch mit seinem Partner geteilt?«

Darüber dachte ich ziemlich lange nach, mußte aber schließlich zugeben, daß ich es nicht wußte.

Sie lächelte. »Das war doch eine gute Frage, oder nicht?«

»Ja«, bestätigte ich ihr. »Eine sehr gute sogar.«

Ich war vor Ellie in Rods Wohnung. Während ich auf sie wartete, probierte ich noch mal meine Uniform an. Ein Blick auf meine Schuhe ließ mich sorgenvoll die Stirn runzeln. Trugen Polizisten genarbte Slipper? Meines Wissens hatten sie in der Regel ganz normale schwarze Schnürschuhe an. Aber Slipper?

Nach einer Weile gelangte ich jedoch zu der Überzeugung, daß ich mir deswegen keine Sorgen zu machen brauchte. Kein Mensch würde mir auf die Füße starren.

Als Ellie zur Tür hereinkam, brach sie erst mal in schallendes Gelächter aus. Das baute mich natürlich gewaltig auf. »Aber du bist doch gar kein Polizist«, meinte sie. »Du bist doch ein Ganove!«

»Das eine schließt das andere nicht aus.«

»Aber du siehst einfach nicht wie ein Polizist aus, Bernie.«

»Polizisten sehen schon lange nicht mehr wie Polizisten aus«, hielt ich standhaft entgegen. »Für so alte Hasen wie Ray Kirschmann gilt das natürlich noch nicht, aber sieh dir doch nur mal den Nachwuchs an. Das beste Beispiel ist Kirschmanns Partner. Zertrümmert sich fast mit seinem eigenen Knüppel die Kniescheibe, will von mir wissen, was für ein Sternzeichen ich bin, und fällt dann auch noch in Ohnmacht, bloß weil er einen Toten gesehen hat. Wenn dieses Würstchen als Polizist durchgeht, dann trifft das auf mich allemal zu. Außerdem ist ja auch noch Kirschmann dabei. Wenn ich in seiner Begleitung auftrete, wird der Türsteher bestimmt keinen Verdacht schöpfen.«

Sie sah mich nur skeptisch an.

»Du hältst das Ganze wohl für keine sehr gute Idee?«

»Was weiß ich? Du denkst also, sie ist immer noch in Flaxfords Wohnung. Die blaue Schatulle, meine ich.«

»Wenn sie es damals war, ist sie es aller Wahrscheinlichkeit nach auch jetzt noch. Übrigens glaube ich inzwischen zu wissen, wer meine Wohnung verwüstet hat. Das müssen ein paar von Debus' Leuten gewesen sein. Vielleicht sogar die zwei Männer, die ich vor zwei Tagen ins Haus gehen sah, während ich frierend an der Ecke stand und zu meinen hell erleuchteten Fenstern hochglotzte. Debus ist der Distriktstaatsanwalt von Queens oder Brooklyn und steckte mit Flaxford unter einer Decke.«

»Inwiefern?«

»Flaxford sollte Mrs. Sandoval in Debus' Auftrag dazu bringen, ihren Mann zu überreden, die Kampagne zur Aufdeckung von Debus' korrupter Amtsführung wieder abzublasen. Nach Flaxfords Ermordung muß Debus wohl befürchtet haben, Flaxford könnte noch irgendwelches belastendes Material in seiner Wohnung herumliegen gehabt haben. Aller Wahrscheinlichkeit nach wußte er jedoch nicht, daß es sich in der blauen Schatulle befand. Ihm war nur klar, daß in Flaxfords Wohnung einige höchst brisante Unterlagen sein mußten, die auf keinen Fall in die falschen Hände geraten durften. Aus diesem Grund hat er ein paar seiner Gorillas losgeschickt, um meine Wohnung zu durchsuchen. Wenn diese Vermutung richtig ist, kann Debus die Schatulle nicht haben. Und da mir auch sonst niemand einfällt, der sie haben könnte, muß sie noch immer in Flaxfords Wohnung sein.«

»Und was ist mit dem Mörder?«

»Wie bitte?«

»Flaxford hat an jenem Abend Besuch bekommen – von jemandem, den er kannte und vielleicht ebenfalls zu erpressen versucht hat. Wer weiß, wieviele Leute es sonst noch gab, über die er zuviel wußte. Und es könnte doch sein, daß er alles belastende Material, mit dem er sich diese Leute gefügig machte, in der blauen Schatulle aufbewahrt hat.«

»Sprich ruhig weiter.«

Sie zuckte mit den Schultern. »Flaxford hat also sein Opfer zu sich in die Wohnung gebeten und ihm das belastende Material gezeigt. Daraufhin hat ihm sein Besucher den Schädel eingeschlagen und sich mit der blauen Schatulle aus dem Staub gemacht. Kurz darauf tauchst du auf – es ist sowieso ein Wunder, daß du dem Mörder nicht auf dem Flur begegnet bist. Einer der Mitbewohner hat den Lärm in Flaxfords Wohnung gehört und verständigt die Polizei, und während du den Schreibtisch nach der blauen Schatulle durchsuchst, rücken Kirschmann und sein Partner an.«

»Und ich sitze in der Falle.«

»Für Debus hätte das allerdings nichts an der Sache geändert. Da er nichts von der Existenz von X wissen konnte, mußte er glauben, daß die Schatulle nur in deiner oder Flaxfords Wohnung sein konnte.«

»Von wessen Existenz soll er nichts gewußt haben?«

»Von X, dem Mörder.« Und als ich sie darauf etwas eigenartig ansah, fügte sie hinzu: »Das ist doch im Fernsehen der gängige Sprachgebrauch für so was, oder nicht?«

»Ich habe es gar nicht gern, wenn man mein Leben auf eine Gleichung mit zwei Unbekannten reduziert.«

»Du kannst den Mörder meinetwegen nennen, wie du willst. Bloß weil Debus denkt, du hättest die Schatulle, heißt das noch lange nicht, daß sie nicht auch ein Dritter haben kann. Vielleicht hast du sie nur deshalb nicht in Flaxfords Wohnung gefunden, weil sie ganz einfach nicht mehr dort war.«

Das paßte mir gar nicht in den Kram. So muß es den Leuten vor ein paar hundert Jahren gegangen sein, als eines Tages Galilei mit seinen komischen Theorien daherkam. Deshalb erklärte ich noch einmal mit Nachdruck: »Die Schatulle ist in Flaxfords Wohnung.« Und die Erde ist flach, du dummes Stück, und schwere Gegenstände fallen schneller als leichte, und hör gefälligst mal auf, mir meine schönen Theorien madig zu machen.

»Es ist natürlich nicht auszuschließen, Bernie, aber –«

»Der Mörder könnte in seiner Panik aus der Wohnung gestürzt sein, ohne die Schatulle mitzunehmen. Es ist ja auch gar nicht gesagt, daß Flaxford sie ihm überhaupt gezeigt hat.«

»Das ist natürlich möglich.«

»Vielleicht war die blaue Schatulle auch die ganze Zeit in seinem Schließfach, irgendwo tief unter der Erde, im Tresor einer Bank.«

»Auch das ist möglich.«

»Vielleicht hat sogar Debus selbst Flaxford umgebracht und die Schatulle gestohlen. Demnach müßten Darla Sandoval und Wesley Brill meine Wohnung durchsucht haben.«

»Du glaubst doch nicht im Ernst –«

»Nein, tue ich nicht. Vielleicht hat Brill Flaxford umgebracht, weil er seinen Text vergessen hat. Und dann hat er die Schatulle Carter Sandoval gegeben, damit der seine Münzsammlung darin aufbewahren kann. Nein, das hört sich eigentlich auch nicht sehr überzeugend an. Ich will dir sagen, was ich glaube. Ich glaube, die Schatulle ist in Flaxfords Wohnung.«

»Weil du das gerne möchtest.«

»Natürlich möchte ich das. Darüber hinaus läßt sich jedoch nicht leugnen, daß ich, schlau wie ich nun mal bin, aus den bisher verfügbaren Fakten messerscharf die richtigen Schlüsse gezogen habe.«

»Ach, jetzt verstehe ich langsam, weshalb dein bisheriges Leben ein so durchschlagender Erfolg war.«

Wir waren inzwischen an einen Punkt gekommen, wo wir es tatsächlich fertigbrachten, uns aus vollem Hals anzubrüllen, ohne dabei auch nur einen Phon lauter zu werden. In irgendeinem Teil meines Kopfs – dem Teil, der nicht brüllte – fragte ich mich allerdings schon die ganze Zeit, worüber wir uns eigentlich so aufregten. Was mich betraf, dürfte Darla Sandoval daran nicht ganz unschuldig gewesen sein. Sie hatte ein Feuer in mir entfacht, das ich noch nicht wieder vollständig zum Erlöschen gebracht hatte.

Zum Glück nahm unsere erbitterte Auseinandersetzung genauso plötzlich ein Ende, wie sie begonnen hatte. Wir sahen uns in die Augen, und damit hatte es sich. »Ich mache uns Kaffee«, schlug Ellie darauf vor. »Es sei denn, du willst was Richtiges zu trinken.«

»Bei der Arbeit trinke ich nie.«

»Aber du hast doch einen Schlüssel. Und du wirst dich in Begleitung eines echten Gesetzeshüters befinden.«

»Für mich bleibt es trotzdem ein Einbruch.«

»Na schön, also nur Kaffee. Holt dich Kirschmann in ihrer Wohnung ab? Willst du so wieder nach Uptown zurückfahren?«

»Glaubst du, ich bin nicht warm genug angezogen? Nein, entschuldige bitte. Ich weiß noch nicht, ob ich mich umziehen werde oder nicht. Ehrlich gesagt, habe ich es langsam satt, diese blöde Uniform ständig an- und auszuziehen. Bei meinem sprichwörtlichen Glück kann es mir allerdings durchaus passieren, daß ich auf dem Weg nach Uptown zufällig in einen Überfall gerate und mir mit einem flüchtigen Räuber eine Schießerei liefern darf.«

»Oder einem Einbrecher.«

»Oder das. Außerdem habe ich keine Mütze. Ich sollte mich besser wieder umziehen.«

»Mußt du dir eigentlich gleich wieder was anziehen, wenn du die Uniform ausgezogen hast?«

»Wie bitte?«

Ihr Augenaufschlag hätte selbst Tote zum Leben erweckt.

»Ach so«, murmelte ich und machte mich an meinen Knöpfen zu schaffen.

15

Ich traf ein paar Minuten vor Kirschmann und Kramer in Darlas Wohnung ein. Kaum war ich mit dem Umziehen fertig, als es klingelte. Ich öffnete den beiden. Kirschmann schaute ziemlich finster drein, Kramer eher verunsichert. Kirschmann deutete mit dem Daumen über seine Schulter auf seinen Partner. »Dieser Kerl treibt mich noch in den Wahnsinn, Bernie«, knurrte er. »Könnten Sie ihm vielleicht erklären, warum er nicht mitkommen kann.«

Kramer starrte wie gebannt auf meine genarbten Slipper – allerdings nicht, weil er was an ihnen auszusetzen gehabt hätte, sondern weil sie sich zufällig an dem Punkt befanden, auf den er seinen Blick gerichtet hatte. »Ich habe einfach nur das Gefühl, daß ich lieber mitkommen sollte«, brachte er kleinlaut vor. »Angenommen, irgend etwas geht schief. Was dann?«

»Es wird nichts schiefgehen«, brummte Kirschmann. »Bernie und ich werden uns nur mal kurz in Flaxfords Wohnung umsehen und kommen danach sofort wieder hierher. Bernie gibt dir deine Sachen zurück, und wir beide fahren schleunigst nach Hause und zählen unser Geld. Hast du was zu lesen dabei?«

»Ein Buch.«

»Gut. Und damit setzt du dich jetzt schön brav auf die Couch und machst es dir gemütlich. Es ist eine bequeme Couch. Davon habe ich mich vorhin selbst überzeugt. Und dann sag mir, ob du schon mal so schnell so viel Geld verdient hast und dabei nichts weiter tun mußtest, als ein Buch zu lesen.«

Kramer atmete ein paarmal tief durch. »Angenommen, irgend etwas geht schief. Was ist zum Beispiel, wenn dieser Zwilling da einen seiner faulen Tricks abzieht, Ray, und wir sitzen in zwei völlig verschiedenen Teilen der Stadt?«

»Flaxfords Wohnung liegt genau wie die hier in der East Side«, rief ich ihm daraufhin ins Gedächtnis zurück.

Ohne weiter auf meinen Einwurf einzugehen, begann Kramer noch verschiedene Möglichkeiten aufzuzählen, was alles schiefgehen konnte – angefangen von einem Verkehrsunfall bis hin zu einem unvorhergesehenen Probeeinsatz der Bürgerwehr. Diese Einwände schmetterte Kirschmann mit der simplen Feststellung ab, daß es wesentlich riskanter sei, zu dritt anzurücken als zu zweit.

»Irgendwie ist mir trotzdem nicht wohl bei der Sache«, ließ Kramer nicht locker. »Ehrlich gesagt, möchte ich mit dem Ganzen lieber nichts zu tun haben.«

»Selbst wenn du mitkommst, hätten wir nur eine Kanone für euch beide. Und natürlich auch nur eine Dienstmarke, eine Mütze und so weiter.«

»Das kommt ja noch dazu. Ich müßte die ganze Zeit ohne meine Dienstmarke und meinen Revolver hier herumsitzen, Ray. Also, ich weiß nicht, ob das wirklich so eine gute Idee ist.«

»Jetzt hör mal gut zu, Loren.« Kirschmann platzte langsam der Kragen. »Du sitzt hier hinter einer verschlossenen Tür in einer leeren Wohnung. Wozu brauchst du da eine Kanone? Hast du etwa Angst vor Kakerlaken?«

»Hier gibt's keine Kakerlaken. Nicht in einer Luxuswohnung wie dieser hier.«

»Na, siehst du«, meinte Kirschmann. »Keine Kakerlaken.«

»Darum geht es mir doch gar nicht«.

»Das könnte man aber fast meinen, wenn man dich so reden hört.«

»Mir ist einfach nicht wohl bei der Sache, Ray.«

»Jetzt quatsch hier nicht lange rum und setz dich endlich hin, du Blödmann. Und dann gibst du Bernie schön brav deine Mütze und den anderen Krempel.« Kirschmann wandte sich mir zu. »Sollen wir ihm vielleicht was zu trinken geben, Bernie? Das könnte bestimmt nicht schaden. Sie wissen schon, nur zur Beruhigung.«

»Gute Idee.«

Ich ging in die Küche, um den Scotch zu holen. Doch als ich mit der Flasche, einem Glas und etwas Eis zurückkam, winkte Kramer entschieden ab. »Kommt gar nicht in Frage. Im Dienst rühre ich keinen Alkohol an.«

»Bist du eigentlich noch zu retten?« stöhnte Kirschmann.

Und ich sagte: »Sollten Sie es sich doch noch anders überlegen, wissen Sie, wo Sie was zu trinken finden, Loren.« Er nickte, und ich schnallte mir seinen Gürtel um. Danach vergewisserte ich mich, daß das Halfter zu war, damit mir nicht gerade im unpassendsten Moment der Revolver herausfiel. Als ich dabei mit der Hand über den kalten Stahl des Griffs streifte, zuckte ich unwillkürlich zusammen. Ich würde mich mit diesen abscheulichen Dingern, wie ich gerade eines an meiner Hüfte hängen hatte, wohl nie anfreunden können. »Dieses blöde Schießeisen wiegt ja mindestens eine Tonne«, maulte ich.

»Keine Sorge. Daran werden Sie sich schnell gewöhnen.«

»Kann man mit so einem Ding am Gürtel überhaupt gerade gehen?«

»Auch das werden Sie schneller lernen, als Sie denken. Im Gegenteil. Sie werden sich in kürzester Zeit splitternackt fühlen, wenn Sie kein Schießeisen umgeschnallt haben.«

Ich ließ mir von Kramer den schimmernden schwarzen Knüppel geben und hieb damit probeweise ein paarmal gegen meine Handfläche. Die lackierte Oberfläche fühlte sich angenehm glatt an. Kirschmann zeigte mir, wie ich den Knüppel am Gürtel befestigen mußte, damit er mir nicht ständig zwischen den Beinen herumbaumelte. Dann steckte ich mir das Abzeichen an, setzte die Mütze auf und rückte sie zurecht. Als ich mich im Schlafzimmer begutachtete, fand ich, daß ich wie ein waschechter Cop aussah.

Das Entscheidende war die Mütze, aber auch das Abzeichen, der Revolver, der Knüppel und die Handschellen trugen dazu bei, daß ich mich in meiner Rolle gleich wesentlich wohler fühlte und dadurch auch überzeugender wirkte. Ich nahm den Knüppel vom Gürtel, ließ ihn versuchsweise um meinen Finger kreisen und steckte ihn dann wieder zurück. Für einen Moment spielte ich sogar mit dem Gedanken, das Ziehen des Revolvers zu üben, ließ es dann aber doch bleiben. Vermutlich hätte ich mir nur eine Zehe abgeschossen.

Als ich wieder ins Wohnzimmer zurückging, fühlte ich mich in meiner neuen Rolle als Polizist sicher genug, um notfalls jemanden zum Weitergehen aufzufordern, den Verkehr aufzuhalten oder mir in einem Schnellimbiß eine Gratismahlzeit zu erschleichen. Ich glaube, daß meine plötzliche Veränderung auch Kirschmann auffiel. Jedenfalls nickte er bedächtig, nachdem er mich von Kopf bis Fuß in Augenschein genommen hatte, und sagte: »So kann man sich ohne weiteres mit Ihnen sehen lassen, Bernie.«

Ausnahmsweise war sogar Kramer mal einer Meinung mit ihm. »Sie sind eben die geborenen Schauspieler«, meinte er.

»Wer? Einbrecher?«

»Nein. Zwillinge.«

Kirschmann verdrehte nur die Augen und sagte: »Jetzt aber nichts wie weg hier, Bernie.«

Der Streifenwagen stand gleich vor dem Eingang. Nachdem wir losgefahren waren, sagte Kirschmann: »Wir haben eine Genehmigung zum Betreten der Wohnung. Die Tür ist zwar plombiert, aber wir werden die Plomben einfach entfernen und neue anbringen, wenn wir die Wohnung wieder verlassen. Was wir vorhaben, ist von höchster Stelle abgesegnet. Wir haben nicht das geringste zu befürchten.«

»Ist das gängige Praxis?«

»Klar. Die Plomben sollen verhindern, daß sich jemand unerlaubt Zutritt zu einer Wohnung verschafft. Wenn wirklich jemand rein will, können ihn die Plomben nicht daran hindern, aber das geht natürlich nur, wenn man sie entfernt. Außerdem sind die Plomben an Flaxfords Wohnungstür schon mehrere Male weggemacht und wieder neu angebracht worden. Ich habe selbst die entsprechenden Vermerke in den Akten gesehen.«

»Was Sie nicht sagen. Wer war nachträglich noch mal in der Wohnung?«

»Ach, das ist doch immer die gleiche Geschichte. Nachdem

der Fotograf und die Spurensicherung fertig waren, wurde die Wohnung plombiert. Danach mußte der Fotograf allerdings noch mal rein, um weitere Bilder zu machen. Vielleicht sind ein paar Aufnahmen nichts geworden, oder jemand von der Staatsanwaltschaft wollte ein Foto von einem ganz speziellen Detail. Man kann ja nie wissen, was diese Wichtigtuer den Geschworenen alles an Beweismitteln vorlegen wollen. Dann wollte sich noch ein Assistent des Distriktstaatsanwalts die Wohnung ansehen – vermutlich, um sich einen Eindruck vom Tatort zu verschaffen. Und dann waren auch noch ein paar Leute von der Mordkommission da, obwohl das Ganze in den Zuständigkeitsbereich des Reviers fällt und wir uns den Fall unter keinen Umständen von diesen Arschlöchern wegschnappen lassen wollten. Aber ein bißchen wichtigmachen mußten sie sich natürlich trotzdem, und deshalb wollten sie sich die Wohnung ansehen. Vielleicht wollten sie sich vergewissern, ob es Parallelen zu einem Fall gab, an dem sie gerade arbeiteten. Und aus einem ähnlichen Grund sind dann auch noch ein paar Clowns von einer anderen Distriktstaatsanwaltschaft angerückt. Die waren nicht mal aus Manhattan, sondern von irgendwo auf der anderen Seite des Flusses…«

»Wann war das?«

»Keine Ahnung. Ist das denn so wichtig?«

»Von welcher Distriktstaatsanwaltschaft waren sie? Brooklyn? Queens?«

»Brooklyn.«

»Wer ist der Distriktstaatsanwalt von Brooklyn?«

»Na, wie heißt der Kerl doch gleich wieder? Ich kann mir seinen Namen nie merken.«

»Vielleicht Michael Debus?«

»Genau der. Debus. Warum wollen Sie das eigentlich alles so genau wissen?«

»Wann waren seine Leute in der Wohnung?«

»Irgendwann zwischen dem Mord und heute abend. Spielt das eine Rolle?« Er sah mich lange nachdenklich an und rammte dabei fast einen parkenden Wagen. »Idiot!« fluchte er. »Parkt mitten auf der Straße. Stecken Sie etwa mit diesem Debus unter einer Decke, Bernie?«

»Ich nicht. Aber vermutlich Flaxford.«

»Inwiefern?«

Ich überlegte kurz. Wenn ich genau gewußt hätte, wann meine Wohnung durchsucht worden war und wann Debus seine Leute bei Flaxford vorbeigeschickt hatte, dann... Ja, was dann? Nichts dann. Es hätte natürlich meine Theorie bestärkt, wenn ich gewußt hätte, daß Debus seine Leute erst zu mir und dann in Flaxfords Wohnung geschickt hatte, aber beweisen ließ sich damit gar nichts, nicht einmal, daß meine Theorie falsch war, wenn es anders herum gelaufen wäre.

Letzten Endes ging es jetzt nur noch um eines: die Schatulle. Entweder es gelang mir, sie zu finden, oder es gelang mir nicht.

»Es könnte unter Umständen noch von Bedeutung werden«, sagte ich, »wen Debus in die Wohnung geschickt hat und wann.«

»Das müßte an sich in den Unterlagen stehen.«

»Könnten Sie das nachsehen?«

»Nicht sofort, aber später. Klar.«

»Sie wird auf jeden Fall da sein.«

»Wie bitte?« Kirschmann warf einen verständnislosen Blick zu mir herüber.

»Nichts.«

Ich erkannte den Türsteher sofort wieder. Aber zum Glück konnte er sich nicht mehr an mich erinnern. Deshalb nahm ich mir fest vor, mich an Weihnachten bei ihm erkenntlich zu zeigen. Er hielt uns die Tür auf, wie er das schon vorher mal für mich getan hatte, und während er sich mit Kirschmann unterhielt, unterbrach er kurz zweimal mitten im Satz, um zwei Leute, die das Gebäude betreten wollten, anzuhalten und zur Rede zu stellen. Offensichtlich hatte er einen Rüffel bekommen, daß er mich ins Haus gelassen hatte. Aber zumindest hatte ihn dieses kleine Mißgeschick nicht gleich den Job gekostet, was mich aufrichtig für ihn freute.

Nachdem er mir zum Gruß kurz zugenickt hatte, bedachte er mich keines weiteren Blickes mehr. Ich trug eine Uniform und stand direkt neben Kirschmann. Weshalb hätte er mich also genauer in Augenschein nehmen sollen?

Im Lift fuhr ein Mann mit uns nach oben, der wie ein Geistlicher gekleidet war. Vermutlich war er auch einer, aber er sah weniger wie ein Geistlicher aus, als ich wie ein Polizist aussah. Warum hätte ich mich also durch den äußeren Schein trügen lassen sollen? Bei dieser Gelegenheit wurde mir bewußt, daß ein Priestergewand keine schlechte Tarnung war, wenn ich wieder mal einen Einbruch plante. Damit käme ich mit Sicherheit problemlos an den meisten Türstehern vorbei. In einer Vorortgegend würde diese Verkleidung allerdings wenig nützen. Da kam es in erster Linie darauf an, möglichst wenig aufzufallen. Eine Briefträgeruniform wäre als Tarnung dort ideal. Natürlich kannten die meisten Leute ihren Briefträger, aber man konnte sich ja auch als Paketbote oder Eilzusteller ausgeben –

»An was denken Sie gerade, Bernie?«

»Ach, nur was Berufliches.«

Wir stiegen im dritten Stock aus und ließen den vermeintlichen Priester allein weiterfahren. Vor Flaxfords Wohnungstür entfernte Kirschmann erst mal die Plomben. Als er in seiner Hosentasche nach dem Schlüssel zu suchen begann, drückte ich auf den Klingelknopf. Aus dem Innern der Wohnung ertönte ein gedämpftes Läuten, und Kirschmann warf mir einen verständnislosen Blick zu.

»Reine Routinemaßnahme«, erklärte ich ihm.

»Sie glauben doch nicht im Ernst, da könnte jemand in der Wohnung sein, Bernie? Die Tür ist mit mehreren Plomben versiegelt.«

»Man kann nie wissen.«

»Aber das ist doch vollkommen unsinnig.«

»Es hat eben jeder seine Prinzipien. Und das ist eines von meinen.«

Kirschmann schnitt ein Gesicht, zückte den Schlüsselbund und versuchte einen Schlüssel ins Schloß zu stecken. Ich konnte sofort sehen, daß er nicht paßte. Beim zweiten Anlauf erwischte er den richtigen.

»Muß doch ein komisches Gefühl für Sie sein, Bernie. Ich meine, eine Tür mit einem Schlüssel aufzuschließen?«

Erst kurz zuvor hatte ich Darlas Schlüssel benutzt, um in ihre

Wohnung zu kommen, und jetzt benutzten wir den von Flaxford. Die einzige Wohnung, in die ich zur Zeit einbrechen mußte, war meine eigene.

»Als ich das letzte Mal durch diese Tür gegangen bin«, sagte Kirschmann, »war ein Einbrecher in der Wohnung.«

»Was soll da erst ich sagen? Bei mir war eine Leiche im Schlafzimmer.«

»Dann hoffen wir mal, daß es diesmal nicht so ist.«

Er brauchte den Schlüssel nur ein Stück nach rechts zu drehen, und die Tür ging auf. Er ging nach drinnen, sagte dabei etwas, was ich nicht verstand, und schaltete das Licht an. Dann drehte er sich zu mir um und winkte mich herein, ich aber rührte mich nicht von der Stelle.

»Was ist denn?« fragte er. »Worauf warten Sie noch?«

»Die Tür war nicht abgeschlossen.«

»Natürlich war sie das. Ich hab sie doch eben selbst aufgeschlossen.«

»Das war nur das Schnappschloß. Es läßt sich mit einer Vierteldrehung des Schlüssels öffnen. Aber ein Schloß hat auch noch einen Schließbolzen, und wenn der vorsteht, muß man den Schlüssel eineinhalbmal herumdrehen, um die Tür aufzubekommen.«

»Na und?«

»Die letzte Person, die in der Wohnung war, hat sich nicht die Mühe gemacht, die Tür wieder ordnungsgemäß abzuschließen. Sie hat sie lediglich zugezogen.«

»Na, und wenn schon. Vielleicht hatte sein Partner den Schlüssel einstecken und war schon auf dem Weg zum Lift, und er hatte keine Lust mehr, extra den Schlüssel zu holen. Vielleicht hatte er auch ganz einfach vergessen, die Tür abzuschließen. Die meisten Menschen drücken beim Verlassen ihrer Wohnung nur die Tür zu und schließen nicht noch zusätzlich ab.«

»Ich weiß. Damit erleichtern sie Leuten wie mir die Arbeit ja auch ganz ungemein.«

»Derjenige, der also zuletzt in der Wohnung war, hat die Tür nicht ordnungsgemäß abgeschlossen. Warum auch? Erstens war es nicht seine Wohnung, und zweitens hat er doch die Plomben an der Tür angebracht. Das Ganze hat also absolut nichts zu bedeuten, Bernie.«

»Vermutlich haben Sie recht«, nickte ich. Aber zugleich begann in einer meiner hintersten Gehirnwindungen plötzlich eine vage Idee Gestalt anzunehmen. »Ich habe die Tür jedenfalls abgeschlossen.«

Kirschmann sah mich leicht verständnislos an.

»Nachdem ich die Wohnung betreten hatte, habe ich sofort die Tür hinter mir geschlossen und an diesem Knopf da gedreht. Damit läßt sich der Schließbolzen von innen betätigen.«

»Na und?«

»Als Sie und Kramer mit dem Türsteherschlüssel ankamen, mußten Sie ihn erst einmal voll herumdrehen, um den Schließbolzen zu entriegeln und dann noch einmal ein Stück, um das Schnappschloß zu lösen.«

»Sie müssen es ja wissen, Bernie.« Langsam verlor Kirschmann die Geduld. »Ich wäre jedenfalls der letzte, der an Ihrer Aussage zweifeln würde. Ehrlich gestanden achte ich nie darauf, wie oft ich einen Schlüssel herumdrehe, und schon gar nicht, wenn ich nicht weiß, was mich auf der anderen Seite der Tür erwartet. Ich verstehe wirklich nicht, was das Ganze eigentlich soll. An sich dachte ich, Sie wollten unbedingt in diese Wohnung, aber statt dessen stehen Sie nur vor der Tür rum und faseln irgendwelches wirres Zeug über Schnappschlösser und Schließbolzen –«

»Sie haben vollkommen recht, Ray«, unterbrach ich ihn, betrat die Wohnung, zog die Tür hinter mir zu und drehte an dem Knopf, mit dem sich der Schließbolzen betätigen ließ.

Flaxfords Apartment wirkte unverändert. Wenn die Berserker, die meine Wohnung auf dem Gewissen hatten, für Michael Debus gearbeitet hatten, dann waren sie in J. Francis Flaxfords Fall ganz offensichtlich dazu angehalten worden, etwas rücksichtsvoller vorzugehen. Dazu kam natürlich, daß sie meine Wohnung inoffiziell durchsucht hatten, während der Besuch bei Flaxford mit behördlicher Genehmigung erfolgt und mit Sicherheit in irgendwelchen Akten vermerkt worden war. Demzufolge standen

Flaxfords Bücher noch in den Regalen und seine Kleider hingen noch im Schrank. Niemand hatte seine Möbel aufgeschlitzt, seinen Teppichboden herausgerissen oder seine Bilder von den Wänden gerissen.

Das fand ich ganz schön ungerecht. Flaxford war ein skrupelloser Erpresser mit engen Kontakten zur Unterwelt gewesen. Außerdem war er tot und würde seine Kleider ebensowenig tragen, wie er seine Bücher je wieder lesen oder seine Wohnung bewohnen würde, und trotzdem hatte man seine Sachen mit der allergrößten Vorsicht behandelt. Dagegen war man bei mir, der ich durchaus noch Verwendung für meine Wohnung und deren Inhalt gehabt hätte, mit unvorstellbarer Rücksichtslosigkeit vorgegangen.

Anstatt jedoch noch länger meinen Gedanken über die Ungerechtigkeit der Welt nachzuhängen, machte ich mich an die Arbeit. Ich begann mit der Suche im Schlafzimmer. Auf dem Orientteppich (ich habe keine Ahnung, was für ein Typ) waren mit Kreide die Umrisse des Toten eingezeichnet. Er hatte schräg neben dem Bett gelegen. Seine gespreizten Beine hatten in Richtung Tür gezeigt. An der Stelle, wo sich sein Kopf befunden hatte, waren mehrere dunkelbraune Flecken zu sehen, und ein paar ähnliche Flecken verunzierten auch das ungemachte Bett.

»Blut?« sagte ich, zu Kirschmann gewandt. Und als er nur nickte, fügte ich hinzu: »Normalerweise denkt man immer, Blut wäre rot.«

»In getrocknetem Zustand ist es immer braun.«

»Mhm. Flaxford muß aufs Bett gefallen sein, als er eine übergezogen bekam, und ist erst später auf den Boden gerutscht.«

»So sieht es zumindest aus.«

»In der Zeitung stand, daß er mit einem Aschenbecher erschlagen wurde. Wo ist das Ding?«

»Ich dachte, es wäre eine Lampe gewesen. Sind Sie sicher, daß es ein Aschenbecher war?«

»Das stand zumindest in der Zeitung.«

»Die wissen ja immer alles besser. Ganz gleich, womit er erschlagen wurde, die Mordwaffe haben auf jeden Fall die Leute von der Spurensicherung. Damit nehmen sie es nämlich immer ganz besonders genau. Das Ding wird erst 16 verschiedenen Labortests unterzogen und ein paar hundertmal fotografiert, bevor es in irgendeinem Beweismittel-Depot landet.« Er räusperte sich. »Selbst wenn die Mordwaffe noch hier rumliegen würde, könnte ich nicht zulassen, daß Sie sich daran zu schaffen machen, Bernie. Nur damit das klar ist: Von sämtlichen Beweismitteln lassen Sie besser die Finger.«

»Ich hab mich nur gewundert, was daraus geworden ist.«

»Fragen kostet ja auch nichts.«

Ich ging um das Bett herum und blieb vor einem Ölgemälde in einem schweren Goldrahmen stehen. Mir war natürlich klar, daß sich bestimmt schon ein Dutzend Leute in Flaxfords Wandsafe umgesehen hätten, falls es in seiner Wohnung so etwas gab. Trotzdem schob ich das Bild zur Seite. Nichts als die nackte Wand war dahinter.

Ich schüttelte den Kopf. »Eigentlich kann ich kaum glauben, daß Flaxford keinen Safe hatte. Er muß doch ständig größere Summen Bargeld zu Hause rumliegen gehabt haben. Kann natürlich sein, daß er sich einfach nichts dabei gedacht hat.«

»Was heißt hier größere Summen Bargeld? Der Mann hatte Immobilien und eine Leidenschaft fürs Theater, Bernie. Wieso sollte er da größere Mengen Bargeld zu Hause rumliegen gehabt haben? Dafür kämen höchstens die Abendeinnahmen von der Theaterkasse in Frage, und die nimmt heute kein Mensch mehr mit nach Hause, sondern bringt sie sofort auf die Bank. Ganz abgesehen davon, wieviel werden sie bei diesen kleinen Experimentierbühnen, an denen er beteiligt war, an einem Abend schon einnehmen?«

Kirschmann hatte natürlich vollkommen recht. Trotzdem sagte ich: »Flaxford hatte eine Reihe von dubiosen Bekannten. Wie es scheint, hat er für verschiedene hochrangige Politiker gearbeitet, die sich bei der Ausübung ihres Amtes, wie soll ich es nennen, gewisse Unregelmäßigkeiten zuschulden kommen ließen. Seine Aufgabe bestand wohl vor allem darin, die Dinge wieder ins Lot zu bringen, wenn etwas schief gelaufen war und seinen Auftraggebern der Boden zu heiß unter den Füßen wurde. Außerdem hat Flaxford eine ganze Reihe von Leuten erpreßt.«

»Ich dachte, Sie hätten diesen Kerl gar nicht gekannt.«

»Habe ich auch nicht.«

»Und woher wissen Sie dann plötzlich so genau über ihn Bescheid?«

»Ich habe eben auch meine Beziehungen«, erwiderte ich betont geheimnisvoll. »Im übrigen muß man auch bei der Polizei von Flaxfords dunklen Machenschaften gewußt haben. Es würde mich jedenfalls sehr wundern, wenn Ihnen davon bisher noch nichts zu Ohren gekommen wäre.«

»Nicht ein Wort. Warum hätte sich jemand die Mühe machen sollen, ein bißchen nachzubohren. Wir hatten doch bereits den Mörder. Der Fall war für uns sonnenklar. Was hätten wir uns da noch mit Detailfragen herumschlagen sollen?«

»Sonnenklar«, schnaubte ich verbittert.

»Wenn Sie mir jetzt vielleicht endlich mal sagen könnten, Bernie, wonach wir eigentlich suchen –«

»*Wir* suchen hier nach gar nichts, Ray. Ich suche nach etwas.«

»Ja, aber nach was?«

»Das weiß ich erst, wenn ich es gefunden habe.«

»Angenommen, ich sehe es?«

Vorsichtig stieg ich über die Kreidestriche auf dem Teppich, als läge die Leiche, deren Lage sie fixierten, immer noch dort. Ich ging auf den Flur hinaus, um einen Blick ins Bad zu werfen. Es war im Verhältnis zum Rest der Wohnung auffallend groß, woraus ich schloß, daß die Wohnungen im Haus ursprünglich wesentlich größer gewesen und im Zuge gründlicher Renovierungsmaßnahmen in mehrere kleinere Wohneinheiten unterteilt worden waren. In der Ecke stand eine altmodische Gußeisenbadewanne mit Löwenpranken, ein Relikt aus vergangenen Zeiten, das in reizvollem Kontrast zu dem hypermodernen Waschbecken und der Toilette stand. Unter Kirschmanns verständnislosen Blicken drehte ich den Wasserhahn über dem Waschbecken auf und betätigte die Klospülung.

»Nur zu Ihrer Erinnerung«, sagte ich. »Hätte Kramer sich nicht in der Tür geirrt, als er von der Toilette zurückkam, wäre uns diese unangenehme Geschichte erspart geblieben.«

»Das allerdings. Wer weiß, wann überhaupt mal jemand auf den armen Teufel aufmerksam geworden wäre.«

»Das hätte vermutlich Tage gedauert.«

»Tja, da haben Sie wirklich Pech gehabt, Bernie. Wir hätten uns natürlich unseren Teil gedacht, wenn wir ein paar Tage später von der Leiche im Schlafzimmer gehört hätten. Aber was hätten wir im nachhinein noch tun können? Mit gesenkten Köpfen beim Captain vorsprechen und ihm beichten, daß wir Sie bereits geschnappt hatten und dann gegen ein kleines Schmiergeld wieder haben laufen lassen? Ganz abgesehen davon hätte man vermutlich gar nicht mehr genau feststellen können, ob Sie tatsächlich an dem Abend, an dem er umgebracht wurde, in seiner Wohnung waren. Wenn nämlich die Leiche erst sehr spät entdeckt wird, läßt sich der Todeszeitpunkt nicht mehr so genau bestimmen.«

»Aber Kramer mußte natürlich über die Leiche stolpern. Und das auch noch aus purer Blödheit.«

Ich wollte gerade aus dem Bad ins Schlafzimmer zurückkehren, als ich es mir anders überlegte und statt dessen ins Wohnzimmer ging. Ich hätte natürlich noch Flaxfords Kleiderschrank nach irgendwelchen Geheimfächern und doppelten Böden absuchen können, aber irgendwie schien mir das nicht so recht zu ihm zu passen.

Der Schreibtisch.

Ich blieb davor stehen und begann ihn abzuklopfen. Darla Sandovals Aussagen zufolge hatte Flaxford die blaue Schatulle in den Schreibtisch gelegt, nachdem er ihr die Fotos gezeigt hatte. Der Schreibtisch war abgeschlossen gewesen, als ich in die Wohnung eingebrochen war und Flaxford bereits tot im Schlafzimmer lag. Ich hatte zwar schon alle Schubladen gründlich durchsucht, wußte aber aus Erfahrung, daß es gerade in so alten Möbeln häufig irgendwelche Geheimfächer und doppelte Böden gab. Mein ursprünglicher Auftrag hatte gelautet, in Flaxfords Schreibtisch nachzusehen. Das hatte ich getan, als Kirschmann und Kramer aufgetaucht waren. Und genau das würde ich jetzt wieder tun.

Ich holte mein Einbruchswerkzeug heraus. »Machen Sie sich's

ruhig bequem«, forderte ich Kirschmann auf. »Das Ganze wird bestimmt eine Weile dauern.«

Es dauerte eine knappe Stunde. Ich nahm jede Schublade heraus und untersuchte sie sorgfältig. Dann schob ich den Rolladenaufsatz hoch. Ich fand dort mehr Geheimfächer, als ich Zähne im Mund hatte. Sie waren alle leer. Nur eines enthielt eine kleine Sammlung schlüpfriger Romane, die wohl der ursprüngliche Besitzer des Schreibtischs, ein viktorianischer Gentleman, dort versteckt hatte. Ich reichte Kirschmann die Heftchen, der sich schon vor einiger Zeit beschwert hatte, daß Flaxfords Bücherschrank nichts Aufregenderes zu bieten hatte als zwei ledergebunde Bände von Motleys *Aufstieg der holländischen Republik*.

Ich setzte meine Schreibtischexpedition fort. Hin und wieder mußte ich dabei auch ein Paneel entfernen, von dem ich genau wußte, daß ich es nachher nicht mehr würde anbringen können. Das tat mir zwar leid, bereitete mir aber sonst keine weiteren Kopfschmerzen. Irgendwann wurde mir klar, daß egal, wie viele Geheimfächer der Schreibtisch noch beherbergte, Flaxford die blaue Schatulle auf keinen Fall in einem von ihnen aufbewahrt haben konnte. Es hätte viel zu lange gedauert, sie aus ihrem Versteck zu holen und dort wieder zu verstauen.

Eine Weile starrte ich nachdenklich auf den Schreibtisch und sah meine Felle schon davonschwimmen. Bei diesem Gedanken mußte ich unwillkürlich an fließendes Wasser denken, und das wiederum lenkte meine Schritte in Richtung Bad. Während ich dort den Niagara-Fällen Konkurrenz machte, wurde meine ganze Aufmerksamkeit plötzlich von dem altmodischen Fliesenboden unter meinen Füßen gefesselt. Die weißen und hellblauen Fliesen waren in einem raffinierten geometrischen Muster verlegt. Als ich jedoch ernsthaft mit dem Gedanken zu spielen begann, den ganzen Boden herauszureißen, wurde mir bewußt, daß ich bereits kurz vor dem Durchdrehen sein mußte. Kurz entschlossen drückte ich die Klospülung, wusch mir die Hände, trocknete sie an meiner Uniformhose ab, löste Kramers Knüppel aus seiner Halterung, schlug damit ziemlich kräftig in meine Handfläche und verließ schleunigst das Bad.

Anstatt ins Wohnzimmer zurückzukehren, folgte ich dem Weg, den Loren Kramer an jenem verhängnisvollen Abend eingeschlagen hatte, und ging nach rechts ins Schlafzimmer. Dort nahm ich mir als erstes den Schrank vor. Da ich jedoch wußte, daß ich darin außer Kleidern nichts finden würde, durchsuchte ich ihn nur sehr oberflächlich.

Gerade wollte ich das Schlafzimmer unverrichteter Dinge wieder verlassen, als mir etwas ins Auge stach. Ich hatte den winzigen Gegenstand eigentlich nur aus dem Augenwinkel bemerkt, ein kleines Stück Papier, das zwischen Bettpfosten und Wand festgeklemmt war.

Ich kniete nieder und sah mir den Gegenstand aus nächster Nähe an. Wie sich herausstellte, paßte er ganz hervorragend zu einer Theorie, die mir schon eine ganze Weile durch den Kopf spukte. Schließlich stand ich wieder auf und ging ins Wohnzimmer zurück.

Ich schob gerade die letzte Schublade in den Schreibtisch zurück, als Kirschmann sagte: »Was zum Teufel soll flagrinieren bedeuten?«

Ich bat ihn, mir das Wort zu buchstabieren. Als das nichts half, nahm ich ihm das Buch aus der Hand. »Wahrscheinlich bedeutet es nichts anderes, als sich über eine Frau hermachen«, sagte ich schließlich.

»Das habe ich mir fast gedacht. Warum hat das dieser Blödmann dann nicht einfach hingeschrieben?«

»Andere Zeiten, andere Sitten.«

»Quatsch.«

Während er sich wieder in seinen viktorianischen Porno vertiefte, ging ich eine Weile nachdenklich im Raum auf und ab und ließ mich schließlich wieder in den grünen Sessel sinken, in dem ich es mir gemütlich gemacht hatte, bevor ich bei meinem ersten Besuch in Flaxfords Wohnung meine Suchaktion gestartet hatte. Ich schwang die Füße auf den Schemel, holte tief Luft und versuchte mich noch einmal in die »Schwingungen« der Wohnung einzufühlen, wie Loren Kramer es vermutlich ausgedrückt hätte.

Du bist jetzt J. Francis Flaxford, suggerierte ich mir. Und du sitzt gerade im Bademantel in diesem Sessel – das heißt, eigentlich müßte man von einem Morgenmantel sprechen, weil er so elegant wirkt. Jedenfalls solltest du längst im Theater sein, aber du hast es dir zu Hause gemütlich gemacht – mit einem Glas Brandy, einem guten Buch, einer Zigarre und...

»Das ist aber eigenartig«, sagte ich unvermittelt.

»Was?«

»Sie müssen beide Aschenbecher mitgenommen haben.«

»Wie bitte?«

»Auf diesem Tisch stand ein massiver Kristallaschenbecher.«

»Den haben sie im Schlafzimmer gefunden. Damit ist er erschlagen worden. Ich habe Ihnen doch gesagt, daß sie die Tatwaffe im Labor immer besonders gründlichen Untersuchungen unterziehen.«

»Nein, es gab in der Wohnung noch einen zweiten Aschenbecher. Er stand hier auf diesem Tisch. Vermutlich sah er genau aus wie der, mit dem Flaxford erschlagen wurde. Aber warum haben sie beide Aschenbecher mitgenommen?«

»Keine Ahnung.«

»Einfach nur der Gründlichkeit halber?«

»Bernie, wir haben nicht mehr viel Zeit.«

»Ich weiß.«

»Und Sie haben noch immer nicht gefunden, was Sie suchen.«

»Dafür etwas anderes.«

»Im Schreibtisch?«

»Nein, im Schlafzimmer.«

»Und was ist es?«

Als ich nicht gleich mit der Antwort herausrückte, drang er nicht weiter in mich. »Jedenfalls nicht das, wonach Sie eigentlich gesucht haben. Was ist das überhaupt? Vielleicht habe ich es gesehen.«

»Das halte ich für ziemlich unwahrscheinlich.«

»Man kann nie wissen.«

»Eine blaue Schatulle«, sagte ich. »Eine mit blauem Leder bezogene Schatulle.«

»Wie groß?«

»Meine Güte, Ray«, stöhnte ich. »Entweder haben Sie hier eine blaue Schatulle rumliegen sehen oder nicht. Welche Rolle spielt es da noch, wie groß das Ding ist?«

»Sie haben nur gesagt, eine Schatulle. Die könnte so groß wie eine Zigarettenschachtel sein oder wie ein Schuhkarton.«

»Etwa so groß.« Ich zeichnete ihre Größe mit den Händen in die Luft. »Wie ein Buch ungefähr.« Dabei fielen mir Darlas Worte wieder ein. *Etwa so groß wie eine Hardcover-Ausgabe. Vielleicht sogar etwas größer – wie ein Lexikon.* »Mein Gott!« Ich schlug mir mit der flachen Hand gegen die Stirn.

»Was ist denn jetzt schon wieder?«

»Ich bin ein Riesenidiot«, sagte ich. »Aber abgesehen davon ist alles in Ordnung.«

Es dauerte etwa drei Minuten, um sie zu finden, und weitere fünf Minuten, um festzustellen, daß es sich bei allen anderen ledergebundenen Bänden um das handelte, was sie zu sein vorgaben. Flaxfords blaue Lederschatulle war nichts anderes als eine Buchattrappe, getarnt als eine Ausgabe von Darwins *Vom Ursprung der Arten*. Geöffnet sah sie aus wie eine Schmuckschatulle, in der man zum Beispiel Krawattennadeln und Manschettenknöpfe aufbewahrt. Aufrecht im Bücherschrank stehend war sie jedoch nicht von den echten Büchern zu unterscheiden.

Wenn sich die Gorillas, die meine Wohnung auf den Kopf gestellt hatten, das Apartment von Flaxford mit derselben Gründlichkeit vorgenommen hätten, hätten sie die Schatulle mit Sicherheit entdeckt. Diese Bibliothek war allerdings nie einer so eingehenden Überprüfung unterzogen worden.

»Wollen Sie das Ding denn nicht öffnen, Bernie?«

Ich sah Kirschmann finster an und setzte mich wieder in den grünen Sessel. Als er darauf an meiner Seite auftauchte, erklärte ich höflich, aber bestimmt: »Ich mag es nicht, wenn man mir bei der Arbeit zusieht, Ray. Sie setzen sich jetzt brav wieder hin und lesen Ihr Buch weiter, während ich mir in aller Ruhe diese Schatulle vornehme.«

»Na schön, wenn Sie meinen«, brummte er und kehrte auf seinen Platz zurück, um sich wieder in seine Lektüre zu vertiefen. Mir entging jedoch nicht, daß er beim Lesen immer wieder verstohlen zu mir herüberlinste.

»Bin gleich wieder zurück«, sagte ich. »Ich muß nur mal kurz wohin.«

Ich nahm die blaue Schatulle und verließ den Raum. Allerdings ging ich damit nicht ins Bad, sondern schnurstracks ins Schlafzimmer. Aus Erfahrung wußte ich, daß in so eine Schatulle etwa genauso leicht reinzukommen war wie in eine besoffene Nymphomanin. Unter dem Ledereinband befand sich ein verstecktes Kombinationsschloß. Um es aufzubekommen, gab es zwei Möglichkeiten. Entweder man brachte die drei Drehknöpfe mit jeweils zehn Zahlen in die richtige Position, oder man rückte dem Ding mit einem Stemmeisen zu Leibe.

Für die letztere Methode hatte ich es nicht eilig genug, und außerdem wollte ich nicht, daß man der Schatulle sofort ansah, daß sie schon mal geöffnet worden war. Also probierte ich eine Weile an den Drehknöpfen herum, bis ich das Schloß offen hatte. Ich nahm eine flüchtige Bestandsaufnahme vor und ließ den Inhalt kurzerhand in meinen Besitz übergehen. Zum Glück fand alles in den Taschen meiner Uniform Platz, ohne daß sie sich gar zu auffällig wölbten.

Dann rückte ich das Bett ein paar Zentimeter von der Wand ab. Der winzige Gegenstand, der kurz zuvor meine Aufmerksamkeit erregt hatte, war nun wesentlich besser zu sehen. Ich fischte ihn mit Loren Kramers Knüppel unter dem Bett hervor, faßte ihn mit Daumen und Zeigefinger ganz vorsichtig an den Kanten an und legte ihn in die legendäre blaue Schatulle.

Dann klappte ich den Deckel zu und verschloß die Schatulle.

Auf dem Weg zurück ins Wohnzimmer gab ich der Geschichte eine Chance, sich zu wiederholen, und betätigte die Klospülung. Als ich den Raum betrat, sah Kirschmann auf und sagte: »Probleme mit der Verdauung?«

»Sieht fast so aus.«

»Ich werde allmählich auch ein bißchen nervös. Sollten wir nicht besser langsam verschwinden?«

»Nichts einzuwenden. Die Schatulle kann ich auch zu Hause aufmachen.«

»Wollen Sie sich denn nicht lieber gleich vergewissern, was sie enthält?«

»Das kann ruhig noch ein paar Minuten warten. Außerdem sollten wir zusehen, daß wir so schnell wie möglich von hier wegkommen. Nachdem Kramer schon so todunglücklich war, daß er zu Hause bleiben mußte, soll er wenigstens dabeisein, wenn wir die Schatulle knacken. Außerdem glaube ich schon ziemlich genau zu wissen, was sie enthält.«

»Und denken Sie, damit können Sie Ihren Kopf noch mal aus der Schlinge ziehen?«

»Nicht nur das«, nickte ich. »Ich werde sie auch noch dem wirklichen Mörder um den Hals legen.«

Wir sahen uns kurz in der ganzen Wohnung um, ob alles wieder so war, wie wir es vorgefunden hatten. Von den schweren inneren Verletzungen, die ich dem Schreibtisch beigebracht hatte, war von außen nichts zu sehen. Auch der Bücherschrank wirkte unverändert. Außen an der Tür brachte Kirschmann wieder eine Plombe an, trug Zeitpunkt und Datum ein und setzte seine Unterschrift darunter. Dann steckte er mit einem vielsagenden Blick den Schlüssel ins Schloß und sperrte ab.

Der Schließbolzen schnappte mit einem leisen Klicken zu, und im selben Augenblick fiel auch bei mir der Groschen.

16

Als wir in Darla Sandovals Liebesnest zurückkamen, war Loren Kramer einem Nervenzusammenbruch nahe. Er hatte sich direkt hinter der Wohnungstür postiert, so daß ich sie ihm beim Öffnen versehentlich gegen den Kopf stieß. Er schrie laut auf. Kirschmann riß die Tür zurück und starrte seinen Partner fassungslos an. »Bist du eigentlich noch zu retten?« fluchte er los. »Ich habe dir doch gesagt, du sollst dich auf die Couch setzen.«

»Woher hätte ich denn wissen sollen, daß ihr es seid, Ray.«

»Mein Gott«, seufzte Kirschmann. »Sich hinter der Tür zu verstecken.«

»Ich bin nur langsam ein bißchen nervös geworden. Ihr wart ganz schön lange weg, und ich habe angefangen, mir Sorgen zu machen.«

»Na ja, Bernie mußte ja auch nach einer Schatulle suchen, die gar keine war. Hat wirklich Spaß gemacht, ihm dabei zuzuschauen. Er hat einen ganzen Schreibtisch auseinandergenommen. Und dann stellte sich heraus, daß die Schatulle, nach der er gesucht hat, im Bücherschrank stand. Das ist sie übrigens. Sie war als Buch getarnt.«

»Wie in ›Der gestohlene Brief‹«, sagte Kramer.

»Wie bitte?«

»Das ist eine Kurzgeschichte von Edgar Allen Poe«, warf ich ein. »Nur trifft diese Parallele hier nicht ganz zu, Loren. Bei Poe geht es um ein Buch, das in einem Bücherschrank versteckt ist. In diesem Fall haben wir es mit einer Schatulle zu tun, die als Buch getarnt war.«

»Ich kann da eigentlich keinen so großen Unterschied sehen«, erwiderte Kramer unwirsch.

Während wir uns darüber weiter den Kopf zerbrachen, ging Kirschmann in die Küche und machte sich einen Drink. Als er zurückkam, nahm er einen kräftigen Schluck und sagte, es sei langsam an der Zeit, die Schatulle aufzumachen.

»Und auch Zeit, daß ich meinen Revolver zurückbekomme«, machte Kramer geltend. »Und meinen Knüppel, mein Abzeichen, meine Handschellen und meine Mütze. Nichts für ungut, Bernie, aber ich sehe es nun mal nicht gern, wenn die Sachen jemand trägt, der nicht bei der Polizei ist.«

»Das kann ich gut verstehen, Loren.«

»Ganz abgesehen davon fühle ich mich ohne den ganzen Krempel einfach nicht richtig angezogen. Wissen Sie, eine Waffe müssen wir ja immer tragen – eine vernünftige Regelung, wenn man bedenkt, wie viele Überfälle schon von Polizisten, die gerade nicht im Dienst waren, vereitelt worden sind.«

Ich mußte in diesem Zusammenhang eigentlich mehr an die footballbegeisterten Polizisten denken, die sich nach Dienstschluß so hitzige Diskussionen über die Knicks und die Mets lieferten, daß sie irgendwann sogar zur Waffe griffen. Aber da

Kramer das sicher nicht besonders witzig gefunden hätte, hielt ich lieber den Mund.

»Die Schatulle.« Kirschmann wurde langsam ungeduldig.

»Könnte ich vorher vielleicht noch meine Sachen zurückhaben?« verlangte Kramer.

»Mein Gott«, stöhnte Kirschmann.

Ich wog die Schatulle in meiner Hand. »Ob Sie's glauben oder nicht – an sich ist diese Schatulle gar nicht so wichtig.«

Kirschmann starrte mich finster an. »Vor kurzem war sie Ihnen aber noch 10000 Dollar wert, Bernie. Und angeblich sollte ihr Inhalt den Beweis erbringen, daß sie Flaxford nicht ermordet haben, obwohl ich gestehen muß, daß ich das noch nie so recht glauben konnte. Trotzdem will ich Ihnen der Einfachheit halber vorerst mal abnehmen, daß Sie Flaxford tatsächlich nicht umgebracht haben. Es ist mir allerdings ein Rätsel, wie Sie das mit Hilfe des Inhalts dieser Schatulle beweisen wollen.«

»Das will ich auch gar nicht«, mußte ich zugeben.

»Soll das heißen, der Beweis ist nicht in der Schatulle?«

Ich nickte. »Was sie enthält, ist zwar für jemanden aus meinem Bekanntenkreis von größter Bedeutung, nicht aber für die Lösung des Falls. Ausschlaggebend war letztendlich, daß ich mich noch mal in der Wohnung umsehen konnte, Ray. Erst im nachhinein ist mir bewußt geworden, wonach ich eigentlich gesucht hatte. Ursprünglich war ich der Überzeugung, des Rätsels Lösung läge in dieser Schatulle.«

»Das ist mir leider etwas zu hoch«, brummte Kirschmann. Er sah mich mißtrauisch an, als rechnete er damit, daß ich jeden Augenblick ein Kaninchen aus der Schatulle hervorzauberte oder sonst einen faulen Trick aus dem Ärmel schüttelte. »Machen Sie's doch nicht so spannend, Bernie. Was haben Sie nun eigentlich in der Wohnung gefunden?«

»Zuerst einmal war die Tür nicht richtig abgeschlossen. Die Person, die sich zuletzt dort aufgehalten hat, hat beim Verlassen der Wohnung nicht mit dem Schlüssel abgeschlossen, sondern nur die Tür zugezogen. Deshalb war sie lediglich durch das Schnappschloß gesichert, aber nicht durch den Schließbolzen.«

»Geht das schon wieder los«, stöhnte Kirschmann. »Ich habe

Ihnen doch schon gesagt, daß ein Polizist die Tür einfach zugedrückt und sich nicht die Mühe gemacht hat, mit dem Schlüssel abzuschließen. Was soll daran so Besonderes sein?«

»Nichts. Tatsache ist nur, daß die Tür abgeschlossen war, als ich in Flaxfords Wohnung eingebrochen bin. Sie war zum einen durch das Schnappschloß und zum anderen durch den Schließbolzen gesichert, so daß es einige Zeit gedauert hat, bis ich den Zylinder anderthalbmal herumgedreht hatte. Das war aber nicht weiter tragisch, weil ich von solchen Dingen zufällig einiges verstehe –«

»Was man sich da alles anhören muß.«

»Ich habe mir also erst den Schließbolzen vorgenommen und dann das Schnappschloß geöffnet.«

»Das ist ja alles schön und gut, aber –«

»Demnach muß der Mörder beim Verlassen der Wohnung einen Schlüssel bei sich gehabt und sich auch noch die Zeit genommen haben, die Tür abzuschließen – wohlgemerkt, mit einer Leiche im Schlafzimmer. Oder Flaxford hat die Tür selbst verriegelt, indem er den Schließbolzen mit dem Drehknopf von innen vorgelegt hat. Je länger ich darüber nachdenke, desto weniger kann ich mir vorstellen, daß der Mörder einen Schlüssel hatte, geschweige denn, daß er damit beim Verlassen der Wohnung auch noch die Tür abgeschlossen hat.«

Inzwischen hörten mir Kirschmann und Kramer zwar aufmerksam zu, begriffen allerdings nicht so recht, worauf ich hinauswollte. »Sie meinen also, Flaxford hat sich selbst eingeschlossen?« fragte Kirschmann schließlich.

»Genau das meine ich.«

»Aber damit liefern Sie sich doch selbst ans Messer, Bernie. Falls er die Tür von innen verriegelt hat und sie noch abgeschlossen war, als Sie in die Wohnung eingebrochen sind, muß Flaxford zu diesem Zeitpunkt noch am Leben gewesen sein.«

»Richtig.«

»Demnach können nur Sie ihn umgebracht haben.«

»Falsch.« Ich klopfte mit Kramers Knüppel bedächtig gegen meine Handfläche. »In diesem Punkt habe ich Ihnen gegenüber einen gewissen Vorsprung«, fuhr ich fort. »Ich weiß nämlich ganz sicher, daß ich Flaxford nicht umgebracht habe. Deshalb hat die Tatsache, daß er noch am Leben war, als ich seine Wohnung betrat, für mich einen anderen Stellenwert als für Sie. Es bedeutet, daß ich inzwischen sicher weiß, wer ihn umgebracht hat.«

»Wer?«

»Liegt das denn nicht längst auf der Hand?« Ich deutete mit dem Knüppel auf Kramer. »Ihr Partner Loren. Wer sonst?«

Ich behielt Kramers rechte Hand die ganze Zeit scharf im Auge. Sie fuhr ganz automatisch an die Stelle, wo er normalerweise seine Waffe trug. Im selben Moment wurde ihm jedoch bewußt, daß der Revolver noch an meinem Gürtel hing, und noch während er versuchte, unauffällig die Hand sinken zu lassen, merkte er, daß mir diese verräterische Handbewegung nicht entgangen war, und errötete heftig.

»Sind Sie inzwischen vollkommen verrückt geworden?« zischte er aufgebracht.

»Nicht die Spur.«

»Wenn das nicht wieder mal typisch Zwilling ist. Man stellt einfach aufs Geratewohl irgendeine aberwitzige Behauptung in den Raum und sieht zu, wie die anderen darauf reagieren. Ray, ich finde, wir nehmen den Kerl fest. Und zwar gleich mit Handschellen. Immerhin ist er uns schon einmal entwischt.«

Für einen Moment sagte Kirschmann nichts. Dann wandte er sich mit finsterer Miene zu mir: »Haben Sie sich diese Räubergeschichte eben erst aus den Fingern gezogen, Bernie?«

»Ich habe mir gar nichts aus den Fingern gesogen, Ray. Die Sache hat Hand und Fuß.«

»Hör mal zu, Ray, du wirst dir doch diesen Quatsch nicht noch länger anhören.«

»Sei du erst mal still«, fuhr ihm Kirschmann barsch über den Mund, um sich dann wieder mir zuzuwenden. »Sprechen Sie ruhig weiter, Bernie. Ich bin ganz Ohr. Aber vielleicht sollten wir das Ganze noch mal von vorne durchgehen.«

»Gern«, nickte ich. »Im Grunde genommen ist die Sache ganz einfach. Ich wußte, daß J. Francis Flaxford an besagtem Abend nicht zu Hause sein sollte. Deshalb habe ich ganz bewußt diesen Zeitpunkt gewählt, um bei ihm einzubrechen. Meinen Auftraggebern zufolge hatte er vor, zu einer Theaterpremiere zu gehen. Er war also dabei, sich zum Ausgehen fertig zu machen und wollte gerade in seine Abendgarderobe schlüpfen. Und dann ist es passiert. Ich weiß nicht, ob er einen Schlaganfall oder einen Herzinfarkt hatte oder einfach nur unglücklich gestürzt ist. Wie dem auch sei, er lag also, nur mit seinem Morgenmantel bekleidet, bewußtlos auf dem Bett. Vermutlich hat er beim Fallen die Nachttischlampe oder sonst einen schweren Gegenstand umgestoßen. Das war das Geräusch, das einen Nachbarn veranlaßt hat, die Polizei zu verständigen. Aber das tut im Augenblick nichts weiter zur Sache. Wichtig ist in diesem Zusammenhang nur, daß Flaxfords Wohnungstür von innen abgeschlossen war, als er bewußtlos im Schlafzimmer lag und ich in die Wohnung einbrach.«

»Ich habe keine Lust, mir diesen Unsinn noch länger anzuhören«, fuhr Kramer dazwischen.

»Laß ihn ruhig weiterreden, Loren«, sagte Kirschmann ruhig. »Vorerst tut Bernie nichts anderes, als laut nachzudenken. Und daran ist doch hoffentlich nichts auszusetzen, oder?«

»Also schön. Ich verschaffte mir Zutritt zu Flaxfords Wohnung und machte mich unverzüglich an die Arbeit. Dummerweise versäumte ich es allerdings, einen Blick in die anderen Räume der Wohnung zu werfen. Statt dessen nahm ich mir gleich den Schreibtisch vor, in dem die Schatulle hätte versteckt sein sollen. Allerdings konnten meine Auftraggeber nicht wissen, daß sie in Wirklichkeit als Buch getarnt im Bücherschrank stand. Deshalb suchte ich immer noch im Schreibtisch nach der Schatulle, als Sie beide auftauchten. Wir regelten die Sache unter uns und wollten uns gerade aus dem Staub machen, als Loren plötzlich ganz dringend mußte.«

»Und weiter?«

»Seinen Aussagen zufolge ging er ins Bad, und als er dort fertig war, irrte er sich auf dem Rückweg in der Tür und geriet versehentlich ins Schlafzimmer. Dort entdeckte er Flaxfords Leiche. Er machte auf der Stelle kehrt und rannte ins Wohnzimmer. Dort stammelte er noch kurz etwas von einer Leiche im Schlafzimmer, bevor er ganz grün im Gesicht wurde und in Ohnmacht fiel.«

»Das haben wir ja beide gesehen, Bernie. Und dann haben Sie sich wie ein wildgewordener Stier auf mich gestürzt und aus dem Staub gemacht.«

»So hat es sich jedenfalls für uns dargestellt«, fuhr ich unbeirrt fort. »Aber das war natürlich Lorens Version. In Wirklichkeit sah er nämlich Flaxford schon auf dem Weg ins Bad auf dem Bett liegen. Der Flur ist nicht sehr lang. Wenn man vom Wohnzimmer ins Bad geht, kann man durch die offene Tür die Kreidemarkierungen auf dem Schlafzimmerteppich sehen. Natürlich waren sie damals noch nicht da. Dafür lag jedoch ein regloser Mann auf dem Bett, und das fand Loren immerhin so interessant, daß er es plötzlich gar nicht mehr so eilig hatte, seine Blase zu entleeren.«

»Und weiter?«

»Er war noch nicht lange im Schlafzimmer, als der Mann auf dem Bett – das heißt, Flaxford – wieder zu sich kam. Ob Loren ursprünglich dachte, er wäre tot oder nur bewußtlos, weiß ich nicht. Jedenfalls schlug der Kerl auf dem Bett ganz unvermutet die Augen auf und starrte ihn ungläubig an. Loren fackelte nicht lange, griff nach seinem Knüppel und schlug Flaxford damit den Schädel ein.«

»Wie lange soll ich mir diesen Unsinn eigentlich noch anhören?« protestierte Kramer mit zitternder Stimme. »Der Kerl ist doch komplett verrückt. Wieso hätte ich so etwas tun sollen?«

»Wegen des Geldes?«

»Wegen was für Geld?«

»Wegen des Geldes, das Sie gerade in Ihre Taschen stopften, als Flaxford plötzlich zu sich kam. Das Schlafzimmer war über und über mit Geldscheinen übersät, als Sie ihn fanden.«

An Kirschmann gewandt, fuhr ich fort: »Flaxford übernahm nämlich für eine Reihe hochgestellter Politiker die Funktion eines Verbindungsmanns zur Unterwelt. Und als solcher dürfte er auch ein Bankkonto und ein Bankschließfach gehabt haben. Aber zugleich hatte er häufig größere Mengen Bargeld bei sich zu Hause herumliegen. Das haben Geschäftemacher wie er immer – ganz gleich, ob es sich dabei um legale Geschäfte handelt oder nicht. Nehmen Sie nur mal mich. Ich bin zwar nur ein harmloser kleiner Einbrecher, aber trotzdem konnte ich heute abend binnen kürzester Zeit 10000 Dollar auftreiben.« Darauf hinzuweisen, daß nur die Hälfte davon tatsächlich von mir war, hielt ich in Anbetracht der Umstände für unerheblich.

»Bezeichnenderweise wurde in Flaxfords Wohnung alles mögliche gefunden, aber kein Geld. Weder in seinem Schreibtisch noch in irgendeinem Schrank oder einem Wandsafe ist auch nur ein einziger Geldschein aufgetaucht.«

»Wollen Sie damit sagen, bloß weil kein Geld in der Wohnung war, muß Loren es eingesteckt haben?«

»Der Kerl faselt doch sowieso nur dummes Zeug«, protestierte Kramer.

Unbeirrt fuhr ich fort: »Flaxford muß ganz plötzlich ohnmächtig geworden sein. Wie bereits gesagt, vielleicht ein Schlaganfall oder etwas in der Art. Jedenfalls kippte er plötzlich um. Und nun nehme ich an, daß er kurz zuvor Besuch hatte, und zwar von einer Person, die ihm eine größere Summe überbracht hat, die er vermutlich an einen Dritten weitergeben sollte. Dabei dürfte es sich um einen so hohen Betrag gehandelt haben, daß er deswegen sogar seinen Theaterbesuch aufschob. Er nahm also die Lieferung in Empfang, sein Besucher ging, und er brachte das Geld ins Schlafzimmer, um es dort zu zählen. Dabei muß er in Ohnmacht gefallen sein. Schließlich kam Loren vorbei und sah inmitten eines Haufens von Hundertdollarscheinen einen Bewußtlosen liegen.«

»Aber das sind doch alles nur Vermutungen?«

»Da wäre ich mir nicht so sicher, Ray. Kurze Zeit später brechen nämlich ein paar Kerle bei mir ein und stellen die ganze Wohnung auf den Kopf. Und ich kann Ihnen sagen, Ray, diese Schweine haben keinen Stein auf dem anderen gelassen. Nun enthält aber die blaue Schatulle nichts, was eine derart gründliche Hausdurchsuchung hätte rechtfertigen können. Demnach muß irgend jemand gewußt haben, daß Flaxford eine Menge Geld bei sich rumliegen hatte, als er umgebracht wurde. Dieser Jemand kann eigentlich nur die Person gewesen sein, von der er das Geld hatte. Ich gehe mal davon aus, daß der Betreffende Michael Debus war oder jemand, der mit ihm unter einer Decke steckt. Entweder war das Geld für Debus bestimmt, oder Debus wollte es über Flaxford an jemanden weiterleiten, der sich etwas zu ausführlich mit gewissen Einzelheiten seiner Amtsführung befaßt hatte. Das würde auch erklären, weshalb Flaxford nicht vom Überbringer des Geldes umgebracht worden sein kann – einmal ganz abgesehen von der Geschichte mit dem Türschloß. Der Geldbote – nennen wir ihn der Einfachheit halber mal Debus – hat Flaxfords Wohnung verlassen, als dieser noch am Leben war und das Geld noch hatte. Allerdings muß es sich dabei um einen so hohen Betrag gehandelt haben, daß Debus die Sache nach Flaxfords Ermordung nicht einfach auf sich beruhen lassen wollte. Er war sogar so hoch, daß Loren Kramer deswegen einen Mord begangen hat.«

»Ray, was hörst du dir diesen Blödsinn eigentlich immer noch an? Der Kerl ist doch total verrückt geworden.«

»Da bin ich mir gar nicht so sicher, Loren«, erwiderte Kirschmann finster.

»Das kann doch nicht dein Ernst sein?«

»Ich weiß nicht. Du hattest schon immer eine ausgeprägte Schwäche für Geld.«

»Das hört sich ja an, als würdest du dieses Märchen tatsächlich glauben.«

»Wenn es um Geld ging, warst du noch nie zimperlich, Loren. Das hat mir, ehrlich gestanden, schon immer etwas zu denken gegeben. Vor allem, weil du sonst noch so grün hinter den Ohren bist. Normalerweise dauert es nämlich eine Weile, bis ein junger Kerl wie du lernt, die Hand aufzuhalten. Über kurz oder lang kommt jeder auf den Geschmack, und hin und wieder kommt es auch vor, daß einer den Kanal überhaupt nicht mehr voll kriegt. Was allerdings dich betrifft, Loren, warst du schon von Anfang an verdammt scharf aufs Geld, auch wenn du einem ständig mit deinem astrologischen Mist in den Ohren gelegen hast.«

»Jetzt hör aber mal, Ray. Du weißt ganz genau, daß ich nie einen anderen Menschen umbringen würde.«

»Da bin ich mir inzwischen gar nicht mehr so sicher.«

»Mit dem Knüppel? Jetzt mach aber mal einen Punkt, Ray.«

Ich war froh, daß er diesen Punkt zur Sprache brachte. Ich hob Lorens Knüppel und ließ ihn in meine Handfläche niederklatschen. »Liegt gut in der Hand«, bemerkte ich anerkennend. »Schön glatt und ohne den geringsten Kratzer. Kein Mensch käme auf die Idee, daß Sie damit jemanden totgeschlagen haben könnten, Loren.«

»Habe ich ja auch nicht.«

»Nein, haben Sie tatsächlich nicht. Ebensowenig, wie Sie ihn mal zu Boden haben fallen lassen oder versehentlich an einer Wand entlanggescheuert haben. Oder bis vor wenigen Tagen überhaupt am Gürtel getragen haben.« Ich deutete mit einer übertrieben theatralischen Geste auf den Knüppel. »Das Ding ist doch nagelneu, Loren? Noch nie benutzt, sozusagen jungfräulich. Weil Sie Ihren alten nämlich dringend loswerden mußten. Und der war nicht mehr gerade neu. Im Gegenteil, er sah schon ziemlich abgenutzt aus, weil sie nämlich ständig damit rumgespielt und ihn auch ziemlich häufig fallengelassen haben. Deshalb war er auch schon ziemlich verkratzt. Außerdem wußten Sie ganz genau, daß sich im Labor an den Stellen, an denen der Lack abgesplittert war, Flaxfords Blutspuren sofort hätten nachweisen lassen. Und da sich diese Spuren auch mit noch so viel Schrubben nicht hätten entfernen lassen, haben Sie sich gleich den ganzen Knüppel vom Hals geschafft.«

Kramer machte zwar den Mund auf, sagte aber nichts. Kirschmann nahm mir den Knüppel aus der Hand, um ihn sich genauer anzusehen. »Sieht tatsächlich wie neu aus«, brummte er schließlich.

»Fängst du jetzt auch schon mit diesem Quatsch an, Ray?«

»Tut mir leid, Loren, aber das ist nicht der Knüppel, mit dem du noch bis vor kurzem durch die Gegend gelaufen bist. Wann hast du dir den hier besorgt?«

»Vor ein, zwei Wochen vielleicht.«

»Schon vor dem Mord an Flaxford, hm?«

»Natürlich vor dem Einbruch. Ray –«

»Was war mit dem alten?«

»Nichts. Ich fand nur, daß der hier besser in der Hand liegt. Ray –«

»Hast du den alten weggeworfen, Loren?«

»Vermutlich liegt er noch irgendwo zu Hause bei mir herum.«

»Glaubst du, du könntest ihn notfalls wieder beschaffen?«

»Warum nicht? Da fällt mir gerade ein, vielleicht habe ich ihn auf der Terrasse liegen gelassen. Könnte natürlich sein, daß ihn Kinder aus der Nachbarschaft geklaut haben. Aber wahrscheinlich ist er noch da.«

Die beiden sahen sich an. Ich schien für sie gar nicht mehr zu existieren. Kramer hielt Kirschmanns Blick ziemlich lange stand, bevor er zu Boden sah und wie gebannt auf seine Schuhe starrte. Zufällig waren es schwarze Schnürschuhe, die wesentlich besser zu einem uniformierten Streifenpolizisten paßten als meine genarbten Slipper.

Kirschmann sagte: »Die Sache mit dem Klo ist mir noch nicht recht klar. Er ging ins Bad, und wir haben ihn die Klospülung betätigen gehört. Aber wenige Augenblicke später war er doch bereits wieder im Wohnzimmer. Wie soll er in der kurzen Zeit getan haben, was Sie vorhin behauptet haben, Bernie?«

»Er war gar nicht auf dem Klo, sondern hat auf dem Rückweg ins Wohnzimmer nur kurz die Spülung gedrückt.«

»Damit wir denken sollten, er wäre auf dem Klo gewesen.«

Ich nickte.

»Das wäre möglich. Und was ist mit dem Aschenbecher? Flaxford wurde doch mit einem Aschenbecher erschlagen.«

»Ja, mit dem aus dem Wohnzimmer.«

»Wie kommen Sie denn darauf?«

»Können Sie sich noch erinnern, daß ich nach dem Aschenbecher gefragt habe? Als ich in die Wohnung eingebrochen bin, stand nämlich auf dem Beistelltisch neben dem Sessel im Wohnzimmer ein schwerer Kristallglasaschenbecher. Heute abend war er nicht mehr da. Erst dachte ich, Flaxford hätte zwei solcher Aschenbecher gehabt und die Leute von der Spurensicherung hätten sicherheitshalber beide mitgenommen. Aber in Wirklichkeit gab es nur einen. Den im Wohnzimmer. Als die Spurensicherung anrückte, war er allerdings im Schlafzimmer.«

»Wie ist er da hingekommen? Hat er ihn hingebracht?«

»Klar. Er kam ins Wohnzimmer zurück und markierte seinen

Ohnmachtsanfall. Ziemlich eigenartiges Timing, finden Sie nicht auch? Oder haben Sie schon mal jemanden mit einer halben Minute Verspätung in Ohnmacht fallen sehen, Ray? Es sei denn, er hat noch nie zuvor einen Toten gesehen –«

»Er hat schon einige gesehen.«

»Na ja, vielleicht lag's daran, daß es der erste war, den er selbst ins Jenseits befördert hat. Demnach könnte er durchaus weiche Knie bekommen haben. Trotzdem hat er es noch bis ins Wohnzimmer geschafft und ist erst dort umgekippt. Das Ganze war natürlich nur Theater. Wie dem auch sei, wenige Augenblicke später habe ich fluchtartig die Wohnung verlassen, und Sie haben vermutlich auf schnellstem Wege meine Verfolgung aufgenommen.«

»Das allerdings. Und weiter?«

»Als Sie mir hinterhergestürzt sind, lag Loren noch ›bewußtlos‹ auf dem Teppich. Kaum waren Sie jedoch außer Sichtweite, nahm er den Aschenbecher vom Beistelltisch, ging ins Schlafzimmer zurück und zog Flaxford damit den Scheitel nach. Vielleicht hatte er ihn mit dem Knüppel ja nur bewußtlos geschlagen. Vielleicht war Flaxford aber auch schon tot, und Loren wollte eine weniger verfängliche Mordwaffe am Tatort zurücklassen. Ich glaube allerdings, daß Flaxford noch am Leben war. Ein paar kräftige Schläge mit dem schweren Aschenbecher machten ihn endgültig den Garaus. Nun konnte Loren bedenkenlos wieder aus seiner Ohnmacht erwachen und ebenfalls meine Verfolgung aufnehmen – allerdings nicht, ohne vorher auch noch das restliche Geld einzustecken. Und das schönste an der Sache war, daß er mit mir auch noch gleich einen idealen Tatverdächtigen an der Hand hatte.«

Ich weiß nicht, wann genau Kirschmann klar wurde, daß ich die Wahrheit sagte. Jedenfalls hörte ich ihn auf einmal die Klappe seines Halfters aufmachen. Diese kleine Handbewegung blieb auch Kramer nicht verborgen. Erst sah es so aus, als wollte er einen Schritt auf uns zu gehen. Aber dann überlegte er es sich anders und setzte sich auf die Couch.

»Wieviel Geld war es, Loren?« Kirschmann sah seinen Partner durchdringend an. Und als dieser nicht antwortete, fragte er mich.

»Früher oder später wird er es Ihnen sicher erzählen. Ich würde sagen, es waren mindestens 20000, wenn nicht sogar das Doppelte. Dem Aufstand nach zu schließen, den Debus deswegen gemacht hat, dürfte es jedenfalls kein Pappenstiel gewesen sein. Natürlich konnte Loren nicht wissen, wieviel es war. Aber daß es genug war, um dafür einen Mord zu riskieren, muß wohl auf den ersten Blick zu sehen gewesen sein.«

Es herrschte Schweigen. Plötzlich sagte Kramer: »Ich dachte, er wäre schon tot.«

Wir sahen ihn wortlos an.

»Er lag da wie ein Toter. Ich war der festen Überzeugung, Rhodenbarr hätte ihn umgebracht. Ich weiß auch nicht, was in diesem Moment in mich gefahren ist. Jedenfalls fing ich ganz automatisch an, das herumliegende Geld einzusammeln. Und dann schlug er plötzlich die Augen auf und stand auf und – na ja, ich hatte die ganze Zeit gedacht, er wäre tot, und da schlug er plötzlich die Augen auf.«

»Deshalb bist du noch mal mit dem Aschenbecher zurückgekommen, um ein bißchen nachzuhelfen.«

»O Gott«, hauchte Kramer.

»Wieviel ist bei der Sache für dich rausgesprungen, Partner? 20000? 40000?«

»50000.«

»50000 amerikanische Dollar.« Kirschmann stieß einen leisen Pfiff aus. »Kein Wunder, daß du zunächst nicht begeistert warst von Bernies Idee, sich deine Uniform auszuleihen. Warum hättest du auch für 10000 ein solches Risiko eingehen sollen, wo du doch eben erst 50000 abkassiert hattest? Ganz abgesehen davon, daß du die 10000 auch noch mit mir hättest teilen müssen.«

»Das hatte ich auch mit den 50000 vor, Ray. Du glaubst doch nicht im Ernst, ich hätte das ganze Geld allein eingesteckt?«

»Für wie blöd hältst du mich eigentlich, Loren?«

»Ich wollte nur einen passenden Zeitpunkt abwarten, um dir das Ganze in Ruhe zu erklären. Aber ich hätte dich bestimmt nicht übers Ohr gehauen.«

»Natürlich nicht.«

»Für dich springen bei der Sache 25000 Dollar raus, Ray. Steuerfrei, wohlgemerkt. Und hier neben uns steht der Mörder.

Wenn wir an unserer Version festhalten, hat der Kerl vor Gericht nicht die leiseste Chance.«

»Ach, langsam verstehe ich. Du meinst, wir sollen das Ganze einfach Bernie anhängen.« Kirschmann kratzte sich am Kinn. »Die Sache hat nur einen Haken. Was ist, wenn er vor Gericht seine Version wiederholt? Dann würden die dir auf jeden Fall noch mal kräftig auf den Zahn fühlen und den Fall noch einmal von vorne aufrollen. Es wäre dann nur noch eine Frage der Zeit, bis sie dich überführt hätten, Loren.«

»Wir könnten ihn doch auch bei dem Versuch, sich seiner Festnahme zu entziehen, erschießen, Ray. Schließlich hat er schon einmal versucht zu fliehen. Der Kerl ist extrem gefährlich. Laß dir das Ganze noch mal in Ruhe durch den Kopf gehen, Ray. Und denk dabei vor allem an die 25 000 Dollar. Wenn du darauf bestehst, könnte für dich ja auch ein bißchen mehr als die Hälfte abfallen. Darüber ließe sich durchaus reden. Hör zu, Ray –«

Aber Kirschmann hörte nicht zu, sondern verpaßte seinem Partner eine schallende Ohrfeige. Für einen Moment stand Kramer da wie gelähmt. Dann hob er die Hand, um sich seine gerötete Backe zu halten. Kirschmann sagte finster: »Du hast das Recht, die Aussage zu verweigern. Alles, was du ab sofort sagst – aber was soll ich dir noch die ganze Litanei runterbeten? Falls dieser Punkt mal zur Sprache kommen sollte, Bernie, haben Sie doch bestimmt gehört, wie ich den Dreckskerl auf seine Rechte aufmerksam gemacht habe.«

»Versteht sich doch von selbst.«

»Ich möchte nämlich nicht, daß er bloß wegen irgendeines lächerlichen Formfehlers seinen Kopf aus der Schlinge ziehen kann. Ich konnte diesen Milchbubi noch nie leiden, aber ich dachte, er wüßte zumindest den Unterschied zwischen sauberem und schmutzigen Geld, zwischen Geld einstecken und jemanden dafür umbringen. Wissen Sie, was ich jetzt gern hätte, Bernie? Ich hätte gern irgendeinen konkreten Beweis, mit dem ich dieses Schwein hundertprozentig ans Messer liefern kann. Zum Beispiel seinen alten Knüppel mit den Spuren von Flaxfords Blut. Allerdings dürfte davon bestenfalls noch ein Häufchen Asche übrig sein.«

»Aber das Geld hat er bestimmt noch irgendwo herumliegen. Und an ein paar Scheinen klebt sicher Blut.«

»Wenn er es nicht versteckt hat.« Er starrte Kramer durchdringend an. »Aber wie ich Loren kenne, wird er mir sicher verraten, wo das Versteck ist.«

»Das ist gar nicht nötig.«

»Was soll das nun wieder heißen?«

»Wenn mich nicht alles täuscht, hat er gar nicht 50000 Dollar aus Flaxfords Wohnung mitgehen lassen, sondern nur 49900.«

»Könnten Sie sich vielleicht etwas verständlicher ausdrücken, Bernie?«

Ich hielt die blaue Schatulle hoch. »Obwohl ich noch nicht dazu gekommen bin, einen Blick in dieses Kästchen zu werfen, glaube ich trotzdem schon ziemlich genau zu wissen, was es enthält. Es dürfte ein Hundertdollarschein sein mit einem Blutfleck drauf und einem Fingerabdruck auf dem Blutfleck. Der könnte natürlich auch von Flaxford stammen, falls er schon geblutet hat, bevor Kramer ihm den Schädel eingeschlagen hat. Vielleicht hat er sich an der Nachttischlampe verletzt, als er sie umgeworfen hat. Aber mein Gefühl sagt mir, daß es ein Fingerabdruck von Loren sein wird, und damit müßte sich vor Gericht doch einiges anfangen lassen, oder nicht?«

Kirschmann sah mich lange an, bevor er sagte: »Das soll also in der Schatulle sein?«

»Wenn mich mein Instinkt nicht trügt, ja.«

»Warum machen Sie die Schatulle nicht einfach auf, damit wir uns selbst überzeugen können?« Nachdem ich das getan hatte, rieb er sich zufrieden die Hände. »Wer hätte das gedacht? Besser hätte es ja gar nicht kommen können. Wann haben Sie das alles eigentlich gemacht, Bernie? Ach so, als Sie aufs Klo gegangen sind. In Wirklichkeit haben Sie sich im Schlafzimmer umgesehen. Und damit ich keinen Verdacht schöpfte, haben Sie, wie Loren, am Schluß kurz die Spülung gedrückt. Ganz schön raffiniert, kann ich da nur sagen. Und obwohl der Geldschein die ganze Zeit in der Wohnung lag, haben ihn die Leute von der Spurensicherung nicht gefunden? Wirklich sehr interessant.«

»Er muß die ganze Zeit in der blauen Schatulle gewesen sein.«

»Mhm. Demnach werde ich wohl nie erfahren, was tatsächlich in der Schatulle war. Allerdings glaube ich nicht, daß ich das unbedingt wissen will. Mir genügt vollauf, was sie jetzt enthält. Wirklich ein bildsauberer Fingerabdruck. Und ich gehe jede Wette ein, daß er von dir ist, Loren. Genauso sicher bin ich übrigens auch, daß das Blut die richtige Blutgruppe hat.« Und nach einer Weile fügte er mit einem schweren Seufzer hinzu: »Weißt du was, Loren? Ich glaube, du steckst ganz schön in der Scheiße.«

17

»Ist ja kaum zu fassen!« jubelte Ellie. »Du hast tatsächlich den Mörder gefunden.«

»Das habe ich.«

»Einfach toll!« Sie saß auf dem Sofa und hatte dieselben Sachen an wie an dem Morgen, an dem sie den Philodendron umgestoßen hatte: die weiße Malerhose und das Jeanshemd. Und sie sah darin auch wieder genauso umwerfend aus. »Aber wie hast du das alles nur herausgefunden, Bernie?«

»Das habe ich dir doch bereits erzählt. Ausschlaggebend war, daß mir plötzlich wieder einfiel, daß die Tür abgeschlossen gewesen war, als ich in die Wohnung eingebrochen bin. Damals dachte ich natürlich, Flaxford hätte die Tür beim Verlassen der Wohnung von außen abgeschlossen, aber in Wirklichkeit lag er ja im Schlafzimmer. Sobald mir das einmal klar war, gab es im Grunde nur noch zwei Möglichkeiten: Entweder hatte der Mörder einen Schlüssel, oder Flaxford hat die Tür von innen verriegelt. Und da er in letzterem Fall noch am Leben gewesen sein muß, als ich in die Wohnung kam, kann ihn nur eine einzige Person getötet haben.«

»Loren Kramer.«

»Ja, Loren Kramer. Und der Grund, weshalb er Flaxford umgebracht hat, war natürlich Geld. Für mich stand schon ziemlich früh fest, daß als Tatmotiv nichts anderes in Frage kommen konnte, und das um so mehr, als in Flaxfords Wohnung zwar alles mögliche herumlag, aber kein Bargeld.«

»Und das ist dir alles in dem Moment klar geworden, als du die Tür aufgeschlossen hast?«

»Nein, eigentlich war der Fall für mich schon vorher klar. Ich habe nur Kirschmann gegenüber so getan, als wäre mir diese Idee erst in dem Moment gekommen, als er die Wohnungstür aufschloß – um ihn leichter von der Stichhaltigkeit meiner Argumente überzeugen zu können.«

»Und dann hast du auch noch zufällig diesen Hundertdollarschein im Schlafzimmer gefunden.«

Dazu sagte ich lieber nichts. Abgesehen davon, daß ich in diesem Punkt tatsächlich einen Mordsdusel gehabt hatte, hatte ich bereits die entsprechenden Vorkehrungen getroffen, um meinem Glück notfalls ein bißchen auf die Sprünge zu helfen. Als ich mich nämlich mit Kirschmann auf den Weg zu Flaxfords Wohnung machte, hatte ich sicherheitshalber einen von den zwei Hunderten eingesteckt, die ich mir mit Darla redlich geteilt hatte. Außerdem hatte ich den Schein mit ein paar richtig schönen Blutflecken präpariert. Hätte ich in Flaxfords Schlafzimmer nicht zufällig einen echten Hunderter entdeckt, wäre meiner in die blaue Schatulle gewandert. Irgend etwas brauchte ich schließlich, um Kirschmann von dem abzulenken, was ursprünglich in der Schatulle gewesen war. Man stelle sich nur mal den tollen Showeffekt vor, wenn ihn der Staatsanwalt bei seinem Plädoyer wie Perry Mason plötzlich aus der Tasche gezaubert und mit vielsagendem Blick im Gerichtssaal herumgezeigt hätte.

Ellie stand auf und ging in die Küche, um uns Kaffee nachzuschenken. Ich ließ mich behaglich ins Sofa zurücksinken und legte die Füße auf den Couchtisch. Ich war todmüde und zugleich total überdreht. Am liebsten hätte ich mich einfach ins Bett gelegt und eine Woche lang nur geschlafen.

Es war schon ziemlich spät, fast halb zwei gewesen, als Kirschmann mit Kramer abzog. Sofort hatte ich, wie verabredet, Darla in ihrer Wohnung angerufen. Das heißt, ich ließ es zweimal läuten und hängte dann auf. Wenige Minuten später rief sie mich zurück. Ich sagte ihr, daß ich die Schatulle gefunden und die Fotos und Tonbänder in meinen Besitz gebracht habe. »Wegen der Negative brauchst du dir keine Gedanken zu machen«, konnte ich sie beruhigen. »Es sind lauter Polaroid-Aufnahmen. Eines muß man dem Kerl, der sie gemacht hat, allerdings lassen: Er hatte ein ausgesprochen feines Gespür für Farbgestaltung und Bildaufbau.«

»Hast du sie dir angesehen?«

»Ich wollte mich lieber vergewissern, ob es auch wirklich die richtigen Aufnahmen sind. Mich dabei nur auf meinen Tastsinn zu verlassen, wäre mir doch etwas zu riskant erschienen.«

»Das war keineswegs als Vorwurf gedacht. Ich wollte nur wissen, wie du die Aufnahmen fandst.«

»Ehrlich gesagt, sehr interessant.«

»Hätte mich auch gewundert, wenn nicht. Hast du dir die Bänder schon angehört?«

»Nein. Und das werde ich auch nicht. Wir wollen doch unserer Beziehung nicht schon von vorneherein jeden Hauch von Geheimnis nehmen, oder?«

»Ach, wir werden eine Beziehung haben?«

»Wenn es nach mir geht, schon. Kann man in deinem Kamin eigentlich Feuer machen, oder ist das Ding nur zur Zierde da?«

»Man kann darin Feuer machen. Allerdings hatte ich noch nie eine Beziehung in einem Kamin.«

»Ich hatte damit eigentlich etwas anderes vor. Ich wollte die Fotos und die Bänder verbrennen. Da ich für ihre Wiederbeschaffung mein ganzes Erspartes rausgerückt habe, gehören sie ohnehin zur Hälfte mir.«

»Hast du denn keine Lust, ein paar davon zu behalten? Sozusagen als Andenken.«

»Nein. Das wäre mir zu gefährlich. Der damit verbundene Reiz steht in keinem Verhältnis zum Risiko. Ich werde die Fotos und Bänder noch heute abend vernichten. Und sei unbesorgt, ich habe nicht vor, dich damit zu erpressen.«

»So etwas hätte ich auch nie von dir erwartet, Bernard.«

»Ich habe immer noch meine Polizeiuniform an. Vielleicht sollte ich sie am besten hier lassen. Dann brauche ich sie nicht extra mitzuschleppen.«

»Gute Idee.«

»Ob du's glaubst oder nicht – ich habe auch noch den Knüppel und die Handschellen. Der Polizist, dem sie gehört haben, hat sie in der Eile des Aufbruchs vergessen, und wie es aussieht, wird er sie auch nicht mehr brauchen. Ich lasse sie also auch hier.«

»Großartig. Wenn es nicht schon so spät wäre –«

»Nein, es ist wirklich schon zu spät. Außerdem habe ich noch verschiedenes zu erledigen. Aber ich werde mich bei nächster Gelegenheit bei dir melden, Darla.«

»Sehr gut. Das würde mich freuen.«

Anschließend schlug ich im Telefonbuch die Nummer des Cumberland Hotel nach und rief Wesley Brill an, um ihm zu sagen, daß sich die ganze Angelegenheit inzwischen zur Zufriedenheit aller Beteiligten geklärt habe. »Sie hatten offiziell sowieso nie etwas mit der Sache zu tun«, versicherte ich ihm. Ich bin jetzt aus dem Schneider, und Ihr Name wird in diesem Zusammenhang ebensowenig zur Sprache kommen wie der von Mrs. S. Nur für den Fall, daß Sie sich deswegen vielleicht Sorgen gemacht haben.«

»Das habe ich allerdings«, gab er zu. »Wie haben Sie das nur so schnell hingekriegt?«

»Pures Glück. Haben Sie zufällig noch einen Moment Zeit? Ich hätte da nämlich noch ein paar Fragen.«

Er beantwortete alles, was ich wissen wollte. Dann einigten wir uns darauf, uns demnächst mal auf einen Drink zu treffen, wenn auch nicht gerade im Pandora, und damit hatte es sich auch schon. Ich wählte Rodney Harts Nummer und mußte es ungefähr fünfzehnmal läuten lassen, bis sich der Ansagedienst meldete. Ich erkundigte mich, wie ich Rod erreichen könne, worauf man mir mitteilte, daß er noch immer in St. Louis sei. Als ich in seinem Hotel anrief, war er nicht in seinem Zimmer. Vermutlich stand er noch auf der Bühne.

Ich zog mich um und verstaute die Uniform in Darlas Schrank, wo ich ein paar höchst ausgefallene Sachen von ihr entdeckte. Einen Teil davon hatte ich schon auf den Polaroids gesehen. Im Wohnzimmer blickte ich noch mal flüchtig auf die Fotos, legte alle bis auf eines in den Kamin und zündete sie an. Als ich auch noch die Tonbandkassetten dazuwarf, begann es ziemlich zu rauchen und zu stinken. Zum Schluß stocherte ich noch ein bißchen in der Asche herum, um mich zu vergewissern, daß auch tatsächlich alles verbrannt war. Dann stellte ich die Klimaanlage an und ging.

Ich nahm ein Taxi zu Rods Wohnung und hatte eine Menge Spaß dabei, dem Fahrer zu erklären, wie er zu fahren hatte. In der Bethune Street angekommen, sah ich als erstes zu den Fenstern im vierten Stock hoch. Es brannte kein Licht. Ich ging zum Eingang und warf einen Blick auf das Klingelschild für die Wohnung im vierten Stock. Es stand kein Name drauf. Als ich auf die Klingel drückte, passierte nichts. So blieb mir nichts anderes übrig, als mir auf die übliche Weise Zutritt zum Haus zu verschaffen, was weiter kein Problem darstellte.

Auch mit den Schlössern der Wohnungstür hatte ich keine nennenswerten Schwierigkeiten. Ich huschte in die Wohnung, blieb dort ein paar Minuten, schloß dann die Tür genauso hinter mir ab, wie ich sie geöffnet hatte und ging eine Treppe höher, wo Ellie in Rods Wohnung auf mich wartete.

Und da saßen wir nun, tranken Kaffee mit Scotch und gingen das Ganze noch mal in aller Ruhe durch. »Du hast also von der Polizei tatsächlich nichts mehr zu befürchten?« fragte sie. »Könnte es nicht zumindest sein, daß sie noch mal mit dir reden wollen?«

»Früher oder später werden sie das sicher tun«, erwiderte ich. »Letzten Endes hängt es davon ab, wie Kirschmann weiter vorgeht. Er wird auf jeden Fall dafür sorgen, daß Kramer vom Dienst suspendiert wird und für einige Zeit ins Kittchen wandert. Aber es liegt natürlich nicht in seinem Interesse, daß die Hintergründe zu gründlich durchleuchtet werden. Deshalb nehme ich an, daß sie irgendeinen Kompromiß aushandeln werden. Kramer wird vermutlich nur wegen Totschlags unter Anklage gestellt und sich schuldig bekennen. Wenn er dafür länger als ein Jahr sitzen muß, würde mich das sehr wundern.«

»Obwohl er einen Menschen getötet hat?«

»Das vor Gericht zu beweisen ist praktisch unmöglich, ohne einen flüchtigen Einbrecher, einen bestochenen Polizisten und einen korrupten Distriktstaatsanwalt als Zeugen vorzuladen.

Deshalb darf man davon ausgehen, daß die zuständigen Stellen alles daransetzen werden, die Angelegenheit möglichst diskret abzuwickeln. Außerdem hat Kramer 50 000 stumme Argumente für sich sprechen.«

»50 000 – ach so, Dollar. Was wird übrigens mit dem Geld geschehen?«

»Eine gute Frage. Sein rechtmäßiger Besitzer ist vermutlich Michael Debus. Ich halte es allerdings für ziemlich unwahrscheinlich, daß er riskieren wird, offiziell Anspruch auf das Geld zu erheben. Kramer kann es natürlich auf keinen Fall behalten, und ich sehe auch für Kirschmann keine Möglichkeit, etwas für sich abzuzweigen. Ganz zu schweigen von mir, der ich natürlich auch leer ausgehen werde. Und das, obwohl ich im Augenblick eine kleine Finanzspritze dringend nötig hätte. Immerhin hat mich der ganze Spaß eine hübsche Stange Geld gekostet. Da wären als erstes die 1000 Dollar, mit denen ich Kirschmann geschmiert habe. Was den Schaden betrifft, den Debus' Leute in meiner Wohnung angerichtet haben, möchte ich erst gar keine genaueren Zahlen nennen. Er dürfte sich jedenfalls auf einige tausend Dollar belaufen. Und zu guter Letzt mußte ich noch meine letzten Ersparnisse an Kirschmann abdrücken, um noch mal in Flaxfords Wohnung zu kommen. Unterm Strich war die Sache für mich also ein Desaster.«

»Gibt es denn keine Möglichkeit, wenigstens einen Teil von den 50 000 zu bekommen?«

»Wie stellst du dir das vor? Die Polizei würde auf keinen Fall etwas von dem Geld herausrücken. Vor allem nicht an einen Ganoven wie mich. Ich wäre der letzte, der auch nur einen Cent davon bekäme. Deshalb muß ich mich anderweitig umsehen. Die Frage ist nur: woher nehmen, wenn nicht stehlen?«

»Aber Bernie. Hast du etwa alles schon wieder vergessen?«

»Das war doch eine Auftragsarbeit. Ab sofort arbeite ich nur noch in eigener Regie.«

»Du bist wirklich unverbesserlich.«

»Genau so werde ich auch von offizieller Seite eingeschätzt. Bisher sind nämlich bei mir sämtliche Rehabilitationsversuche kläglich gescheitert.«

Sie stellte ihre Kaffeetasse beiseite, ließ ihren Kopf auf meine Schultern sinken und kuschelte sich eng an mich. Mir stieg der zarte Duft ihres Parfüms in die Nase, und nach einer Weile sagte sie: »Das Erstaunlichste an der ganzen Sache finde ich, daß die Schatulle leer war.«

»Bis auf den Hundertdollarschein mit Kramers Fingerabdrücken.«

»Aber bevor du ihn in die Schatulle gelegt hast, war sie doch leer.«

»Mhm.«

»Was wohl aus den Fotos geworden ist?«

»Vielleicht hat es sie gar nicht gegeben. Vielleicht hat Flaxford Mrs. Sandoval erpreßt, ohne ihr überhaupt irgendwelche Fotos zu zeigen. Außerdem hätte eine dritte Person dabeisein müssen, um diese Aufnahmen zu machen. Und das war offensichtlich nicht der Fall.«

»Das wäre natürlich möglich. Aber hast du nicht selbst gesagt, er hätte ihr die Fotos gezeigt?«

»So hatte ich Mrs. Sandoval ursprünglich verstanden. Möglicherweise hat er ihr aber nur die Schatulle gezeigt und sie von der Existenz der Fotos überzeugt, ohne daß sie die Aufnahmen tatsächlich zu Gesicht bekommen hat. Das hört sich zwar ziemlich unwahrscheinlich an, ist aber grundsätzlich nicht auszuschließen.«

»Stimmt.«

»Letzten Endes spielt diese Frage aber auch gar keine Rolle mehr. Hauptsache, die Fotos und Tonbänder sind verschwunden.«

»Aber sie können sich doch nicht einfach in Luft aufgelöst haben.«

»Aber vielleicht in Rauch, würde ich mal denken.«

»Klingt ja sehr interessant.«

»Das finde ich auch.«

»Damit ist der Fall also geklärt – lückenlos und ohne irgendwelche offenen Fragen. Das finde ich das Erstaunlichste an der ganzen Geschichte. Und die Polizei wird dir keine Schwierigkeiten mehr machen?«

»Sie könnte natürlich wegen verschiedener Punkte Anklage gegen mich erheben. Aber Kirschmann hat mir zugesichert, dafür zu sorgen, daß die ganze Angelegenheit unter den Teppich gekehrt wird. Natürlich könnten Sie mich wegen Einbruch und Widerstand gegen die Staatsgewalt vor Gericht stellen, aber das werden sie schon deshalb nicht tun, weil die Sache den Aufwand nicht lohnt und es außerdem fraglich wäre, ob sie damit vor Gericht überhaupt durchkämen.«

»Hört sich jedenfalls ganz einleuchtend an.«

»Mhm.« Ich legte den Arm um sie. »Das Ganze hätte tatsächlich gar nicht besser laufen können. Ich mußte nicht einmal dich in die Sache hineinziehen. Dein Name ist in diesem Zusammenhang kein einziges Mal gefallen.«

Es entstand ein beklemmendes Schweigen. Ich spürte, wie sie sich verkrampfte. Ohne meine Hand von ihrer Schulter zu nehmen, zog ich das Buch heraus, das ich in der Wohnung im vierten Stock gefunden hatte. Da ich mir die betreffende Seite eingemerkt hatte, schlug ich es gleich an der richtigen Stelle auf.

Ich begann zu lesen: »Ich habe mich vor vier Jahren scheiden lassen. Danach habe ich mir erst mal einen Job gesucht. Die Arbeit hat mich aber überhaupt nicht ausgefüllt. Deshalb habe ich wieder gekündigt und bin jetzt schon eine Weile arbeitslos. Ich male und mache Schmuck, und seit neuestem experimentiere ich auch ein bißchen mit Glas. Nicht das Übliche, sondern etwas ganz Neues – dreidimensionale abstrakte Gebilde aus farbigem Glas. Das Problem ist nur, daß ich noch nicht so recht beurteilen kann, ob ich wirklich gut bin oder nicht. Bisher betrachte ich das Ganze mehr als Hobby. Aber auf Dauer will ich kein Hobby, sondern eine Tätigkeit, die mich ausfüllt.«

Sie sah mich fassungslos an. »Wo hast du denn das Buch her?«

»Aus deiner Wohnung.«

»Na, großartig.«

»Sie liegt ja auch nur eine Treppe tiefer. Im vierten Stock nach vorne raus. Wirklich sehr praktisch. Ich habe auf dem Weg nach oben noch kurz bei dir reingeschaut. Allerdings war von Esther und Haman keine Spur zu sehen.«

»Esther und Mordecai.«

»Nachdem du gar keine Katzen hast, können wir uns eigentlich die Diskussionen über ihre Namen sparen.« Ich tippte mit dem Finger auf den Einband des dünnen Heftchens. *»Zwei, wenn zu Wasser.* Das Stück, mit dem unser gemeinsamer Freund Rodney Hart gerade auf Tournee ist. Und der Monolog, den ich dir daraus vorgelesen habe, kommt passenderweise aus dem Mund einer Figur namens Ruth Hightower.«

»Von wem weißt du das alles?«

»Von Wesley Brill. Er hat mir gesagt, in welchem Stück es eine Ruth Hightower gibt. Auf die Idee, ihn das zu fragen, bin ich allerdings nur deshalb gekommen, weil er etwas eigenartig reagiert hat, als du dich ihm als Ruth Hightower vorgestellt hast. Vermutlich hätte er das Ganze für einen witzigen Einfall gehalten, wenn du es nicht plötzlich so verdammt eilig gehabt hättest, ihm deinen richtigen Namen zu nennen. Und am Abend zuvor, als ich in Peter Alan Martins Büro eingebrochen bin, habe ich irgendwas vor mich hingemurmelt wie: *Eine, wenn zu Land und zwei, wenn zu Wasser, und am anderen Ufer hält Ruth Hightower Wacht* – irgend so ein Paul-Revere-Quatsch eben. Nur bist du daraufhin plötzlich völlig nervös geworden. Vermutlich dachtest du in diesem Moment, ich wüßte bereits genauestens über dich Bescheid. Jedenfalls hast du daraufhin heute morgen beschlossen, mir deinen richtigen Namen zu sagen.«

»Na schön, aber das ist doch hoffentlich nicht weiter schlimm?« Sie sah mir tief in die Augen. »Ich hab mich so in meine Rolle hineingesteigert, daß ich eine Weile gebraucht habe, um wieder in die Wirklichkeit zurückzufinden.«

»Leider ist die Sache nicht ganz so einfach.«

»Wieso?«

»Weil noch eine Reihe anderer Dinge mit ins Spiel kommen. Na schön, du bist also in deiner Rolle aufgegangen. Das dürfte dir als Schauspielerin auch nicht weiter schwer gefallen sein. Im nachhinein ist mir sowieso völlig unerklärlich, warum ich nicht schon viel früher darauf gekommen bin. Nimm zum Beispiel nur mal, wie schnell du gestern Brills Adresse herausgefunden hast. Du wußtest genau, wo wir anrufen mußten – erst bei Kanal 9, dann bei der Akademie in Hollywood und schließlich bei der Schauspielergewerkschaft. Dazu kam noch, daß in diese Geschichte ausschließlich Leute verwickelt waren, die irgend etwas mit dem Theater zu tun hatten. Flaxford hat das Geld, das er mit seinen zwielichtigen Geschäften verdiente, in wenig lukrative Bühnenproduktionen investiert. Rod ist ein Schauspieler, der überall herumerzählt hat, was für ein Glück er mit seiner Wohnung gehabt hätte, weil der Hausbesitzer eine Schwäche für Schauspieler habe. Darla Sandoval hat eine ausgeprägte Vorliebe fürs Theater. Aus diesem Grund lernte sie Flaxford kennen und beauftragte später den ehemaligen Schauspieler Brill damit, mich anzuheuern. Und du bist ebenfalls Schauspielerin, und deshalb kanntest du Rod.«

»Na und?«

»Daran wäre an sich nichts auszusetzen. Aber das Schönste kommt erst noch. Eure gemeinsame Begeisterung für das Theater war auch der Grund, weshalb du Flaxford kanntest und er wiederum dich mit Darla bekanntgemacht hat. Da ihr euch allerdings nicht bei einer Premiere oder sonst einem Theaterereignis kennengelernt habt, wußtest du ihren Nachnamen nicht. Erst als heute nachmittag bei unserem Treffen mit Brill ihr Vorname fiel, ging dir auf einmal ein Licht auf. Sobald du wußtest, daß die Mrs. Sandoval, von der da die Rede war, mit Vornamen Darla hieß, fiel dir plötzlich ein, daß du eine furchtbar wichtige Verabredung hattest und deshalb nicht zu ihr mitkommen konntest. In Wirklichkeit hattest du jedoch nur Angst, von ihr entlarvt zu werden. Dann wärst du nämlich mit einem Mal nicht mehr nur das bezaubernde junge Ding gewesen, das Rods Blumen goß.«

»Worauf willst du eigentlich hinaus?«

»Das weißt du ganz genau.« Ich strich ihr lächelnd übers Haar. »Die blaue Schatulle war nämlich gar nicht leer.«

»Ach?«

Ich griff in meine Hosentasche und holte das Foto heraus, das ich nicht verbrannt hatte. Nachdem ich es kurz angesehen hatte, reichte ich es Ellie. Sie war einen Blick darauf und wandte sich dann schaudernd ab.

»Das ist Darla.« Ich deutete auf das Bild. »Und die Frau daneben bist du.«

»O Gott!«

»Die anderen Fotos habe ich verbrannt. Zusammen mit den Tonbändern. Du brauchst mir nicht mehr länger etwas vorzumachen, Ellie. Ich weiß, daß du mit Flaxford ein Verhältnis hattest. Ich bin nur nicht sicher, ob du ihn vom Theater kanntest oder weil er dein Hausbesitzer war. Dieses Haus hat doch ihm gehört, oder nicht? Er also war dieser nette Hausbesitzer mit der ausgeprägten Schwäche für Schauspieler.«

Sie nickte. »Er hat mir diese Wohnung beschafft. Damals wußte ich allerdings noch nicht, daß das Haus ihm gehört.«

»Und er hatte dich wegen irgend etwas in der Hand. Was das nun genau war, will ich gar nicht wissen. Jedenfalls hat er dich damit erpreßt, auf das Spiel mit Darla einzugehen. Und dann warst du an dem Abend, an dem er umgebracht wurde, in seiner Wohnung.«

»Das ist nicht wahr.«

»Natürlich ist es wahr. Bloß weil Kirschmann mir meine Begründung abgenommen hat, weshalb sich Flaxford selbst in seiner Wohnung eingeschlossen hat, heißt das noch lange nicht, daß auch ich der Überzeugung bin, daß es tatsächlich so gewesen ist. Das habe ich Kirschmann nur erzählt, um ihn von dir abzulenken. Du warst nämlich an jenem Abend bei Flaxford. Du hattest sogar einen Schlüssel für seine Wohnung – allerdings nicht, um seine Pflanzen zu gießen, sondern weil du regelmäßig mit ihm ins Bett gegangen bist. Und das hast du auch an dem besagten Abend getan. Deshalb konntest du auch nicht verstehen, weshalb in allen Zeitungen stand, er wäre im Morgenmantel gefunden worden. Du meintest, gelesen zu haben, er sei nackt gewesen. Nur hattest du das nicht ›gelesen‹, sondern mit eigenen Augen gesehen, als du dich aus dem Staub machtest.« Ich nahm einen Schluck Kaffee. »Eine Weile dachte ich, du wärst noch in der Wohnung gewesen, während ich den Schreibtisch durchsuchte. Zumindest war das nicht von vorneherein auszuschließen. Du könntest gehört haben, wie ich mich an der Wohnungstür zu schaffen machte, und dich daraufhin in einem Schrank oder sonstwo versteckt haben. Demzufolge hättest du die Wohnung erst wieder verlassen können, nachdem ich die Flucht ergriffen und die beiden Polizisten meine Verfolgung aufgenommen hatten. Das dachte ich ursprünglich vor allem deshalb, weil ich mir nicht erklären konnte, wieso du so genau über mich Bescheid wußtest und so schnell herausgefunden hattest, daß ich in Rods Wohnung untergeschlüpft war. Es war natürlich reiner Zufall, daß du im selben Haus wie Rod wohnst und ich mich ausgerechnet in seiner Wohnung eingenistet habe. Doch woher wußtest du, daß ich hier war und wer ich war? Du mußt Rod angerufen und ihn gebeten haben, ob er dir nicht für eine Weile seine Wohnung zur Verfügung stellen könnte. Und dann hast du dir von einem anderen Hausbewohner den Wohnungsschlüssel geben lassen. Damit ist allerdings noch immer nicht die Frage geklärt, woher du wußtest, daß ich in Rods Wohnung war.«

»Verdammt.«

»Keine Sorge, Ellie, ich habe dich bisher aus dieser Geschichte rausgehalten und werde das auch weiter tun. Die Polizei weiß nichts von deiner Existenz, und es besteht auch kein Grund, weshalb sie je etwas davon erfahren sollte. Trotzdem würde ich gerne wissen, wie sich das Ganze abgespielt hat.«

»Das meiste weißt du doch sowieso schon.«

»Ich möchte aber gerne auch noch den Rest wissen.«

»Warum?« Sie rückte ein Stück zur Seite und wandte ihr Gesicht ab. »Ist das denn jetzt noch so wichtig? Ich werde mein Leben genauso weiterleben wie du das deine. Für keinen von uns wird sich auch nur das geringste ändern.« Sie stand auf. »Tja, dann wird es wohl langsam Zeit, mich zu verabschieden. Es ist noch eine Kanne Kaffee und eine fast volle Flasche Scotch in der Küche. Damit müßtest du eigentlich vorerst über die Runden kommen.«

»Erst will ich die ganze Wahrheit wissen, Ellie. Vorher kommst du mir hier nicht raus.«

Ich zog sie wieder zu mir aufs Sofa zurück, worauf sie mich aus ihren blaugrünen Augen herausfordernd ansah. »Das meiste hast du dir sowieso schon richtig zusammengereimt. Ehrlich gesagt, weiß ich beim besten Willen nicht, wo ich überhaupt anfangen soll. Jedenfalls war ich an dem besagten Abend tatsächlich in seiner Wohnung. Er wollte zu einer Premiere gehen, und ich sollte ihn dabei begleiten.«

»Dummerweise sollten allerdings auch die Sandovals kommen.«

»Das war nicht das Problem. Ich kannte sie bereits vom Sehen, und wir hatten sogar schon ein paarmal miteinander gesprochen, bevor Francis diese Fotos mit uns machte. Allerdings wußte ich tatsächlich ihren Nachnamen nicht. Das ist jedoch nicht weiter ungewöhnlich, weil es in meinem Bekanntenkreis sicher Hunderte von Leuten gibt, die ich nur mit dem Vornamen kenne.«

»Und weiter?«

»Ich war also bei Francis, und wir gingen ins Bett. Er war ein schrecklicher Mensch, Bernie. Eiskalt und berechnend. Ein richtiger Sadist. Ich wollte nicht mit ihm schlafen. Übrigens wollte ich das auch mit Darla nicht. Er war... ich glaube, ich hätte ihn am liebsten umgebracht. Aber irgendwie habe ich das dann doch nicht über mich gebracht. Statt dessen habe ich nur versucht, ihn nicht am Sterben zu hindern.«

»Wie soll ich das verstehen?«

»Wir waren... wir waren im Bett, und plötzlich hatte er einen Schlaganfall oder etwas Ähnliches. Er bekam keine Luft mehr und verlor das Bewußtsein. Erst dachte ich, er wäre schon tot. Einerseits war das natürlich ein schrecklicher Schock für mich, aber zugleich fiel mir ein Stein vom Herzen.«

»Aber er war noch am Leben. Wußtest du das?«

Sie nickte. »Ich fühlte ihm den Puls. Sein Herz schlug noch. Und ich konnte auch sehen, daß er noch atmete. Mein erster Gedanke war, den Notarzt zu verständigen – aber dann wurde mir rasch bewußt, daß ich nicht wollte, daß er am Leben blieb. Ich war richtig enttäuscht, daß er noch atmete und sein Herz noch schlug. Deshalb spielte ich einen Moment sogar mit dem Gedanken, ihn zu töten – ihn zum Beispiel mit einem Kissen zu erstikken oder etwas Ähnliches. Aber das brachte ich dann doch nicht über mich.«

»Deshalb hast du ihn einfach liegen gelassen.«

»Ja. Ich... ich habe ihn einfach liegen gelassen. Ich zog mich rasch an, suchte kurz meine Sachen zusammen, packte alles in eine Einkaufstüte und machte mich schleunigst aus dem Staub. Ich wollte es einfach dem Schicksal überlassen, ob er am Leben blieb oder starb. Jedenfalls rief ich keinen Krankenwagen.«

»Was hast du dann getan?«

»Ich bin hierher gekommen. Das heißt, in meine Wohnung einen Stock tiefer.«

»Wann war das?«

»So genau weiß ich das nicht mehr. Aber ich würde sagen, zwischen sieben und halb acht.«

»So früh schon?«

»An sich kann es nicht viel später gewesen sein. Wir hätten spätestens um halb neun im Theater sein müssen und hatten uns noch nicht mal angezogen.«

Ich dachte kurz nach. »Na schön. Er ist also irgendwann zwischen sieben und halb acht Uhr abends nackt auf seinem Bett zusammengebrochen. Als er nach einer Weile wieder zu sich kam, stand er auf, schlüpfte in seinen Morgenmantel und suchte überall in der Wohnung nach dir. Aber du warst längst über alle Berge. Nun würde mich nur noch eines interessieren: Wo war das Geld?«

»Welches Geld?«

»Die 50000 Dollar, die Loren Kramer gefunden hat.«

»Tut mir leid, aber solange ich in der Wohnung war, habe ich nirgendwo Geld rumliegen gesehen und schon gar nicht so viel. Ich weiß beim besten Willen nicht, woher diese 50000 Dollar plötzlich gekommen sein sollen.«

»Aber du hast doch beim Verlassen der Wohnung die Tür hinter dir abgeschlossen?«

Nach kurzem Zögern nickte sie. »Weil ich nicht wollte, daß zufällig jemand in die Wohnung kam und ihn rettete. Auch wenn ich es nicht über mich brachte, ihn zu töten, unternahm ich nichts, um ihn am Sterben zu hindern.« Sie senkte beschämt den Blick zu Boden. »Ist das letzten Endes nicht genauso schlimm, als wenn ich ihn eigenhändig ermordet hätte?«

Ohne auf ihre Frage einzugehen, fuhr ich fort: »Demnach muß er das Geld bereits vorher bekommen haben. Aber natürlich! Als er wieder zu sich kam und merkte, daß du weg warst, vergewisserte er sich als erstes, ob die 50000 Dollar, die er kurz zuvor von Debus bekommen hatte, noch da waren. Während er das Geld aus seinem Versteck nahm, um es nachzuzählen, wurde ihm plötzlich wieder schlecht. Er schaffte es mit dem Geld gerade noch bis zum Bett. Bevor er jedoch dazu kam, sich zu setzen, verlor er das Bewußtsein, riß im Fallen die Nachttischlampe um und brach auf dem Bett zusammen. Das muß irgendwann kurz nach neun passiert sein – gerade bevor ich in die Wohnung kam. Demnach lag Flaxford also die ganze Zeit bewußtlos im Schlafzimmer, während ich seinen Schreibtisch durchsuchte. Dort lag er auch noch, als Loren Kramer auf die Toilette mußte und das viele Geld im Schlafzimmer verstreut sah. Und ausgerechnet, als er sich daran machte, das Geld in seine Taschen zu stopfen, kam Flaxford wieder zu sich. Kramer verlor die Nerven und zog ihm mit dem Knüppel eins über, so daß Flaxford zum drittenmal, und diesmal endgültig, das Licht ausging. Nachdem Kirschmann die Wohnung verlassen hatte, um meine Verfolgung aufzunehmen, ging Kramer ins Schlafzimmer zurück und erschlug Flaxford mit dem Aschenbecher.«

»O mein Gott!«

»Im Grunde ist mir nur noch eines unklar: Wie hast du mich so rasch aufgespürt? Woher wußtest du, daß ich mich in Rods Wohnung verkrochen hatte?«

»Ich habe dich ins Haus gehen sehen.«

»Aber du kannst doch unmöglich meinem Taxi gefolgt sein. Außerdem warst du, wie du eben selbst gesagt hast, zum fraglichen Zeitpunkt bereits zu Hause. Na schön, du hättest mich natürlich zufällig von deinem Wohnungsfenster aus sehen können. Aber dazu hättest du doch erst mal wissen müssen, wer ich überhaupt war.«

»Ich habe dich gesehen, als du aus Francis' Haus gekommen bist, Bernie.«

»Was?«

»Ich bin noch mal nach Uptown zurückgefahren. Nach einer Weile begann ich mir nämlich doch Sorgen wegen Francis zu machen. Wenn er schon gestorben wäre, wäre sowieso jede Hilfe für ihn zu spät gekommen. Aber für den Fall, daß er noch am Leben war, hatte ich plötzlich das Gefühl, ihm unbedingt helfen zu müssen. Ich bin also im Taxi wieder nach Uptown zurückgefahren und habe mir unterwegs überlegt, was ich am besten tun sollte. Bevor ich allerdings keine Gewißheit hatte, daß er noch am Leben war, wollte ich auf keinen Fall bei ihm anrufen oder den Notarzt verständigen. Ich wußte einfach nicht, was ich tun sollte. Deshalb ging ich nicht sofort ins Haus, sondern wanderte erst eine Weile unschlüssig vor dem Eingang auf und ab. Ich hatte schreckliche Angst davor, noch einmal in die Wohnung zu gehen. Natürlich hatte ich einen Wohnungsschlüssel, und da mich der Türsteher kannte, hätte er mich ohne weiteres reingelassen. Aber was hätte ich zum Beispiel tun sollen, wenn Francis bereits wieder zu sich gekommen wäre. Wie hätte ich ihm erklären sollen, daß ich ihn einfach bewußtlos hatte liegen lassen, ohne einen Arzt zu verständigen? Und wenn er schon tot war... mein Gott, diese Vorstellung war einfach zu schrecklich. Wie gesagt, ich wußte einfach nicht, was ich tun sollte.«

»Und dann hast du mich ins Haus gehen sehen? Andererseits kannst du zu diesem Zeitpunkt noch gar nicht gewußt haben, wer ich war.«

»Nein, ich habe dich gesehen, als du das Haus verlassen hast. Du hattest es so eilig wegzukommen, daß du mich um ein Haar umgerannt hättest. Ich hatte mich noch kaum von dem Schreck erholt, als ein Polizist aus dem Haus gestürzt kam und dich verfolgte. Kurz darauf kam auch der Türsteher nach draußen. Als er mich sah, kam er auf mich zu und berichtete mir, daß du gerade in Francis' Wohnung eingebrochen seist.«

»Und weiter?«

»Nach einer Weile kam ein zweiter Polizist nach unten und erzählte dem Türsteher, daß Francis tot sei und du ihn umgebracht hättest. Was wirklich passiert war, konnte ich natürlich noch nicht ahnen. Jedenfalls fuhr ich wieder nach Hause zurück. Unterwegs begann ich mir dann allerdings schreckliche Sorgen zu machen, die Polizei könnte herausfinden, daß alles nur meine Schuld war, obwohl das eigentlich gar nicht stimmte. Ich hatte jedenfalls fürchterliche Angst. Das wurde sogar so schlimm, daß ich ständig zum Fenster rannte, um mich zu vergewissern, ob die Polizei noch nicht vorfuhr, um mich abzuholen. Da sah ich zufällig dich ins Haus kommen. Im ersten Moment blieb mir vor Schreck fast das Herz stehen. Ich hatte zwar keine Ahnung, wer du warst und woher du mich kanntest, aber ich war ganz sicher, daß du gekommen warst, um mich aus dem Weg zu räumen.«

»Wieso hätte ich dich umbringen sollen?«

»Keine Ahnung. Aber warum sonst hättest du ausgerechnet hierher kommen sollen? Ich verrammelte also die Tür und lauschte deinen Schritten im Treppenhaus. Und als du dann im vierten Stock ankamst, war ich schon halb wahnsinnig vor Angst. Aber du gingst weiter. Erst dachte ich, du hättest dich nur im Stockwerk geirrt und würdest jeden Augenblick wieder nach unten kommen. Du kamst aber nicht, und darauf konnte ich mir keinen rechten Reim machen. So schlich ich eine Treppe höher, um an den beiden Wohnungstüren im fünften Stock zu lauschen. Als ich hinter dieser hier leise Geräusche hörte, war mir sofort klar, daß du hier sein mußtest. Ich wußte nämlich, daß Rod verreist war. Mir war zwar nicht klar, was du hier wolltest, aber ich ging wieder nach unten und legte mich schlafen – natürlich nicht, ohne mir vorher eine ordentliche Dosis Schlaftabletten reinzuknallen. Am nächsten Morgen kaufte ich mir sofort eine Zeitung, und dort stand ja gleich auf der ersten Seite, was passiert war und wer du warst.«

»Und dann hast du Rod angerufen, um dir einen Schlüssel für seine Wohnung zu beschaffen.«

»Dabei habe ich auch herausgefunden, daß er dich kannte. Ich ließ ganz beiläufig einfließen, daß ich einen Bernie Rhodenbarr kennengelernt habe, und fragte ihn, ob er diesen Namen nicht erst kürzlich mal habe fallen lassen. Das sei durchaus möglich, meinte er darauf, weil ihr ab und zu miteinander gepokert hättet. Daraus schloß ich, daß du dich vermutlich nur deshalb in Rods Wohnung eingenistet hattest, weil du ihn zufällig kanntest und wußtest, daß die Wohnung vorübergehend leer stand.« Sie holte tief Luft. »Ich beschloß also, dich etwas genauer unter die Lupe zu nehmen. Natürlich hatte ich keine Ahnung, ob du Francis tatsächlich umgebracht hattest oder nicht. An sich dachte ich nämlich, daß er schon vor deinem Auftauchen gestorben sein müßte und das Ganze nur meine Schuld sei, weil ich keinen Arzt gerufen hatte. Andererseits stand natürlich in der Zeitung, daß Francis mit einem Aschenbecher erschlagen worden war. Kaum hatte ich dich allerdings gesehen, war mir sofort klar, daß du ihn unmöglich umgebracht haben konntest. Du hast ja sicher gemerkt, daß ich mich spontan sehr stark von dir angezogen gefühlt habe. Das ging tiefer, als mir eigentlich lieb war. Schließlich mußte ich dir ja auch noch die ganze Zeit eine Rolle vorspielen. Meinen richtigen Namen und meine Adresse gab ich dir deshalb anfangs nicht, weil ich von deiner Unschuld noch nicht hundertprozentig überzeugt war. Du hättest mich nicht so ohne weiteres ausfindig machen können, wenn mir irgendwann der Boden zu heiß unter den Füßen geworden wäre und ich mich wieder aus der Affäre hätte ziehen wollen. Außerdem hättest du mich nicht in die Sache hineinziehen können, wenn dich die Polizei geschnappt hätte.«

»Irgendwann hast du mir dann aber doch deinen richtigen Namen gesagt – aus Angst, ich könnte dir auf die Schliche kommen.«

Sie schüttelte den Kopf. »Nein, das hatte einen ganz anderen Grund. Ich konnte es einfach nicht mehr ertragen, wenn wir miteinander im Bett waren und du mir diesen Namen ins Ohr flüstertest. Außerdem hättest du früher oder später sowieso herausgefunden, wie ich richtig heiße. Und ich war mir zu diesem Zeitpunkt bereits ganz sicher, daß du Francis nicht umgebracht haben konntest – woran ich eigentlich nie gezweifelt hatte.«

»Ach ja, du und dein berühmter weiblicher Instinkt. Mir war trotzdem von Anfang an klar, daß du irgend etwas mit der Sache zu tun haben mußtest. Kein Mensch verläßt sich in so einer wichtigen Angelegenheit ausschließlich auf seinen Instinkt. Deshalb mußt du auf jeden Fall mehr über die Geschichte gewußt haben, als du mir gegenüber hast durchblicken lassen.«

»Tja, jetzt weißt du also die ganze Wahrheit über mich. Übrigens wäre der ganze Schwindel um ein Haar schon gestern aufgeflogen, als ich aus Versehen die Tür zu meiner Wohnung aufschließen wollte.«

»Da hatte ich schon längst Verdacht geschöpft, daß irgend etwas faul an der Sache war.«

»Das habe ich mir fast gedacht. Alles in allem können wir wirklich von Glück reden, daß die ganze Geschichte so gut ausgegangen ist.«

»Wenn man mal vom finanziellen Aspekt absieht, ist das durchaus richtig. Du bist aus dem Schneider, Darla ist aus dem Schneider, und ich werde nicht mehr länger wegen Mordes gesucht. Man kann also durchaus sagen, daß wir alle noch mal mit einem blauen Auge davongekommen sind.«

»Außer, daß du jetzt sicher schrecklich böse auf mich bist.«

»Ich und böse auf dich?« Meine Verwunderung war keineswegs gespielt. »Warum sollte ich auf dich böse sein? Auch wenn du dich ursprünglich nur an mich rangemacht hast, um zu sehen, ob dir von mir irgendwelche Gefahr droht, hast du mir auch sehr geholfen. Natürlich hättest du mir die Sache noch erleichtern können, wenn du mir von Anfang an reinen Wein eingeschenkt hättest, aber wer ist heutzutage noch so naiv, in einer Beziehung von seinem Partner absolute Ehrlichkeit zu erwarten?«

»Bernie –«

»Nein, ganz im Ernst, ich mache dir keinen Vorwurf. Weshalb hättest du einem wildfremden Kerl, der mit Sicherheit vorbestraft, wenn nicht sogar ein Mörder war, gleich dein Herz ausschütten sollen? Außerdem hast du mir wirklich sehr geholfen. Ohne deine Hilfe hätte ich den Mörder nicht gefunden. Vermutlich hätte ich es nicht einmal versucht, sondern mir einen Anwalt genommen, um mit der Polizei irgendeinen faulen Kompromiß auszuhandeln. Ich müßte also ganz schön blöd sein, wenn ich auf dich böse wäre.«

»Im Ernst?«

»Ehrlich gestanden, mag ich dich noch immer sehr. Ein bißchen verrückt bist zu zwar schon, aber wer ist das nicht?«

»Und es macht dir auch nichts aus, daß ich ein Verhältnis mit Flaxford hatte?«

»Keine Spur.«

»Und diese Fotos hast du auch gesehen?«

»Natürlich.«

»Und auch das hat dir nichts ausgemacht?«

»Ganz im Gegenteil, sie haben mich sogar ziemlich angemacht.«

»Tatsächlich?«

Statt einer Antwort hob ich ihr Kinn hoch und küßte sie. Es wurde ein ziemlich langer Kuß. Nach einer Weile kuschelte sie sich seufzend an mich und murmelte etwas von wegen, wie verrückt die ganze Geschichte ausgegangen sei. »Und wie soll es nun weitergehen?« wollte sie schließlich wissen.

»Na, wie gehabt«, erwiderte ich. »Du wirst dich weiter als Schauspielerin durchs Leben schlagen und ich als Einbrecher. Wer wechselt schon gern den Beruf? Auch wenn unsere Jobs nicht gerade hoch angesehen sind, hängen wir doch sehr an ihnen. Und was alles andere angeht, werden wir uns einfach weiter treffen und abwarten, wie sich die Dinge entwickeln.«

»Klingt nicht schlecht.«

Außerdem würde ich bei Gelegenheit auch Darla Sandoval einen Besuch abstatten und versuchen herauszufinden, wie ich die Münzsammlung ihres Mannes abstauben könnte, ohne daß Darla sofort mich verdächtigte. Wie die Dinge inzwischen lagen, würde ich mich doch wieder in meiner alten Wohnung einrichten wollen. Und mit ein bißchen Glück würden die anderen Hausbewohner, was meine Erwerbstätigkeit betraf, sogar ein Auge zudrücken, zumal ich meine Aktivitäten ja ausschließlich auf die reichen Schnösel in der East Side beschränkte, die es gar nicht anders verdient hatten. Ansonsten würde ich hin und wieder mein Glück beim Pokern versuchen, am Wochenende öfter mal ins Stadion rausfahren, um mir ein Spiel anzusehen, und bei Gelegenheit den einen oder anderen Job durchziehen. Natürlich hätte ich mir auch ein schöneres Leben vorstellen können, aber wer ist mit seinem Leben schon rundum zufrieden? Wir sind alle nur unvollkommene Wesen in einer unvollkommenen Welt, und als solchen bleibt uns gar nichts anderes übrig, als immer wieder von neuem zu versuchen, das Beste aus unserem Leben zu machen.

Einige von diesen Gedanken, wenn nicht sogar alle, erzählte ich Ellie. Und als wir uns schließlich ganz eng aneinanderkuschelten, war das ein angenehm beruhigendes und vertrautes Gefühl.

»Komm«, schlug sie nach einer Weile vor. »Laß uns ins Bett gehen.«

Das fand ich eine großartige Idee. Aber erst vergewisserte ich mich noch, ob die Tür abgeschlossen war.